dtv

Petra Samani
Januar 2012

Ex-Geheimagent James Gerald (70) zieht von London vorübergehend in die Seniorenresidenz Eaglehurst im südenglischen Hastings, um den mysteriösen Tod seines Freundes William Morat aufzuklären. Nur widerwillig lässt der nach einer Bronchitis geschwächte James die penetrante Fürsorglichkeit der Heimleiterin Mrs White, plüschige Tanztees, den Homöopathie-Hokuspokus von Dr. Goat und den Limerick-Club der entzückenden Schwestern Edith und Eleonora über sich ergehen und macht notgedrungen gute Miene zu dem Spitznamen »Null-Null-Siebzig«, den ihm das Pflegepersonal verpasst. Ein plötzlicher Todesfall beim Bingo bestätigt bald James' Verdacht, dass es hinter den Mauern des ehemaligen Grandhotels nicht mit rechten Dingen zugeht. Da trifft es sich gut, dass seine langjährige Kollegin und Londoner Nachbarin Sheila Humphrey – temperamentvoll, attraktiv, Orchideenliebhaberin und mit ihren 67 Jahren immer noch begeisterte Minirock-Trägerin – vorbeischaut, einen Spezialrollator mit eingebauter Reizgasdüse im Gepäck. Eine gefährliche Mörderjagd beginnt …

Marlies Ferber, geboren 1966, ist freie Autorin und Übersetzerin. Von Jugend an hatte sie ein Faible für alles Englische, vor allem für den britischen Kriminalroman. Nach Abschluss ihres Sinologiestudiums arbeitete sie als Buchredakteurin, bevor sie sich selbstständig machte. Immer wieder zieht es sie nach Großbritannien, auf ausgedehnte Reisen von der Südküste bis nach Schottland. Marlies Ferber lebt mit ihrer Familie in Hagen und lässt James und Sheila gerade in ihren nächsten Kriminalfall schlittern.

Marlies Ferber

Null-Null-Siebzig

Operation Eaglehurst

Kriminalroman

Deutscher Taschenbuch Verlag

Ausführliche Informationen über unsere Autoren und Bücher finden Sie auf unserer Website www.dtv.de

FSC www.fsc.org
MIX
Papier aus verantwortungsvollen Quellen
FSC® C019821

Originalausgabe 2012

Die Limericks auf den Seiten 6 und 233 wurden mit freundlicher Genehmigung von Richard C. Long abgedruckt (www.richardlong.org.uk)
Umschlagkonzept: Balk & Brumshagen
Umschlagbild: Markus Roost
Satz: Greiner & Reichel, Köln
Gesetzt aus der Fairfield Light 9,5/13·
Druck und Bindung: Druckerei C. H. Beck, Nördlingen
Gedruckt auf säurefreiem, chlorfrei gebleichtem Papier
Printed in Germany · ISBN 978-3-423-21345-5

Für Angela

There was a young woman from Kent
Who thought death an unlikely event
»Not so«, I told her,
»Whilst we may grow older,
The chance is one hundred percent!«
Richard C. Long

Kapitel 1

James fuhr im Wagen vor. Es knirschte kein Kies, denn Eaglehurst war kein vornehmes Hotel in einem der besseren Orte an der englischen Südküste. Dies war Hastings, eine Stadt, deren glorreiche Zeit vorbei war. Es gab noch gute Wohnlagen, weiter im Hinterland, doch direkt an der einst prachtvollen Küstenstraße waren die Immobilienpreise gesunken, und die großen viktorianischen Hotels standen leer oder dienten anderen Zwecken: Büros waren hier untergebracht, Sprachschulen, billige Wohnungen. Eines der größten Gebäude, schräg gegenüber dem Pier, war früher das »Empire«. James blickte an der imposanten Fassade hoch, als die Tür des Taxis aufgeschoben wurde. Nichts deutete darauf hin, dass dies kein Hotel mehr war. Genau genommen ist es das ja auch noch, dachte James. Was ist ein Hotel anderes als eine Residenz auf Zeit? Für Leute, die, genau wie das Hotel, schon bessere Tage gesehen haben.

»Geht es, Mr Gerald?«, fragte der junge Mann und fasste kräftig unter seinen Arm, um ihn in das Gebäude zu führen.

»Danke.« James hatte sich inzwischen an die Fürsorglichkeit seiner Mitmenschen gewöhnt. »Verdammte Treppe«, fügte er leise hinzu.

Sie gingen durch die ehemalige Hotelhalle zur Rezeption. Als sie an einem großen Spiegel vorbeikamen, überprüfte James rasch sein Aussehen. Er war noch immer eine elegante Erscheinung: groß, schlank, gut gekleidet. Das Einzige, was diese Eleganz momentan trübte, war der Taxifahrer an seiner Seite: ein pickeliger Junge in ungebügeltem Hemd, Jeans und Chucks, der ihn so fest untergehakt hatte, dass es aussah, als seien sie siamesische Zwillinge. James seufzte.

»Geht es wirklich, Mr Gerald?«, fragte der Junge mitfühlend.

»Machen Sie sich keine Sorgen, nicht wahr«, erwiderte James.

Der Taxifahrer sah sich in der Halle nach einem Rollstuhl um. »Ah«, rief er erleichtert, »Mr Gerald, warten Sie bitte einen Augenblick hier.« Vorsichtig, als sei James eine Schaufensterpuppe, ließ er ihn los, vergewisserte sich, dass er sicher auf den Beinen stand, und holte den Rollstuhl.

»Mr Gerald, wie schön!« Die weißhaarige Dame am Empfang erhob sich breit lächelnd, als würde sie einen alten Freund begrüßen. Nach ihrem teigigen Händedruck war James' Hand unangenehm feucht.

»Ich bin Josephine White.« Sie zwinkerte ihm zu. »Mir können Sie alles anvertrauen. Ich bin die Seele von Eaglehurst. Das sagen jedenfalls unsere Leutchen hier.«

»Aha«, sagte James und lächelte zurück. Dass dieses Lächeln dünn ausfiel, lag an der Erkenntnis, dass mit »unsere Leutchen hier« ab jetzt auch er gemeint war.

»Bitte, Mr Gerald, nehmen Sie Platz. Dann können wir in aller Ruhe die Anmeldeformalitäten erledigen.«

»Ich bleibe lieber stehen, danke.«

James sah sich in der Halle um, während Mrs White umständlich mit den Formularen hantierte. Früher musste dies ein gutes Hotel gewesen sein. Davon zeugten der Marmorboden, die stuckverzierte Decke und die große Freitreppe, die in einem eleganten Schwung nach oben führte. Die würde James fürs Erste nicht benutzen können, so viel war sicher. Er sah sich nach einem Aufzug um. Es gab zwei: einen alten, wenig Vertrauen erweckenden mit schmiedeeisern verziertem Aufzugschacht und einen nachträglich eingebauten mit Edelstahltüren, in den bequem ein Krankenbett passte.

»Sie werden im zweiten Stockwerk wohnen«, sagte Mrs White. »Sie haben Glück. Das Apartment ist erst vor Kurzem frei geworden. Es ist eines unserer besten, mit Blick auf das Meer und die Promenade. Sie werden begeistert sein.«

»Davon bin ich überzeugt«, sagte James. Mrs White blickte ihn irritiert an, nicht sicher, ob er das ernst gemeint hatte. Dann schaute sie auf die Uhr. »Oh, ich sehe, Sie haben noch mehr Glück. Nach dem Tee veranstalten wir Bingo. Unsere Leutchen hier lieben es. Wenn Sie möchten, können Sie gleich hier bei mir einen Spielschein kaufen.«

James hatte in seinem ganzen Leben noch nie Bingo gespielt, und ihm war auch jetzt nicht danach zumute, Zahlen einzukreisen, bis jemand Bingo! rief und womöglich einen Gutschein für eine medizinische Fußpflege gewann. Aber sein junger Begleiter fragte interessiert: »Wie viel kostet ein Schein?«

»Einer kostet ein Pfund, drei bekommen Sie für zwei Pfund.«

Der Taxifahrer sah James an: »Dann nehmen wir drei Scheine, ja?«

James gab einen resignierten Laut von sich, den die beiden als Zustimmung deuteten. Dann also Bingo.

Der Taxifahrer griff James wieder unter den Arm und führte ihn zu den Aufzügen.

»Sie können ruhig gehen, ich komme schon allein zurecht«, sagte James und wollte ihm sein Geld geben.

»Nein, Mr Gerald«, wehrte der Junge mit penetranter Gutmütigkeit ab, »ich bringe Sie noch in Ihr Apartment.« Er drückte den Knopf, um den altmodischen Aufzug zu holen.

»Sehr gut«, sagte James und forderte den modernen Aufzug an. »Sie besitzen noch die Vertrauensseligkeit und den Optimismus der Jugend. Bewahren Sie sich das. Ich aber werde dieses Museumsmodell keinesfalls benutzen.«

Im zweiten Stock angekommen, betrat James sein neues Zuhause, in dem die Umzugskartons mit seinen persönlichen Dingen schon auf ihn warteten.

»Aber James!«, hatte Sheila kopfschüttelnd zu ihm gesagt, als sie für ihn eine Umzugskiste nach der anderen füllte. »Das ist viel zu viel! Wo wollen Sie das denn lassen, da, wo Sie hingehen?«

»Sheila, Sie tun so, als ginge ich von hier geradewegs ins Jenseits. Ich darf Ihnen aber versichern, dass dies keineswegs meine Absicht ist. Ich ziehe lediglich für eine bestimmte Zeit um. Da ist es doch recht normal, dass ich meine persönlichen Dinge mitnehme, nicht wahr? Schließlich muss alles echt wirken.«

»Ach, James.« Sheila hatte ihn angesehen wie einen kleinen Jungen, der von seinen Plänen erzählt, sich auf den Mond schießen zu lassen. Sheila war seine langjährige Kollegin beim Secret Intelligence Service gewesen, und seit zwei Jahren war sie seine Nachbarin in London-Hampstead. Sie war die Einzige, die er in seine Pläne eingeweiht hatte, aber in diesem Augenblick hatte er es bereut.

Er hatte wirklich nur das Nötigste eingepackt. In den letzten Tagen vor seiner Abreise nach Eaglehurst hatte er es endlich fertiggebracht, seine alten Akten und Notizen in Papierstreifen zu verwandeln. Er war vor fünf Jahren aus dem aktiven Dienst ausgeschieden, und es schien sinnlos, diese Sachen noch länger aufzubewahren. Sie schön altmodisch im Kamin den Flammen zu überlassen, wäre natürlich stilvoller gewesen. Das Knistern von Feuer war doch etwas anderes als das schäbige Kratzen des Aktenvernichters. Gleichzeitig hatte er sich über seine Sentimentalität gewundert. Alten Zeiten nachzutrauern war eigentlich nie seine Sache gewesen. Er konnte sich noch gut an den Beginn seiner Zeit beim Geheimdienst erinnern, als William Morat und er sich über die Kollegen lustig gemacht hatten, die störrisch an ihren überholten Arbeitsmethoden festhielten und sich nur schwer mit neuen Entwicklungen in der Waffentechnik oder der Informationsvermittlung anfreunden konnten. William und er, damals junge Burschen von Mitte zwanzig, hatten sich geschworen, nie so zu werden wie sie, sondern immer mit der Zeit zu gehen.

»Mr Gerald!« Der Taxifahrer riss ihn aus seinen Gedanken. »Denken Sie, Sie kommen jetzt allein zurecht?«

»Sicher. Vielen Dank!«

»Gerne.« Der Junge lockerte vorsichtig den Griff, als hätte er Sorge, James würde im nächsten Moment, seiner Stütze beraubt, in sich zusammensacken wie ein leerer Anzug. Doch James blieb stehen und steckte ihm endlich das Geld zu. »Es hat mich gefreut«, sagte er mit einem Anflug von Ironie, die dem Jungen entging. Er ergriff James' Hand und lächelte breit. »Danke, Mr Gerald! Ich wünsche Ihnen alles Gute! Das ist eine anständige Einrichtung hier, heißt es. Sie haben Glück.«

Als James allein war, ging er langsam auf den Sessel zu, der vor dem großen Fenster stand. Noch eine halbe Stunde bis zum Tee. Es lohnte sich nicht mehr, mit dem Auspacken anzufangen. Das würde eine gute Aufgabe für den morgigen Tag sein. Er hatte gelernt, sich die Zeit und seine Energie einzuteilen. Ein leichter Husten zu Beginn des Winters hatte sich bald zu einer schweren Bronchitis entwickelt und ihn zum ersten Mal in seinem Leben zu einem längeren Krankenhausaufenthalt gezwungen. James ließ sich in den Sessel sinken und schaute hinaus. Der Himmel war düster, das Meer eine braungraue

Masse, weiße Schaumflocken huschten, vom Wind getrieben, wie kleine Geister am Strand umher. James hatte die See noch nie gemocht. Aber es war nicht *seine* Entscheidung gewesen, hierherzukommen. Nach Eaglehurst im Allgemeinen und in das Zimmer Nummer 214 im Besonderen. Das hatte William für ihn entschieden, und jetzt lag es an ihm, die bevorstehende Aufgabe zu lösen.

Kapitel 2

»Durch die zunehmende Vernetzung von Datenbanken und ein flächendeckendes System von Überwachungskameras haben die Behörden alle Werkzeuge in der Hand, die sie brauchen, um unser Leben vollständig zu kontrollieren«, ereiferte sich Thomas Maddison.

»Darüber habe ich mir noch nie Gedanken gemacht«, sagte Eleonora Hideous und nippte an ihrem Tee.

»Dort, sehen Sie doch«, fuhr Thomas Maddison erregt fort und deutete auf eine Ecke des Saals. »Selbst hier hat der Staat ein Auge auf uns! Man kann niemandem trauen.«

»Aber ich bitte Sie, Thomas«, sagte Edith Hideous vergnügt, während sie ihr mit Erdbeermarmelade bestrichenes Scone mit einem dicken Klecks Sahne versah und James zuzwinkerte. »Denken Sie wirklich, den Staat interessiert es, wer von uns beim Bingo gewinnt? Was meinen Sie, James?«

Sie saßen zu viert am Tisch: die Schwestern Edith und Eleonora Hideous, Thomas Maddison und James. Während die Schwestern und er höflich den weitschweifigen Ausführungen Maddisons über die Gefahren zunehmender staatlicher Kontrolle zuhörten, fragte sich James, warum Maddison wohl hier war. Er wirkte kerngesund und vital. Doch als er sich erhob, um die Teekanne in der Küche wieder auffüllen zu lassen, entdeckte James den kleinen Aufnäher hinten auf seiner Strickjacke: »Eaglehurst, Hastings«.

Eleonora bemerkte seinen Blick. »Thomas ist zuweilen etwas verwirrt«, erklärte sie. »Die Polizei hier kennt ihn schon. Sie bringen ihn immer wieder nach Hause. Aber stellen Sie sich vor, einmal hat er es sogar bis nach Brighton geschafft!«

Edith machte eine unmissverständliche Handbewegung zum Kopf hin. »Es gibt Tage, da redet er nur dummes Zeug«, ergänzte sie flüsternd.

»Ach.«

Eleonora lächelte. »Aber ansonsten ist er zuvorkommend, gebildet, und er hat gute Umgangsformen. Er war an der Universität Glasgow. Irgendetwas Naturwissenschaftliches hat er gelehrt. Was war es noch gleich?«

Thomas Maddison kam mit der Teekanne zurück. »Wem darf ich einschenken? Eleonora, meine Liebe, wie sieht es aus, noch eine Tasse Tee?«

Eleonora machte eine abwehrende Handbewegung. »Danke, ich habe genug. Aber sagen Sie, Thomas, was haben Sie an der Universität gelehrt? Es ist mir entfallen.«

Thomas Maddison schaute sie irritiert an. »Ich habe an der Universität Glasgow gelehrt«, sagte er langsam, so als versuche er sich zu erinnern, was genau es gewesen war.

Edith reichte ihm ihre Tasse. »Bitte nur ein Schlückchen!« Etwas leiser fügte sie hinzu: »Ich muss an meine Blase denken. Es wäre zu schade, Bingo zu verpassen, nur weil ich zur Toilette muss.«

James verabscheute Tee. Ein Scotch, das wäre jetzt das Richtige. Mit einem Anflug von Vorfreude dachte er an einen der Umzugskartons, der zur Hälfte mit den Beständen seiner Bar gefüllt war. Das Alter mochte Jahr für Jahr etwas von der Liste streichen, das ihm Freude bereitete. Aber bis jetzt war genug von dem übrig geblieben, was das Leben lebenswert machte. Erinnerungen gehörten dazu. Das Theater, Bücher, das Rauchen. Und ganz entschieden auch Alkohol. Er fand es immer noch großartig, sich von Zeit zu Zeit zu betrinken.

Plötzlich wurden die Tische abgeräumt, nur die noch nicht geleerten Teetassen blieben stehen. Offensichtlich wusste jeder im Raum, was dies bedeutete, denn Papier raschelte, man kramte Bingo-Scheine und Bleistifte hervor.

»Was gibt es zu gewinnen?«, scherzte James. »Eine Reise nach Las Vegas?«

»Sie werden schon sehen«, meinte Eleonora, und Edith fügte trocken hinzu: »Erwarten Sie nicht zu viel!«

Dann ging alles ganz schnell. Die selbst ernannte Seele von Eaglehurst, Mrs White, verlas die Nummern, und es blieb kaum Zeit, aufzuschauen. Alle sahen konzentriert ihre Zahlenreihen durch, denn sie hatten samt und sonders das Angebot »Drei Scheine für zwei Pfund« wahrgenommen, einige Glücksspielbegeisterte hatten sogar sechs Scheine vor sich ausgebreitet. James erinnerte sich an frühere Besuche in den Spielcasinos der Welt. Und nun, mit siebzig, Bingo im Altenheim! Er stöhnte leise.

»Kein Glück?«, fragte Eleonora mitfühlend. »Warten Sie nur, das kommt vielleicht noch!«

»Chemie«, sagte Thomas Maddison plötzlich und prostete James lächelnd zu. Armer Kerl, dachte James, während er zusah, wie Maddison hastig trank und gleich wieder nach dem Bleistift griff.

»Sie waren Chemieprofessor?«, fragte James höflich nach. »Welch interessanter Beruf!«

Doch Thomas Maddison antwortete nicht, sondern sprang erregt auf und warf dabei fast seinen Stuhl um.

»Bingo!!«, rief er so durchdringend, dass alle am Tisch zusammenfuhren. Kaum war sein Ruf verhallt, zuckte er, verzog den Mund zu einer Grimasse, warf den Kopf zur Seite, griff sich an die Brust und sank vornüber auf den Tisch. Eine Tasse zerschellte laut klirrend auf dem Fliesenboden. Einige Leute schrien auf. Edith und Eleonora wichen zurück. Maddisons Kopf lag auf der Seite, seine hellblauen Augen waren starr und leblos.

Mrs White ließ ihr Mikrofon fallen und eilte herbei; aus der Küche kamen eine korpulente Frau mit Kochschürze sowie eine junge Frau hinzu, deren Namensschild sie als Pflegerin auswies.

Mrs White beugte sich zu Thomas Maddison herab. »Mr Maddison, Mr Maddison, ist Ihnen nicht wohl?« Dann fuhr sie die beiden Frauen an: »Nun stehen Sie nicht so dumm herum! Helfen Sie doch!«

Sie begreift es nicht, dachte James.

Edith räusperte sich. »Mrs White, ich glaube nicht, dass er noch lebt«, sagte sie leise.

Mrs White schaute sie bestürzt an. »Was sagen Sie da? Tot?«

Eleonora schluchzte und griff mit zitternden Händen nach einer Serviette auf dem Tisch, um die aufsteigenden Tränen abzutupfen.

»Sieht aus wie Herzversagen, nicht wahr?«, meinte James.

Die übrigen im Raum Versammelten waren inzwischen, soweit sie mobil waren, mit einer Mischung aus Betroffenheit und Sensationsgier näher getreten. Mrs White wuchs die Situation sichtlich über den Kopf. Die Köchin eilte in die Küche und kam mit Handfeger und Schaufel zurück, um die Scherben der Teetasse aufzufegen.

»Lassen Sie das, Mrs Simmons«, herrschte Mrs White sie an.

»Soll ich den Notarzt rufen?«, fragte die Pflegerin. Mrs White nickte, dann überlegte sie es sich anders. »Nein, Miss Hunt, das mache ich selbst. Bleiben Sie hier!«

Arme Miss Hunt, dachte James. Die junge Frau, die kaum älter als zwanzig sein mochte, stand wie festgewachsen da, mit großen Augen und blassem Gesicht.

»Setzen Sie sich doch, Miss Hunt«, sagte Edith und deutete auf den Stuhl, auf dem bis eben noch Thomas Maddison gesessen hatte. »Nicht dass Sie uns ohnmächtig werden.«

»Danke«, murmelte Miss Hunt, zog es aber vor, sich auf einen Stuhl am Nachbartisch zu setzen.

»Und wenn er nun doch noch lebt?«, mischte sich eine resolute Dame vom Nachbartisch ein. »Was, wenn er nur bewusstlos ist? Wenn er Hilfe braucht?«

»Ja«, pflichtete ihr ein älterer Herr bei, »wir müssen etwas tun, man kann ihn doch nicht einfach so liegen lassen!«

»Glauben Sie mir, Mr Peabody, er ist tot!«, sagte Edith.

»Wie wollen Sie da sicher sein?«, ereiferte sich Mr Peabody. »Den Tod kann nur ein Arzt feststellen.«

James beugte sich nach vorn und legte Maddison zwei Finger an den Hals. »Kein Puls«, stellte er nüchtern fest.

»Trotzdem sollten wir ihn aus seiner unglücklichen Lage befreien«, schlug Eleonora zögernd vor. Sie wendete sich an James. »Können Sie mit anfassen?«

James schüttelte bedauernd den Kopf. »Ich fürchte, meine gesundheitliche Verfassung lässt derartige Anstrengungen noch nicht zu.«

Miss Hunt hatte sich inzwischen von ihrem Schwächeanfall erholt und erhob sich. »Ich helfe Ihnen!« Auch Mr Peabody und Mrs Simmons fassten mit an, und gemeinsam schafften sie es, den leblosen Körper von Thomas Maddison seitlich vom Tisch zu rollen. Die Tischdecke und die Teetassen wurden mitgerissen. Unter das Klirren des Porzellans mischte sich Sirenengeheul. Bevor die Sanitäter und der Notarzt auftauchten, machte James mit seinem Handy unauffällig ein Foto von dem Toten, wobei er vorgab, seine Mails abzurufen.

Kapitel 3

Miss Hunt sagte kein Wort, während sie James zum Aufzug begleitete. Er überlegte, ob sie wohl zum ersten Mal einen Toten gesehen hatte.

»Wie alt war Mr Maddison eigentlich?«, fragte er, als sie den Aufzug betraten.

»Ich hätte nie gedacht, dass er der Nächste ist«, gab Miss Hunt zurück.

Das ist zwar nicht ganz die Antwort auf meine Frage, dachte James, aber wahrscheinlich ist die Arme noch ganz durcheinander. Oder war sie von Natur aus nicht sehr aufgeweckt? Er betrachtete Miss Hunt, als sie im Aufzug nebeneinander standen. Sie war hellblond, hatte ein gleichmäßiges Gesicht, eine Stupsnase, große Augen von kräftiger blauer Farbe und einen Mund, der aussah, als wäre er nur ausnahmsweise ernst. Er schätzte, dass sie Kleidergröße 40 trug, dabei wirkte sie trotz ihres großen Busens und ihrer kräftigen Statur sehr sportlich. Früher hätte er sie attraktiv gefunden. Inzwischen war sein Schönheitsideal mit ihm gealtert. Die Frauen, zu denen er sich hingezogen fühlte, waren meist jenseits der vierzig. Wahrscheinlich hatte das etwas mit seinem Realitätssinn zu tun und damit, dass das Interesse jüngerer Frauen an ihm inzwischen, falls überhaupt vorhanden, eher auf geistiger Ebene anzusiedeln, wenn nicht sogar fürsorglicher Natur war.

»Kürzlich mit Mr Morat war es ähnlich«, unterbrach Miss

Hunt seine Betrachtungen. »Er starb ganz plötzlich. Von einem Augenblick auf den anderen.«

Als er den Namen seines Freundes hörte, wurde James hellwach. »Waren Sie dabei?« Miss Hunt hob fragend den Kopf. »Als er starb, dieser Mr …«, ergänzte James ungeduldig.

Der Fahrstuhl hielt an, und Miss Hunt reichte James ihren Arm. »Morat«, sagte sie, »Mr Morat. Ja. Ich habe ihn gefunden. Er war im Salon zusammengebrochen. Es war furchtbar. Er ist in meinen Armen gestorben.«

»Hat er noch etwas gesagt?«

»Nein. Er hat mich nur angeschaut, und dann wurden seine Augen …«

Miss Hunt schluchzte auf. James war bewusst, dass eigentlich er Miss Hunt tröstend den Arm um die Schulter hätte legen sollen, statt sich von ihr den Flur entlangführen zu lassen.

»Ich glaube, das ist nicht der richtige Beruf für mich«, stieß Miss Hunt hervor. Sie fuhr sich wie ein kleines Mädchen mit dem Ärmel über das Gesicht, um die Tränen wegzuwischen. Danach waren sowohl ihre Augen als auch der Ärmel ihres weißen Pullovers von Wimperntusche verschmiert. »Eigentlich wollte ich Erzieherin werden, aber ich habe keinen Ausbildungsplatz bekommen. Das hier ist furchtbar. Dieses Elend. Ich will nicht, dass das Leben so ist. Ich will nicht immer wieder mit ansehen, wie Leute sterben. Ich träume davon. Ich wache nachts mit Herzrasen auf, weil ich träume, ich selbst bin alt und wohne im Altenheim und …«

»Haben Sie heute Nachtdienst?«, unterbrach James ihren Gefühlsausbruch.

»Ja, warum?«, fragte sie erstaunt.

Er reichte der jungen Pflegerin ein Taschentuch. »Ist es Ihnen schon einmal passiert, dass hier nachts jemand nach Ihnen klingelt, weil er Albträume hat?«

Miss Hunt sah ihn nachdenklich an, dann nahm sie das Taschentuch und schniefte in jede der Ecken einmal laut hinein. »Entschuldigen Sie bitte.«

»Nein, nein, schon gut. Ich wollte Ihnen nur vor Augen führen, dass viele Dinge von außen betrachtet schlimmer aussehen, als sie für den Betroffenen sind. Das gilt zum Beispiel für das Alter. Und ich glaube, sogar für das Sterben.«

Sie waren an der Tür von James' Apartment angekommen. »Vielen Dank für die freundliche Begleitung«, sagte James. »Ich wünsche Ihnen einen – wie soll man sagen – möglichst guten Abend unter den gegebenen Umständen. Nehmen Sie es sich nicht so zu Herzen, die ganz Sache, lenken Sie sich ab!«

»Wie soll ich das denn anstellen?« Miss Hunt schloss die Zimmertür auf. »Ich habe Nachtdienst, und ich weiß genau, dass bis morgen früh ständig nach mir geklingelt wird, weil sie es alle kaum erwarten können, mit mir über Mr Maddison zu reden. Bei Mr Morat war es genauso. Die ganze Nacht haben sie geklingelt und mich ausgefragt, es war nicht zum Aushalten.«

Miss Hunt schickt der Himmel, dachte James. Sie ist ja noch nützlicher, als ich gedacht hatte. Eine Informationsquelle erster Güte.

»Halten Sie durch!«, riet er ihr väterlich. »Ihnen ist doch hoffentlich klar, dass Sie den vielen verängstigten Menschen, die hier leben, damit einen großen mitmenschlichen Dienst erweisen, nicht wahr? Das kann man gar nicht hoch genug schätzen.«

»Meinen Sie wirklich?«

»Ja, Miss Hunt, genau so ist es«, versicherte James. »Sie müssen verstehen, die Menschen, die den Tod dieses armen Mannes mit ansehen mussten, sind schockiert, und es tut ihnen gut, darüber zu reden. Auf diese Weise können sie das, was geschehen ist, verarbeiten. Und im Übrigen ist dies auch für Sie selbst das Beste. Indem man anderen hilft, hilft man auch sich selbst, ist es nicht so?«

Miss Hunt nickte tapfer. »Mr Gerald, Sie haben recht. Es tut mir leid, ich bin selbstsüchtig gewesen.«

»Aber nein, Miss Hunt, keineswegs«, beruhigte James die Pflegerin. Es war wichtig, dass sich seine Informationsquelle jetzt nicht in Selbstmitleid vergrub, sondern in dieser Nacht auf ihrem Posten blieb.

»Und ich verspreche Ihnen, dass zumindest ich Sie heute Nacht nicht belästigen werde. Ich werde schlafen wie ein Stein.«

Miss Hunt lächelte zum ersten Mal an diesem Abend. »Bei Ihnen wäre es doch etwas anderes, Mr Gerald!« James fiel auf, dass ihre beiden oberen Schneidezähne besonders groß und kräftig waren, was ihr ein niedliches, nagetierhaftes Aussehen verlieh.

Nachdem Miss Hunt sein Zimmer verlassen hatte, zog James sein Handy hervor und wählte eine Nummer. David Grenville war gleich am Apparat.

»David, hier spricht James.«

»James! Wie geht es dir?«

»Gut so weit. Hör zu, es ist wichtig: Kannst du veranlassen, dass ein Leichnam obduziert wird? Ein Mann namens Thomas Maddison ist heute im Seniorenheim Eaglehurst in Hastings verstorben. Möglicherweise ist er vergiftet worden.«

»James, wie stellst du dir das vor? Das geht nicht einfach so, wenn aus Sicht des Arztes, der den Totenschein ausgestellt hat, kein Verdacht auf eine unnatürliche Todesursache besteht.« James sah das Kopfschütteln seines alten Freundes förmlich vor sich.

»Ich bin mir noch nicht darüber im Klaren, wie alles zusammenhängt. Und ob es überhaupt einen Zusammenhang gibt.

Aber auch William ist vor drei Wochen ganz plötzlich gestorben, und zwar hier, im Seniorenheim Eaglehurst.«

»Ja, ich habe gehört, dass er gestorben ist. Aber das war doch oben bei Glasgow, dachte ich? Hat er nicht seit ewigen Zeiten in Schottland gelebt?«

»Bestattet wurde er in Schottland, aber gestorben ist er hier in Hastings. Angeblich an einem Herzanfall, aber das glaube ich nicht. Er hatte mir kurz vorher noch einen merkwürdigen Brief geschrieben. David, du weißt, ich habe dich noch nie um etwas gebeten, wenn es nicht wichtig war.«

»Was genau stand in dem Brief, den William dir geschickt hat?«

»Ein Limerick.«

»Wie bitte? William hat dir einen Limerick geschickt?«

»Du kennst ihn bestimmt. Jedes Kind kennt ihn: *There was a young lady from Riga …*«

»*… who smiled as she rode on a tiger*«, fuhr David fort. »Ist das eine Art Geheimcode zwischen euch?«

»Nein, das nicht. Aber unter den Limerick hatte er noch geschrieben: Ruf mich an! Doch als ich das tat, erreichte ich niemanden. William war zu diesem Zeitpunkt bereits tot. Da stimmt etwas nicht.«

»Was hat denn der Arzt festgestellt, der den Totenschein ausgestellt hat?«

»Wie gesagt, Herzversagen.«

»Wer war der Arzt?«

»Ein Dr. Goat hier aus Hastings, anscheinend der Hausarzt des Seniorenheims.«

»Und Williams Leiche wurde nicht obduziert?«

»Nein, laut Totenschein war es ja eine natürliche Todesursache. Man hat den Leichnam bereits nach Schottland überführt, eingeäschert und in der Familiengruft beigesetzt.«

»Wenn ich dich richtig verstehe«, fasste David zusammen, »hat dir William ein lustiges kleines Gedicht geschickt. Kurz darauf erfährst du, dass er gestorben ist, und schließt daraus, dass es einen Zusammenhang zwischen diesem lustigen kleinen Gedicht und seinem Tod gibt. Und dann reist du nach Hastings in das Seniorenheim und bringst den nächsten Toten auch damit in Verbindung.«

»So, wie du es darstellst, hört es sich lächerlich an«, sagte James unmutig.

»Das hast du gesagt«, gab David trocken zurück.

»Aber findest du es nicht auch äußerst merkwürdig, dass es keine zwei Stunden nach meiner Ankunft schon wieder einen Toten hier gibt?«

»James«, sagte David vorsichtig, »du bist in einem Altenheim.«

»Mag sein. Trotzdem. Wie sieht es aus, hilfst du mir nun oder nicht?«

»Wie hieß der Mann noch gleich?«

»Thomas Maddison.«

»Wie ist deine Telefonnummer? Sie erscheint nicht bei mir auf dem Display. Immer noch die alte?«

»Ja.«

»Gut, ich rufe dich wieder an.«

Eine halbe Stunde später klingelte James' Handy. »Die Welt ist klein«, sagte David. »Rate, wen ich bei der Polizei an der Strippe hatte: Rupert Ruthersford. Er wird sich darum kümmern und meldet sich bei dir. Schöne Grüße übrigens.«

»Danke, David. Ich bin dir was schuldig.«

»Lass mich die nächste Runde Golf gewinnen.«

James lachte. »So viel nun auch wieder nicht.«

James legte auf und zündete sich eine Zigarre an. Rupert Ruthersford arbeitete also bei der Polizei in Hastings. Er war sich nicht sicher, was er davon halten sollte. Ruthersford hatte vor Jahrzehnten einen Teil seiner Ausbildung bei ihm durchlaufen. Er war mit Abstand der schlechteste Schüler gewesen, den er je gehabt hatte, und war nicht lange beim SIS geblieben. Nun, offenbar hatte er seine Nische gefunden.

Kapitel 4

James hatte schlecht geschlafen. Er war den Verkehrslärm, der durch die einfachen Fenster ins Zimmer drang, nicht gewohnt. Natürlich hatte er bemerkt, dass die Tür zu seinem Zimmer in der Nacht leise geöffnet wurde. Schließlich war es lange genug sein Beruf gewesen, gerade die Menschen zu bemerken, die sich Mühe gaben, nicht bemerkt zu werden. Vom plötzlichen Luftzug hellwach geworden, hatte er sich sofort schlafend gestellt. Es war Miss Hunt. Sie schlich auf Zehenspitzen an sein Bett und blieb dort für einen Moment stehen, bevor sie sich ebenso geräuschlos wieder entfernte und die Tür hinter sich schloss.

Jetzt schien die Sonne durch die drei bodentiefen Fenster seines geräumigen Zimmers. James beeilte sich mit dem Ankleiden und wählte die Nummer des Empfangs. Mrs White war sofort am Telefon. »Mr Gerald, guten Morgen.«

»Guten Morgen, Mrs White. Sagen Sie, könnten Sie mir bitte einen Rollator bringen lassen? Ich möchte zum Frühstück gehen. Sie haben sicherlich bemerkt, dass ich noch etwas schwach auf den Beinen bin nach meinem Krankenhausaufenthalt. Eine Gehhilfe hat mir dort gute Dienste geleistet.«

»Oh, aber Mr Gerald, so etwas brauchen Sie hier nicht! Sie sind in Eaglehurst! Helfen mit Herz und Hand – das ist unser Leitspruch. Technik beschränken wir auf das Notwendigste. Unsere Betreuung ist intensiv und sehr persönlich, wie in einer großen Familie. Das ist es, was uns so einzigartig macht. Ich bin gleich bei Ihnen!«

Keine fünf Minuten später klopfte Mrs White an die Tür seines Apartments.

»Mr Gerald, ich hoffe, Sie haben gut geschlafen trotz all der Aufregung gestern. Wirklich ein ausgesprochenes Unglück, dass Mr Morat gestern so plötzlich – nun ja.«

»Mr Morat?«, fragte James irritiert.

»Sagte ich Morat? Entschuldigen Sie, ich bin noch ganz durcheinander. Ich meinte natürlich Mr Maddison.«

James hakte sofort nach. »Wer ist Mr Morat?«

Mrs Whites Gesichtsausdruck wurde verschlossen. »Ein früherer Bewohner.«

»Ist er verstorben?«

»Ja.«

»Aha«, sagte James und versuchte es mit einem Scherz: »Etwa auch beim Bingo?«

Mrs White antwortete nicht, sondern schaute mit hochgezogenen Augenbrauen an ihm vorbei. James hatte ihren Sinn für Humor überschätzt. Schnell wechselte er das Thema und plauderte mit Mrs White über das Wetter, während sie wie ein altes Ehepaar untergehakt über den abgenutzten roten Läufer zum Aufzug schlenderten.

Im Speisesaal angekommen, steuerte Mrs White mit ihm auf die Schwestern Hideous zu. Eleonora nippte gerade an ihrem Tee, während Edith ihren Toast butterte. Beide nickten James lächelnd zu.

»Nein, Mrs White«, sagte James, »ich möchte heute Morgen gern an einem anderen Tisch sitzen. Ich habe es mir gewissermaßen zur Gewohnheit gemacht, keine festen Gewohnheiten anzunehmen. Das hält jung, meinen Sie nicht auch?«

»Wie Sie wollen«, sagte Mrs White frostig.

James ahnte, was sie dachte: Ein Sonderling mehr oder weniger unter den Bewohnern, darauf kam es auch nicht an. James winkte lächelnd zum Tisch der Schwestern hinüber und peilte mit Mrs White einen Tisch am Fenster an. Dort saß ein glatzköpfiger Herr im Tweedsakko, vor sich einen großen Teller mit Würstchen, Speck, gegrillten Tomaten, Spiegeleiern und Champignons. Aus einem kleinen Kassettenradio auf seinem Schoß schepperte Marschmusik, und er schaute konzentriert aus dem Fenster.

»Gestatten Sie, dass ich mich zu Ihnen setze?«, fragte James. Der andere nickte, wendete den Blick jedoch nicht vom Fenster ab. Mrs White zog sich zurück, nachdem James Platz genommen hatte. Erfreut sah er den kleinen Aufkleber auf der Thermoskanne, die vor ihm stand: Kaffee. Er goss sich eine Tasse ein und probierte. Instantkaffee, lauwarm. Das hätte er sich denken können. Er beobachtete seinen Tischnachbarn, der immer noch aufmerksam aus dem Fenster sah. Sein Kopf bewegte sich kaum merklich im Takt der Marschmusik. James folgte seinem Blick und wusste plötzlich, was mit ihm los war.

»Der Mann da hinten geht ganz genau im Takt der Musik!«, bemerkte James.

»Ja!«, rief sein Tischnachbar aufgeregt, »ist das nicht bemerkenswert? Und sehen Sie, die Frau da vorn! Sie ist zwar viel langsamer, aber es passt trotzdem. Und die Art, wie sie ihre Tasche dabei schwenkt, großartig: Dumm-di-di-di-dumm-di-di-di-dumm.«

James zeigte auf einen Halbwüchsigen, der mit kurzen Schritten daherzockelte. »Nur der da, das passt vorne und hinten nicht!«

Der Mann wandte seinen Blick vom Fenster ab und sah James zum ersten Mal an: »Stimmt, der ist zu unmusikalisch!«

Einen Moment lang war James verwirrt, dann lachte der andere wiehernd, und James begriff, dass das ein Scherz gewesen war. Jetzt erkannte er ihn wieder: Es war der Mann, der gestern mitgeholfen hatte, Thomas Maddison auf den Boden zu legen.

James verbeugte sich andeutungsweise. »Gerald«, stellte er sich vor. »James Gerald.«

Seine Verbeugung wurde erwidert. »Julius Peabody. Sie sind neu hier, nicht wahr?«

James nickte.

»Scheußliche Sache gestern«, sagte Mr Peabody aufgeräumt, »und nicht gerade das, was Sie sich für Ihren ersten Tag in Eaglehurst erträumt hatten, was?« Er machte sich mit Appetit über seine Würstchen mit Speck und die gegrillten Tomaten her. »Aber keine Sorge«, fuhr er mit halb vollem Mund fort, »es ist nicht immer so aufregend hier – um die Wahrheit zu sagen: Es ist ziemlich eintönig, das Leben hier. Das liegt zum größten Teil an den Bewohnern. Mit den meisten ist nicht mehr viel los. Sie haben den Bingo-Abend gestern selbst miterlebt: der Höhepunkt der Woche. Kommentar überflüssig. Und es gibt alte Leute, die sitzen nur noch teilnahmslos herum in ihren Rollstühlen, ein deprimierender Anblick. Unter uns: Ich habe den Verdacht, dass das Pflegepersonal sie ruhig stellt. Also, bevor es mit mir mal so enden sollte, will ich vorher einen Schlag auf den Kopf bekommen! Na ja, dann gibt es zum Glück auch noch ein paar Leute wie die Schwestern Hideous, die wegen der guten Seeluft hier sind. Und natürlich, weil es so bequem ist. Es wird einem alles abgenommen.«

»Wie kommt man eigentlich zu so einem Frühstück, wie Sie es haben?«, fragte James interessiert. »Es sieht köstlich aus!«

»Es kostet extra«, verriet Mr Peabody, »aber es lohnt sich. Das Frühstück macht hier Mrs Simmons. Sie war eigentlich als

Putzhilfe angestellt, aber irgendwann hat Mrs White herausgefunden, dass sie früher mit ihrem Mann eine kleine Frühstücksbude hatte, das Bridge Café. Als ihr Mann starb, gab sie es auf und nahm die Stellung in Eaglehurst an. Heute putzt Mrs Simmons nicht mehr, sondern hat praktisch die ganze Küche unter sich und bietet ein Frühstück, um das uns ganz Hastings beneidet.« Er beugte sich etwas näher zu James und senkte seine Stimme: »Als Putzfrau war sie ohnehin eine Fehlbesetzung, bei ihrer Körperfülle. Sie mag wahrscheinlich ihr eigenes Frühstück viel zu gern, und Sie sehen ja, wie nahrhaft es ist!« Er lachte, griff nach James' Besteck, spießte eines der fettglänzenden Würstchen und einen Streifen knusprig gebratenen Frühstücksspeck auf und legte beides auf James' Teller. »Probieren Sie mal!«

Während James sich das Würstchen schmecken ließ, erzählte Mr Peabody so angeregt weiter, dass James den Eindruck hatte, sein Gegenüber habe sich lange mit niemandem mehr unterhalten.

»Das Mittagessen wird leider von einer städtischen Kantine geliefert, eine trostlose Sache, ich sage es Ihnen. Völlig verkocht. Falls sie überhaupt würzen, dann heben sich alle Gewürze, die sie verwenden, gegenseitig auf. Schonkost nennen sie es. Ich persönlich halte es so, dass ich mich beim Frühstück richtig satt esse und am frühen Nachmittag eine Kleinigkeit in der Fußgängerzone zu mir nehme. Manchmal bringt Miss Hunt mir etwas von der Fisch-&-Chips-Bude am Strand mit, und zur Teezeit gehe ich oft rüber ins Gemeindecafé von St. Andrews und esse ein oder zwei Käsescones. Die Frau des Pfarrers macht sie selbst, sie sind wirklich köstlich. Zum Dinner nehme ich noch ein Gläschen Rotwein zu mir und bin zufrieden.«

»Apropos zufrieden«, unterbrach James den Redeschwall von Mr Peabody, »wie komme ich an mein Frühstück?«

Als wäre dies ihr Stichwort gewesen, kam Mrs White an den Tisch und brachte ein kleines Tablett mit Toast, Butter und zwei Töpfchen mit jeweils einem Klecks Erdbeer- und Orangenmarmelade. »Möchten Sie außerdem Cornflakes, Mr Gerald, oder lieber unser gesundes Müsli?«

»Nein, danke.«

»Wenn Sie Probleme mit den Zähnen haben, kann Mrs Simmons Ihnen auch eine Milchsuppe machen.«

»Ab morgen hätte ich gern dasselbe Frühstück wie Mr Peabody.«

»Das kostet drei Pfund extra.«

»Ich weiß.«

»Gut, ich sage Mrs Simmons Bescheid.« Sie wendete sich mit einem besonders freundlichen Lächeln an Mr Peabody. »Ist bei Ihnen alles zu Ihrer Zufriedenheit?«

Mr Peabody lächelte zurück. »Es könnte nicht besser sein, meine Liebe. Richten Sie Mrs Simmons bitte aus, dass es wieder einmal ausgezeichnet geschmeckt hat.«

»Mrs White ist die Seele des Hauses, nicht wahr?«, fragte James, als sie gegangen war.

»Eine ganz patente Frau«, sagte Mr Peabody nachdenklich, »sie erinnert mich an meine verstorbene Frau, Jane. Sie hat so etwas Zupackendes, Bestimmtes. Sie lässt sich durch nichts erschüttern.«

James wusste, was er meinte, und fragte sich, ob Mr Peabody glücklich in seiner Ehe gewesen war. Diese Sorte von Frauen schien aufgeschlossen und interessiert, kreiste aber im Grunde nur um sich selbst. Vermutlich hatte Mrs Peabody niemals auch nur eine Ahnung davon gehabt, was ihr Mann wirklich dachte oder fühlte.

»Nun«, sagte er, »aber gestern Abend war Mrs White eindeutig erschüttert, nicht wahr?«

Mr Peabody nickte heftig. »Aber wer wäre das nicht gewesen! Es ist schließlich das zweite Mal, dass so etwas passiert ist!«

»Ach ja?« Endlich war James am Ziel. Er war begierig zu hören, was Mr Peabody ihm zum Tod seines Freundes erzählen konnte.

»Es war erst vor drei Wochen, auch an einem Bingo-Abend«, erzählte Mr Peabody bereitwillig. »Ich weiß es noch genau. Es traf den armen William Morat, einen Herrn, der noch gar nicht lange hier lebte. Ich weiß nicht, was er beruflich gemacht hat, wahrscheinlich war er Musiker, Pianist oder so etwas. Ständig saß er am Flügel.«

James lächelte in sich hinein. William und sein Klavierspiel!

»Er saß oft bei mir am Tisch«, fuhr Mr Peabody fort, »wir haben uns glänzend unterhalten. Mr Morat war ein vielseitig interessierter Mensch.«

James konnte sich vorstellen, welche Eigenschaft es vor allem war, die William in den Augen von Mr Peabody zu einem guten Unterhalter gemacht hatte: Er konnte gut zuhören.

»Mrs White hatte gerade begonnen, die Bingo-Zahlen vorzulesen, als Miss Hunt hereinstürzte. Sie hatte Mr Morat im Salon gefunden. Dr. Goat meinte, es sei plötzlicher Herztod gewesen. So schnell kann's gehen.«

»Dr. Goat?«

Mr Peabody lächelte. »Unser Hausarzt und Kügelchen-Guru. Er hat seine Praxis gleich nebenan. Ich persönlich halte nicht viel von Homöopathie, wissen Sie, aber die meisten Leute hier, besonders die Damen, beten den Doktor an.«

»War Mr Morat schon sehr alt?«, fragte James.

»Ich weiß nicht. Aber er wirkte viel jünger als die meisten hier, kaum älter als sechzig, denke ich. Keine Ahnung, ehrlich gesagt, was er hier machte.« Peabody zuckte mit den Schultern. »Nun ja, offensichtlich hatte er ein schwaches Herz.«

James lächelte. »Ja, man sieht den Leuten nicht immer an, was mit ihnen los ist, nicht wahr?« Sein Handy vibrierte, und er holte es aus seiner Jackettasche.

»Erwarten Sie einen Anruf?«

James drückte den Anruf weg. Sheila versuchte zum vierten Mal, ihn anzurufen. »Ich sehe nur nach, wer angerufen hat.«

»Ihre Kinder?«, fragte Mr Peabody neugierig.

»Nein, ich habe keine Kinder.«

»Ich auch nicht. Leider. Wir haben es lange versucht, aber es hat nie geklappt. Waren Sie verheiratet?«

»Auch das nicht.«

»Nie die Richtige getroffen?«, bohrte Peabody weiter.

»Ich fürchte, *ich* bin nicht der Richtige. Ich bin nicht sehr gesellig.«

Peabody lachte. »Apropos gesellig, da fällt mir ein, Mr Morat wohnte in genau dem Apartment, in dem Sie jetzt wohnen. Ich hoffe, Sie glauben nicht an Geister!«

»Meinen Sie, Mr Morat wird in meinem Zimmer spuken?«

»Wer weiß«, scherzte Mr Peabody. »Sie werden vielleicht noch froh sein über ein bisschen Gesellschaft an diesen öden Winterabenden. Außerdem, der Unterschied zwischen Tod und Leben ist hier in Eaglehurst sowieso nicht groß.«

»Aber Mr Morats persönliche Sachen sind ja wohl nicht mehr in meinem Zimmer, oder?«

»Wo denken Sie hin. Mrs White packt immer höchstpersönlich alles ein und schickt es an die Angehörigen. Das geht schnell hier. Ein Blatt fällt vom Baum, und die Vögel zwitschern weiter.«

James ließ sich von Mr Peabody beplaudern, während er sein Frühstück beendete und an William dachte. Er beschloss, möglichst bald Stella, William Morats Tochter, in Schottland anzurufen. Und er musste sich den Flügel genauer ansehen, auf dem William so oft gespielt hatte. Vielleicht würde der ihm einen Anhaltspunkt liefern. William war ein aufstrebender Konzertpianist gewesen. Aber eines Tages, er war noch keine zwanzig, hatte er bei einem Konzert in der Royal Albert Hall mitten im letzten Satz des zweiten Klavierkonzerts von Rachmaninoff die Nerven verloren. Er hörte einfach auf zu spielen, knallte den Deckel des Flügels zu und rannte hinaus, um nie wieder in einen Konzertsaal zurückzukehren. Einige Monate später trat er – sehr zur Enttäuschung seiner Eltern, die ihm die Klavierausbildung bei den besten Lehrern ermöglicht hatten – dem anonymen Heer der mittleren Staatsbediensteten bei, um fortan das wenig aufregende Leben eines Beamten zu führen. Doch dies bedeutete ganz unerwartet den Beginn einer neuen Karriere. Befreit vom Druck öffentlicher Auftritte, entfalteten sich seine intellektuellen Fähigkeiten in einem Ausmaß, das seine Vorgesetzten verblüffte und ihm schnell den Spitznamen ›The Genius‹ einbrachte.

Als James ihm das erste Mal begegnete, war William siebenundzwanzig und als Einsatzleiter verdeckter Operationen zur Aufklärung interner Korruption bereits sein Vorgesetzter. Sie hatten sich angefreundet, weil sie fast gleichaltrig waren und sich in einer Behörde, die ihnen vorgestrig erschien, wie Verschworene fühlten. Später ließ sich William ebenso wie James in den Außendienst versetzen. Das war das zweite Mal, dass William eine vielversprechende Laufbahn ohne mit der Wimper zu zucken aufgab. Er hatte sich von James' Begeisterung für das Abenteuer und von dem Prickeln, das beruflich sanktionierte Täuschung und Lüge versprachen, anstecken lassen. Im Gegensatz zu James hatte William bei seinen Ermittlungen immer nur eine Identität angenommen: Er reiste stets mit seinem Klavier, einem monströsen Konzertflügel der Marke Erard. Der

Transport kostete den SIS zwar jeweils eine Menge Geld, funktionierte als Tarnung aber perfekt. Ein Künstler, der mit seinem Flügel im Hotel abstieg und auch jeden Tag mehrere Stunden darauf spielte, fiel immer auf. Man fragte sich, ob er wohl ein berühmter Konzertpianist sei, der inkognito unterwegs war, oder ein Komponist oder ein spleeniger, wohlhabender Privatier. Niemand vermutete den Geheimagenten in ihm. Seine Leidenschaft war zugleich sein Narrenkostüm, das ihm einen Spielraum schenkte, um den James ihn beneidete. So ging das zehn Jahre lang, und es waren die besten und aufregendsten ihrer Freundschaft. Doch dann verliebte sich William leidenschaftlich und stürzte sich Hals über Kopf in sein nächstes Leben. Darin war kein Platz mehr für Lügen. Er nahm den Namen seiner Frau an und startete als Unternehmer seine vierte Karriere: Seine Frau Heather war Erbin einer kleinen Bierbrauerei, die er gemeinsam mit ihr leitete.

James und er hatten seitdem ein Leben geführt, wie es unterschiedlicher kaum sein konnte. Dennoch hielten sie an ihrer Freundschaft fest, auch wenn sie nur noch selten Gelegenheit fanden, sich zu treffen. So war das Leben des Freundes hauptsächlich in Form von Geburtstags- und Weihnachtskarten, Fotos, Urlaubsgrüßen, Hochzeits- und Geburtsanzeigen an ihm vorbeigezogen – wie im Zeitraffer. Vor einem Jahr hatte William ihn angerufen und ihm vom Tod seiner Frau berichtet. Er klang sehr niedergeschlagen, und James war froh, dass der Freund bei seiner Tochter Stella, die mit ihrem Mann das Familienunternehmen übernommen hatte, gut aufgehoben war. Umso überraschter war er, als er von William einen Brief bekam, der in Hastings abgestempelt war. Er enthielt eine Ansichtskarte von Eaglehurst, auf deren Rückseite er den Limerick gekritzelt hatte und darunter die Worte »Ruf mich an!«. James hatte vergeblich versucht, ihn zu erreichen, und wenige Tage später hielt er einen schwarz geränderten Brief in der Hand: Williams Todesanzeige.

»Haben Sie Lust auf einen Spaziergang?« Mr Peabodys Frage riss ihn aus seinen Gedanken.

»Später vielleicht«, sagte James. »Ich will mich hier zunächst etwas umsehen.« Als er sich erhob, trat ein zierliches junges Mädchen auf ihn zu. Aus ihrem kurzen schwarzen Wollrock ragten dünne Beine hervor, die in schwarzen Leggings steckten, ihre schwarz geschminkten Augen waren von einem Dutzend Piercings umrahmt.

»Wohin möchten Sie?«

»In den Salon«, antwortete James. Er musterte das verschlossene Gesicht des Mädchens und bemerkte, dass sie etwas gemeinsam hatten: Ihr war es genauso unangenehm, ihn begleiten zu müssen, wie es ihm unangenehm war, sich von ihr führen lassen zu müssen.

»Was macht ein so junges Mädchen wie Sie hier?«

»Mrs White ist meine Mutter.« Das Mädchen wirkte nicht wie jemand, der darauf brennt, von einem alten Herrn in einen Smalltalk verwickelt zu werden.

»Und? Gefällt es Ihnen hier?« James gab nicht so schnell auf.

»Mh.«

»Also nicht besonders?«

»Doch, ich find's super hier«, sagte sie gedehnt, winkelte ihren Arm ab, damit er sich unterhaken konnte, und reckte das Kinn ungeduldig nach vorn. »Wir müssen da lang zum Salon.«

»Ich bin erst gestern angekommen«, versuchte er es weiter in liebenswürdigem Ton, während sie zum Salon gingen. »Ich habe mich noch nicht vorgestellt, Miss White. Mein Name ist James Gerald. Wir werden jetzt wahrscheinlich häufiger miteinander zu tun haben.«

»Sie müssen nicht Miss White zu mir sagen. Sagen Sie einfach Katie, das machen alle.«

»Darf ich fragen, wie alt Sie sind, Katie?«

»Fünfzehndreiviertel.«

»So jung, und schon die Schule beendet?«

»Praktikum«, gab sie zurück und öffnete die Tür zum Salon. James hatte damit gerechnet, dass er um diese Uhrzeit fast menschenleer sein würde. Doch er war so gut besucht wie zu den besten Hotelzeiten. Natürlich, dachte James, wo sollten die Bewohner auch sonst bleiben? Nach dem Frühstück wurde der Speisesaal geschlossen, damit das Personal abräumen und sauber machen konnte. Dieser große holzvertäfelte Raum mit seinen dunkelbraunen Clubsesseln und den dicken blumengemusterten Volants war das Wohnzimmer von Eaglehurst. Wer die Zeit bis zum Mittagessen nicht allein in seinem Zimmer totschlagen wollte und auch nicht mehr so mobil wie Mr Peabody war, hielt sich hier auf.

Im Kamin schienen Flammen zu lodern. Erst bei näherem Hinsehen erkannte James, dass man, wie auch in seinem Zimmer, den echten Kamin durch ein gasbetriebenes Imitat ersetzt hatte. Nicht weit entfernt stand der Flügel. Er war mit einer schweren roten Decke geschmückt, darauf stand eine Delfter Vase mit bunten Kunstnelken. Einige Clubsessel waren besetzt, viele jedoch ordentlich an den Rand geschoben, denn die meisten Bewohner von Eaglehurst hatte man in ihren voluminösen Rollstühlen in den Raum geschoben. Ein paar Herrschaften saßen vor den Fenstern und schauten hinaus, ein Damengrüppchen spielte Karten, eine Frau strickte. Rund um den Kamin standen sechs Rollstühle, und die, die darin saßen, blickten in die züngelnden Gasflammen. Der dicke Teppich schluckte fast jedes Geräusch, aber da war nicht viel zu schlucken. Die Kartenspielerinnen gaben ab und zu Laute von sich, ansonsten war es gespenstisch ruhig im Salon. Ein Großteil der Anwesenden hatte sich am anderen Ende des Raums vor einem großen Flachbildfernseher versammelt, alle trugen Kopfhörer. Wahrscheinlich, mutmaßte James, war es so am leichtesten, die individuellen Grade der Schwerhörigkeit auszugleichen. Soweit er das beurteilen konnte, lief eine uralte Folge von *Coronation Street*. James ließ seinen Blick in Richtung Bar schweifen und bemerkte erfreut, dass sie mit wohlbekannten Flaschen bestückt war.

»Lassen Sie uns an die Bar gehen«, sagte er lächelnd zu Katie. »Ich lade Sie ein!«

Katie sah ihn mit großen Augen an. »Das geht nicht!«

Jetzt war auch James' Geduld am Ende. »Herrgott, das war ein Scherz! Ich hatte nicht wirklich erwartet, dass Sie mit mir einen Martini trinken.«

»Nein, nein«, sagte Katie verlegen, »das meine ich nicht, Mr Gerald …«

Mittlerweile standen sie direkt vor der Bar, und James begriff, was sie ihm sagen wollte. Die Flaschen waren leer. Er sah sich um: Auf den Tischen standen Mineralwasserflaschen und Schnabeltassen. Die Flaschen an der Bar waren nur Dekoration. Er schluckte.

»Ziehen Sie keine falschen Schlüsse aus dem, was Sie sehen, Mr Gerald«, sagte eine sanfte Stimme hinter ihm. Er drehte sich um und sah Eleonora Hideous, die ihn liebenswürdig anlächelte. »Ganz so schlimm, wie Sie vielleicht denken, ist es nicht. Dass die Flaschen an der Bar leer sind, heißt noch lange nicht, dass hier kein Alkohol getrunken wird.«

James gab Katie einen Wink, und sie führte ihn zu dem Tisch, an dem Eleonora saß. »Sie können Gedanken lesen«, sagte er. »Gestatten Sie, dass ich mich zu Ihnen setze?«

»Natürlich.« Sie lächelte. Es war ein breites Lächeln, das ihr ganzes Gesicht in Falten legte, und die hellgrünen Augen sahen ihn mit einer Offenheit an, die er selten bei einem Menschen erlebt hatte und die sie seltsam schutzlos wirken ließ. Ihm wurde bewusst, dass er ihr einen kurzen Moment länger in die Augen gesehen hatte, als es höflich war, und wendete schnell den Blick ab.

»Haben Sie sich etwas erholt von gestern?«, fragte Eleonora. »Es muss ein Schock für Sie gewesen sein, als Mr Maddison starb.«

Er nickte. »Ja, aber für Sie zweifellos ein noch größerer, nicht wahr? Kannten Sie Mr Maddison gut?«

»Wir haben oft die Abende zusammen verbracht, Thomas, meine Schwester und ich. Vorher war auch noch Mr Morat dabei, aber auch er ist kürzlich verstorben.«

»Was für ein Mensch war der Chemieprofessor?«

James folgte Eleonoras Blick, der zum Tisch wanderte, auf dem eine kleine schwarze Ziege stand. In der linken Hand hielt Eleonora eine weiße Ziege, die sie langsam an die andere heranschob, bis die schwarze, wie von Geisterhand bewegt, auf die weiße zuschnellte und beide Tiere mit einem leisen »Klack« zusammenstießen. »Er war ein ganz besonderer Mensch.« Sie sah auf und lächelte. »Und damit meine ich nicht seine gelegentliche Verwirrtheit. Wissen Sie, wenn ich ihn früher kennengelernt hätte, er wäre der Typ Mann gewesen, der mir hätte gefährlich werden können.« Sie trennte die Ziegen und wiederholte das Spiel. »Eaglehurst hat viele Vorteile«, sagte sie ohne aufzusehen. »Aber Sie werden noch merken, dass dies ein Ort ist, an dem einem immer wieder bewusst wird, dass wir nur zu Gast sind auf dieser Welt. Man muss sich ja nur umschauen. Bei uns allen läuft die Uhr ab, und bei den meisten hier ist es schon fünf vor zwölf.« Eleonora lächelte traurig. »Aber was nützt es, Trübsal zu blasen. Davon wird es auch nicht besser.«

»Hatte Maddison Angehörige?«, fragte James.

Eleonora schüttelte den Kopf. »Nein, er war verwitwet, die Ehe war kinderlos.« Sie schaute ihn mit unverhohlener Neugier an. »Waren Sie verheiratet, Mr Gerald?«

»Sie sind heute schon die zweite Person, die das fragt«, antwortete James.

Eleonora winkte ab. »Das ist normal hier in Eaglehurst, gewöhnen Sie sich lieber gleich daran. Die nächste Frage ist, ob Sie Kinder haben.«

»Weder noch«, sagte James. Und wie sieht es bei Ihnen aus?«

»Verwitwet, ein Kind.«

»Sohn oder Tochter?«, hakte James nach.

»Sehr gut«, nickte Eleonora lächelnd, »ich sehe schon, Sie werden sich schnell eingewöhnen. Ein Sohn, Andrew. Er ist Anwalt.«

»Sie sind sicher stolz auf ihn.«

»Stolz, ja, natürlich«, sagte Eleonora. »Aber das ist nicht der richtige Begriff für das, was eine Mutter für ihr Kind fühlt. Sie können das nicht nachvollziehen, weil …« Sie neigte den Kopf zur Seite und musterte James.

»… ich keine Kinder habe«, vollendete James den Satz.

»Nein, weil Sie ein Mann sind.«

»Ihr Sohn besucht Sie sicher oft?« Eleonora schüttelte den Kopf. »Nein, er lebt in Neuseeland.« Sie sah ihn herausfordernd an. »Mr Gerald, wie viele Enkelkinder trauen Sie mir zu?«

James zuckte die Schultern. »Sie sehen überhaupt nicht wie eine Großmutter aus«, sagte er galant. »Aber da Sie so fragen: zwei?«

Eleonora schüttelte spitzbübisch den Kopf. »Mit zwei liegen Sie richtig, aber es sind Urenkel! Enkelkinder habe ich sechs, eine richtige Rasselbande, drei Mädchen und drei Jungs. Aber schon erwachsen. Der Jüngste fängt dieses Jahr mit dem Studium an, er will später in die Kanzlei seines Vaters gehen. Und die Älteste hat selbst schon zwei Töchter. Ich bin also Uroma!«

»Nein!«

»Doch, das bin ich!« Ihre Hände spielten wieder mit den Ziegen.

»Das sind magnetische Ziegen, nicht wahr?«, fragte er.

»Ein altes Kinderspielzeug. Sie kennen es?«

James streckte die Hand aus. »Darf ich?« Eleonora gab ihm die Tiere. James stellte die weiße Ziege auf die Tischplatte und näherte sich seitlich mit der schwarzen. Blitzschnell drehte sich die weiße zur schwarzen Ziege um, und die Köpfe stießen aneinander. »Ich wusste gar nicht, dass die noch hergestellt werden«, sagte er.

»Sie sind schon sehr alt«, lächelte Eleonora. »Wenn Sie sich mit der einen Ziege der anderen von hinten nähern, macht die vordere einen Purzelbaum. Probieren Sie es mal aus, das ist lustig!«

»Ganz reizend«, sagte James, als die weiße Ziege einen Purzelbaum geschlagen hatte und auf dem Rücken lag. »Wo haben Sie die her?«

»Von meinem Sohn. Die Ziegen waren sein Lieblingsspielzeug, als er zwei Jahre alt war. Ich habe es nicht über mich gebracht, sie wegzugeben.« Eleonoras Blick war ganz nach innen gerichtet, als sie nun begann, in aller Ausführlichkeit Anekdoten aus der frühen Kindheit ihres Sohnes zu erzählen. James hörte bald nur noch mit einem Ohr hin und dachte darüber nach, wie er das Gespräch taktvoll beenden könnte. Da betrat Mr Peabody den Salon und schaute sich suchend um. James winkte ihm zu. Peabody winkte zurück und kam mit Kondolenzmine an den Tisch.

»Ich habe Sie schon überall gesucht, meine Liebe«, sagte er zu Eleonora. »Ich wollte Ihnen heute ein wenig Gesellschaft leisten, sicherlich war das gestern ein schwerer Tag für Sie.«

»Wie feinfühlig von Ihnen, Julius.« Eleonora wies lächelnd auf einen freien Platz. »Setzen Sie sich doch.«

James nutzte die Gelegenheit, um sich zu verabschieden, und winkte Katie herbei, die soeben eine ältere Dame im Rollstuhl zum Fernseher geschoben hatte. Auf dem Weg zu seinem Apartment versuchte er gar nicht erst, mit ihr zu reden. Er hatte den Eindruck, dass Katie dankbar dafür war – wie ein Taxifahrer, der nach einem langen Arbeitstag der ewigen Plauderei mit den Fahrgästen überdrüssig ist.

Allein in seinem Zimmer, rief er als Erstes Sheila Humphrey an. »Sheila, ich brauche unbedingt meinen Gehwagen. Ich hänge hier bei jedem Schritt am Arm von irgendjemandem, das ist äußerst unerfreulich. Könnten Sie ihn mir bitte schicken?«

»Gott sei Dank, es geht Ihnen gut!«, rief Sheila erfreut aus. James hielt den Hörer in einiger Entfernung vom Ohr, während sie weitersprach, denn lange Jahre als Chefsekretärin hatten eine durchdringende Telefonstimme ausgebildet. »Ich habe mir Sorgen gemacht, weil ich seit gestern nichts mehr von Ihnen gehört habe. Warum haben Sie nicht zurückgerufen? Ich habe schon viermal versucht, Sie anzurufen.«

»Der Akku war leer«, log James. Er hatte eine starke Abneigung gegen als Sorge verpackte weibliche Bevormundung.

»Wie gefällt es Ihnen denn dort?«, fragte Sheila. »Haben Sie schon etwas herausgefunden über Williams Tod?«

»Sheila, bitte nicht am Telefon. Das hatten wir doch besprochen, nicht wahr.«

»Entschuldigen Sie«, sagte Sheila mit einem scherzhaften Unterton, den James völlig unpassend fand. Kurz vor seiner Abreise hatte sie etwas von ›Cluedo in Echtgröße‹ gemurmelt, was er ihr äußerst übel genommen hatte. Sie hielt das Ganze wohl für einen amüsanten Spleen.

»Ich kümmere mich um den Rollator und melde mich wieder«, versprach Sheila. »Passen Sie auf sich auf, James!«

Als Nächstes rief James Williams Tochter Stella an. Nach einem anstrengenden Monolog eines ihrer Kinder, bei dem es, so viel James verstehen konnte, um einen geklauten Bagger und einen gemeinen Jungen namens Harry ging, bekam er sie endlich ans Telefon.

»James, wie schön, dass Sie anrufen!«, sagte Stella, leicht außer Atem. Sie hatte dieselbe Art zu sprechen wie ihr Vater.

»Es tut mir leid, dass ich nicht zur Beerdigung kommen konnte«, sagte James. »Ich wäre gern dabei gewesen.«

»Das weiß ich«, sagte Stella. »Geht es Ihnen wieder besser?«

»Der Arzt meint, man müsse Geduld haben. Ansonsten geht es mir gut, solange Sie nicht nach den Details fragen.«

»Das hat mein Vater auch immer gesagt.«

James zögerte. »Er fehlt Ihnen, nicht wahr?«

»Ich versuche, mich abzulenken. Die Kinder helfen dabei. Aber es ist, als ob eine Wunde unter einem dicken Verband pocht.« Sie legte eine Hand auf die Sprechmuschel, um ihre Stimme zu dämpfen, und James hörte, wie sie zu ihrem Sohn sprach: »Leg das auf der Stelle wieder hin! Nein, Mama telefoniert. Na gut, einen Keks, aber nur einen!« Dann war Stella wieder am Telefon. »Manchmal erlebe ich etwas und denke, das muss ich unbedingt Dad erzählen, und dann fällt mir wieder ein, dass er tot ist. Diese Augenblicke sind furchtbar.«

»Ja, das glaube ich.«

Sie schwiegen kurz, dann kam James zum Grund seines Anrufs: »Stella, hat man Ihnen schon die persönlichen Dinge Ihres Vaters zukommen lassen?«

»Ja, sie sind bereits zwei Tage nach seinem Tod hier eingetroffen, warum fragen Sie?«

»War ein Handy dabei?«

»Seltsam, dass Sie das fragen. Ich habe schon in Eaglehurst angerufen und danach gefragt, aber ohne Erfolg. Man wusste von nichts, angeblich. Ich weiß, dass mein Vater eins hatte. Ich vermute, jemand hat es sich unter den Nagel gerissen, aber beweisen kann ich das natürlich nicht.«

»Gab es ein Tagebuch, einen Terminkalender oder etwas Ähnliches?«

»Ich glaube nicht. Warum fragen Sie? Stimmt etwas nicht?«

»Möglicherweise«, sagte James. »Wissen Sie, ich wohne seit gestern in Eaglehurst. Es kann auch alles ganz harmlos sein. Ich melde mich aber auf jeden Fall, falls ich etwas herausfinden sollte.«

»Aber warum sind Sie jetzt auch in diesem Seniorenheim?«, fragte Stella aufgeregt. »Warum in aller Welt Hastings? Ich verstehe das nicht. Ich habe, bis die Nachricht von seinem Tod kam, nicht einmal gewusst, dass Dad dort war. Uns hat er gesagt, er würde in Kent Urlaub machen.«

»Wie bitte?«, fragte James aufgeregt. »Sie haben es nicht gewusst?«

»Nein. Er hat uns eine Postkarte aus Dover geschickt. Wir haben uns gefreut, dass er wieder etwas unternahm. Nach dem Tod unserer Mutter war er nicht mehr er selbst. Nicht einmal sein Klavier hat er mehr angerührt.«

»Stella, grüßen Sie Ihre Familie von mir.«

»Aber was ist denn los?«, fragte Stella.

»Momentan kann ich Ihnen noch nicht mehr sagen. Ich melde mich wieder!«

James legte auf. Was hatte William nach Eaglehurst geführt? Und warum hatte er seine Familie belogen? Er nahm die Ansichtskarte, die William ihm kurz vor seinem Tod geschickt hatte, aus seiner Jackettasche und las wohl zum hundertsten Mal den Limerick:

There was a young lady from Riga
Who smiled as she rode on a tiger
They returned from the ride
With the lady inside
And the smile on the face of the tiger.

Kapitel 5

James traute seinen Augen nicht, als er am Arm von Mrs White zum Tee geführt wurde. Rupert Ruthersford stand vor dem Eingang zum Salon und unterhielt sich prächtig mit der Köchin.

Rupert bemerkte ihn sofort. »James! Ich habe dich schon gesucht!«, rief er lauter aus als nötig. Er begrüßte Mrs White und erklärte den Frauen: »Mr Gerald ist gewissermaßen ein alter Kollege von mir. Er hat allerdings bei einer anderen Behörde gearbeitet, im Außendienst.«

»Oh, Sie waren Verkehrspolizist?«, fragte Mrs Simmons interessiert.

»Nein«, sagte Rupert aufgeräumt, »James war einer von den ganz tollen Jungs damals. Er flüsterte der Köchin etwas ins Ohr. Mrs Simmons war beeindruckt. »Nein, wirklich?«

James fluchte leise. Dieser Kerl war in der Zwischenzeit noch dümmer geworden.

»Kann ich dich unter vier Augen sprechen?«, fragte er ungehalten.

»Natürlich«, gab Rupert zurück und zwinkerte Mrs Simmons verschwörerisch zu. »Sie verstehen!«

»Natürlich«, sagte Mrs Simmons wie jemand, der mit einer spektakulären Neuigkeit zum Weitererzählen beschenkt worden ist.

»Gehen wir in mein Zimmer«, sagte James.

»Danke, ich übernehme das schon«, sagte Rupert zu Mrs

White und hakte James unter. Gemeinsam steuerten sie auf den Aufzug zu.

»Ich würde lieber die Treppe nehmen«, sagte Rupert fröhlich. »Wenn es geht, vermeide ich Aufzüge, das hält fit. Welches Stockwerk?«

»Zweites.«

»Gut, ich hole dich ab!«

Im ersten Stockwerk hielt der Aufzug, die Tür öffnete sich, aber niemand stieg ein. Wahrscheinlich, dachte James grimmig, war sich Rupert nicht zu schade gewesen, unterwegs den Knopf zu drücken, um Zeit zu gewinnen.

Als der Aufzug im zweiten Stock angekommen war, stand Rupert mit verschränkten Armen und gelangweiltem Gesicht vor der Tür wie jemand, der schon eine Ewigkeit auf den Bus wartet und die Hoffnung fast aufgegeben hat.

»Warum trompetest du hier herum, was ich früher gemacht habe?«, fragte James, nachdem sie die Tür seines Apartments hinter sich geschlossen hatten. Wie immer, wenn er sehr wütend war, war seine Stimme ganz leise. »Dank deiner überflüssigen Plauderei mit Mrs Simmons ist meine Tarnung jetzt dahin.«

Rupert lachte amüsiert auf. »Tarnung? Als was denn? James, du bist nicht mehr beim SIS. Du bist jetzt ein harmloser Rentner, genau wie alle anderen hier.«

»Also hat die Obduktion keine Anhaltspunkte für einen unnatürlichen Tod ergeben?«, fragte James.

Rupert nahm auf James' Sessel Platz, griff nach dem elektrischen Schalter in der Seitenhalterung und ließ den Sessel in Liegeposition gleiten.

»Gemütlich hast du's hier. Schöne Aussicht aufs Meer. Das Essen ist ausgezeichnet, oder nicht? Jedenfalls ist die Köchin eine ganz patente Frau, finde ich.«

»Was hat die Untersuchung ergeben?«, wiederholte James.

»Darf ich?« Rupert deutete auf James' Zigarren. Im nächsten Augenblick blies er genüsslich den Rauch in die Luft.

»Maddison hatte eine erhöhte Dosis Digitalis im Blut. Ich habe mit Mrs White, der Chefin hier, gesprochen und auch mit diesem Dr. Goat telefoniert. Mr Maddison war nicht nur herzkrank, er litt auch unter beginnender Demenz.« Er tippte sich mit dem Finger an die Stirn. »Vergesslichkeit, wohl auch zuweilen Wahnvorstellungen.«

»Und?«, fragte James.

»Wahrscheinlich hat er einfach zu viele Pillen geschluckt oder etwas verwechselt«, entgegnete Rupert trocken. »Unser Gerichtsmediziner meint, dass zwanzig Prozent aller plötzlichen Todesfälle bei über Siebzigjährigen auf falsche Medikamenteneinnahme zurückzuführen sind. Die Dunkelziffer liege weitaus höher. Wir wissen zweifelsfrei, dass er an einem plötzlichen Herztod gestorben ist, und ja, möglicherweise könnte die erhöhte Konzentration des Herzstärkungsmittels, das er von Dr. Goat verschrieben bekommen hat, dafür mitverantwortlich sein. Es gibt aber keinen Grund zu der Annahme, dass jemand anderes Mr Maddison dieses Medikament absichtlich in zu hoher Dosierung verabreicht hat. Ich denke, er hat einfach vergessen, dass er das Medikament schon genommen hatte, und es noch einmal genommen. Oder er hat vergessen es zu nehmen und beim nächsten Mal dafür die doppelte Dosis geschluckt.«

»Für dich ist der Fall also ganz klar«, sagte James.

»Und abgeschlossen«, bestätigte Rupert und ließ den Sessel wieder in Sitzposition fahren. »Du solltest aufhören, Gespenster zu sehen«, sagte er grinsend. »Ich gebe zu, das ist eine Berufskrankheit von uns. Aber wir sollten uns ab und zu bewusst machen, dass Menschen auch ganz von selbst ihr Leben aushauchen, vor allem an einem Ort wie diesem.«

»Das war kein natürlicher Tod, glaub mir.«

Rupert lachte. »Du weißt vielleicht, wie ein gewaltsamer Tod aussieht, aber deshalb bist du noch lange kein Experte für den natürlichen Tod. Wer sagt dir, dass es kein natürlicher Tod war? Du bist wie jemand, der London nur bei Nacht kennt. Plötzlich ist es Tag, und dir fällt der Unterschied nicht auf.«

James sah zur Decke. Rupert hatte während seiner Ausbildung einmal einen Zweistundenkurs in Logik belegt, der ihm offensichtlich nicht gut bekommen war.

»Sieh es positiv«, schloss Rupert. »Dein Job als Privatdetektiv ist beendet.«

»Du täuschst dich«, sagte James nur.

Rupert grinste. »Warst du früher eigentlich schon so stur? Na ja, in deinem Alter ist das normal, schätze ich. Aber pass wenigstens gut auf, dass *du* nicht aus Versehen zu viele Pillen schluckst!«

An der Tür stieß Rupert fast mit Miss Hunt zusammen.

»Ich bin gekommen, um das Bett von Mr Gerald aufzuschütteln«, sagte sie entschuldigend. »Aber ich kann auch später wiederkommen!«

»Nein, nur zu«, sagte Rupert und machte ihr galant lächelnd Platz. Hinter ihrem Rücken drehte er sich noch einmal zu James um, warf einen anzüglichen Blick auf Miss Hunts prallen Hintern und meinte: »Du hast eine gute Wahl getroffen mit Eaglehurst. Da wird einem viel geboten für seine Rente!«

»Hier ist Rauchen verboten!«, bemerkte Miss Hunt säuerlich.

»Ein Freund von Ihnen?«, fragte sie, als Rupert endlich die Tür hinter sich zugezogen hatte.

»Himmel, nein! Ein früherer Kollege. Ich muss mich für ihn entschuldigen, er hat keine gute Erziehung genossen.«

Miss Hunt schüttelte die Kissen kräftiger als nötig auf. »Erziehung! Das hört sich an, als würden Sie über einen Teenager sprechen.«

»Nun, manche Menschen bleiben geistig leider in diesem Alter stecken«, sagte James lächelnd. »Ein Alter, in dem man sich einbildet, im Gegensatz zur restlichen Welt die Weisheit mit Löffeln gefressen zu haben.«

»Ich war mit siebzehn ganz anders.« In Miss Hunts Stimme schwang ein Anflug von Koketterie.

»Das glaube ich Ihnen.« James ließ sich in seinem Sessel nieder. »Wie geht es Ihnen übrigens? Wie war die Nacht? Hat man Sie wirklich so oft herbeigeklingelt, wie Sie befürchtet hatten?«

»Es ging. Eigentlich hatte Mr Maddison nicht so viel Kontakt zu den anderen Bewohnern. Ich glaube, allen außer den beiden Schwestern ging er auf die Nerven, weil er so viel redete.«

»Ja, die meisten Menschen mögen es nicht besonders, wenn jemand anderes zu viel redet.«

»Vor allem nicht, wenn es so dummes Zeug ist wie bei Mr Maddison.«

»Ich fand es eigentlich gar nicht so dumm«, sagte James nachdenklich.

»Vielleicht haben Sie recht, Mr Gerald. Das Problem war, dass er sich immer so ereiferte und ...« Miss Hunt hielt inne. »Hier liegt ein Zettel auf Ihrem Bett!«

»Zeigen Sie mal her!«

Sie reichte ihm den Zettel, der in der Mitte gefaltet war. In Druckbuchstaben hatte jemand daraufgekritzelt:

Who is the cat,
Who is the mouse,
Beware of the trap
And try to find out.

Miss Hunt blickte James über die Schulter. »Das ist nett. Haben Sie das geschrieben?«

»Ja, ja«, sagte James schnell und steckte den Zettel ein. »Ein Tick von mir.«

»Dann werden Sie sich gut mit den Schwestern Hideous verstehen. Die dichten ständig Limericks und haben damit auch Mr Morat und Mr Maddison angesteckt. Abends im Salon haben sie zu viert um die Wette Limericks geschrieben.«

»Das hört sich an, als hätten sie viel Spaß gehabt.«

»Ja, es ist fröhlich zugegangen in diesem Limerick-Club. Und eine Menge Alkohol getrunken haben sie auch.«

James lächelte. »Mrs Hideous deutete bereits an, dass mehr Alkohol getrunken wird, als die leeren Flaschen an der Bar vermuten lassen.«

Miss Hunt grinste. »Das kann man wohl sagen. Natürlich steht es jedem frei, sich selbst etwas zu besorgen. Ein paarmal hat Mrs Edith Hideous mir Geld gegeben, damit ich im Supermarkt Wein besorge. Ansonsten, nehme ich an, hat Mr Maddison eingekauft. Der war sowieso ständig unterwegs. Hummeln im Hintern.«

»Ja, davon habe ich gehört. Er soll sich allerdings auch oft verirrt haben, nicht wahr?«

Miss Hunt musste lachen. »Stimmt, ein paarmal war er sogar über Nacht weg, und niemand wusste, wo er war – er selbst wahrscheinlich am wenigsten. Einmal wurde er in Brighton aufgegriffen. Er saß im Royal Pavillon und meinte wohl, er sei King George. Aber wenn es um das Besorgen von Alkohol ging, war auf ihn Verlass!« Miss Hunt wechselte die Handtücher im Bad, dann verabschiedete sie sich lächelnd von James. »Ich wollte Ihnen nochmals danken für gestern Abend. Es hat mir gutgetan, mit Ihnen zu reden. Sie sind anders als die anderen hier!«

Als sie gegangen war, nahm James in seinem Sessel Platz und zündete sich eine Zigarre an. Er hatte immer noch keine Ahnung, aus welchem Grund William nach Eaglehurst gekommen war, warum er sich mit Mr Maddison angefreundet hatte und was die Schwestern Hideous mit alldem zu tun hatten. Zwei Limerick-Schreiber waren tot. Waren auch Edith und Eleonora in Gefahr? Auch wenn er auf all diese Fragen noch keine Antwort hatte, war eines klar: Es gab jemanden, der wusste, warum James sich in Eaglehurst aufhielt. Und dieser Zettel war eine Einladung, mit demjenigen Katz und Maus zu spielen. Wer auch immer er war, er musste sich sehr überlegen fühlen.

James starrte nachdenklich auf das Meer, während er seine Zigarre rauchte. »Katz und Maus, das kannst du haben«, sagte er dann laut, griff nach seinem Handy und wählte die Nummer des Empfangs.

»Mrs White, sagen Sie, kommt Dr. Goat eigentlich heute noch ins Haus? Ja? Ausgezeichnet. Wären Sie dann bitte so freundlich, ihn zu mir auf mein Zimmer zu schicken? Danke.«

Als Nächstes überprüfte er sein Handy und rief eine SMS ab. *Komme mit dem Zug um 17.58 aus London. Sheila.*

Kapitel 6

James hatte seine Zigarre noch nicht zu Ende geraucht, als es an der Tür klopfte.

Bevor er »Herein!« rufen konnte, trat ein etwa vierzigjähriger hagerer Mann mit dünnem blondem Haar, geschmeidigen Bewegungen und tief in den Höhlen liegenden Augen ein. Marathonläufer, dachte James.

»Mr Gerald?« Der Mann stellte seine Arzttasche neben James auf dem Boden ab und reichte ihm die sehnige Hand.

»Ich bin Dr. Goat. Mrs White sagte, ich sollte bei Ihnen vorbeischauen.« Er drehte sich um und riss eines der Fenster auf. »Wie lange rauchen Sie schon?«

James blies Rauchkringel in die Luft. »Zehn Minuten, höchstens.«

»Das habe ich nicht gemeint, sondern seit wie vielen Jahren rauchen Sie schon?«

»Seit fünfzig Jahren etwa. Eher länger.«

»Sie wissen, dass Sie mit Ihrem Leben spielen?«

James wechselte das Thema. »Sagen Sie, Julius Peabody erzählte mir, dass Sie Fachmann für Homöopathie sind.«

Dr. Goat sah ihn überrascht an. »Das ist richtig. Waren Sie bereits in homöopathischer Behandlung, Mr Gerald?«

»Leider nicht, aber ich habe schon viel davon gehört. Wissen Sie, in diesem Winter hat es mich erwischt. Eine schwere Grippe hat mich beinahe umgebracht, und seitdem bin ich so schwach, dass ich mich kaum noch auf den Beinen halten kann. Mein Hausarzt meint nur, ich müsse Geduld haben. Gibt es vielleicht ein homöopathisches Mittel, das mir helfen würde, schneller wieder zu Kräften zu kommen?«

Dr. Goat musterte James mit neu erwachtem Interesse, dann zog er seinen BlackBerry hervor. »Gewiss. Wenn wir das richtige Mittel in der richtigen Potenz finden, kann es ein kleines Wunder vollbringen. Doch dafür brauchen wir eine Erstanamnese. Das geht nicht einfach so zwischen Tür und Angel. Mal sehen … ich hätte morgen um 17.00 Uhr ein Zeitfenster von gut einer Stunde, wenn nichts dazwischenkommt.«

»Einverstanden.«

»Mrs White sagte, sie fühlten sich nicht ganz wohl? Wenn Sie ein akutes Problem haben …«

»Nein, das habe ich nicht gesagt«, meinte James lächelnd. »Ich habe Mrs White nur gebeten, Ihnen freundlicherweise Bescheid zu geben, dass ich Sie gern kennenlernen möchte.«

»Nun, wenn es nichts Akutes ist …« Dr. Goat griff nach seiner Tasche und reichte James die Hand. Er war kein Mann zum Plaudern.

»War eigentlich Mr Morat auch bei Ihnen in homöopathischer Behandlung?«, fragte James schnell.

»Sie kannten Mr Morat?«

»William Morat war ein guter Freund von mir. Es würde mich interessieren, ob er auch homöopathisch behandelt wurde.«

»Warum?«

»Nun, wenn es so war, hat die Homöopathie ihm wohl nicht geholfen.«

»Die Homöopathie bewirkt natürlich keine Wunder«, sagte Dr. Goat in einem Tonfall, der verriet, dass er persönlich sehr wohl davon überzeugt war. »Sie kann in vielen Fällen helfen, wo die Schulmedizin nichts ausrichtet, aber natürlich kann sie die Uhr nicht zurückdrehen. Probieren Sie es selbst aus! Die meisten Patienten müssen erst ihre eigene Erfahrung machen, bevor sie überzeugt sind.«

»Wenn sie nicht vorher sterben.«

»Therapieresistenz kommt bei jeder Behandlungsform vor«, erklärte Dr. Goat.

»Therapieresistenz? Das bedeutet, die Behandlung ist an sich gut, nur ist der Patient gewissermaßen immun dagegen, sodass es dann doch nichts nützt?«

Dr. Goat sah James irritiert an. »Wenn Sie nicht wollen, lassen wir es lieber gleich, Mr Gerald. Es war *Ihre* Idee, nicht meine.«

»Doch, doch, ich überzeuge mich gerne selbst«, versicherte James.

Schon am Klopfen erkannte James wenige Minuten später Sheila Humphrey. Niemand konnte so ungeduldig klopfen wie sie, und niemand konnte eine Tür mit so viel Elan aufreißen. Eine Eigenschaft, die er sowohl bewunderte als auch ein wenig anstrengend fand. Sheila war wie ein Sturm, der über einen hinwegfegt: Hinterher war man erfrischt, aber auch irgendwie durcheinandergewirbelt.

»James!«, rief sie, als sie ins Zimmer platzte. »Nicht zu glauben, dieses Wetter an der Küste! Ich bin bis auf die Haut nass geworden auf dem Weg vom Bahnhof hierher!«

Sie schüttelte ihren Regenschirm aus, sodass im Umkreis von zwei Metern dicke Tropfen auf den Teppich regneten. Der kalte Sprühnebel kitzelte James in der Nase und brachte ihn zum Niesen.

»Oh, James, sind Sie erkältet?«, fragte Sheila besorgt, ließ den Schirm auf den Teppich fallen und trat an seinen Sessel. Einen Augenblick befürchtete James, sie würde ihm die Hand an die

Stirn legen, um zu sehen, ob er Fieber habe. Doch stattdessen lächelte sie ihn mit liebevoller Strenge an.

»Sehen Sie, wohin das führt, James? Kaum sind Sie in diesem … dieser Anstalt hier, werden Sie auch schon krank.«

»Schön, dass Sie gekommen sind, Sheila«, lächelte James. Er freute sich wirklich, ihr vertrautes Gesicht zu sehen. »Aber ich bin nicht krank, das versichere ich Ihnen.« Er zuckte die Schultern. »Zumindest nicht kränker als vor zwei Tagen.«

»Sie müssen Geduld haben«, sagte Sheila, pellte sich aus ihrer Regenjacke, zog die gelb gepunktete Plastikhaube vom Kopf und versuchte, mit den Fingern einer Hand die plattgedrückten rotbraunen Locken wieder in Form zu bringen.

»In London hat übrigens noch die Sonne geschienen, James. Das ist wieder typisch, auf das Wetter an der Küste ist einfach kein Verlass!«

James bezweifelte stark, dass das Wetter in London schöner war. Aber seit Sheila in den sechziger Jahren aus einem kleinen walisischen Dorf nach London gezogen war, begeisterte sie sich für die Stadt. London war für sie der aufregendste, schönste Ort auf der Welt, und wenn es in London regnete, was nach James' Empfinden fast ständig der Fall war, dann fiel es Sheila einfach nicht auf. Jeder einzelne Sonnentag aber, den sie im Lauf von über vierzig Jahren in London erlebt hatte, blieb unauslöschlich in ihrem Gedächtnis haften. Fragte man Sheila, hätte sie ohne zu zögern behauptet, dass London genauso viele Sonnentage zu bieten habe wie Rom.

»Was macht der Wintergarten, während Sie hier sind?«, erkundigte er sich. Sheila sah ihn erstaunt an.

»Oh, ich hatte eigentlich nicht vor, länger zu bleiben«, sagte sie. »Für heute Nacht habe ich ein Zimmer im Royal Victoria gebucht, aber gleich morgen fahre ich wieder nach Hampstead zurück.«

»Natürlich«, beeilte sich James, das Missverständnis auszuräumen. »Ich dachte nur, die Pflanzen müssten morgen früh sicherlich auch gegossen werden, nicht wahr?«

Sheila war Besitzerin eines Wintergartens, auf den jeder Gärtner stolz gewesen wäre. Es hatte alles vor zwei Jahren angefangen, als ihr Mann starb. Alleine wollte sie in der großen Wohnung in Kensington nicht bleiben, und als sie von James erfuhr, dass das Haus neben seinem verkauft werden sollte, griff sie zu. Der Kaufpreis war sehr günstig gewesen, da der dem Garten zugewandte verglaste Anbau des Hauses an einigen Stellen undicht war. Doch statt ein Vermögen für die Sanierung auszugeben, beschloss Sheila, aus der Not eine Tugend zu machen. »Die Natur will hier einziehen, na bitte!«, verkündete sie und besorgte sich einen Stapel Fachbücher aus der Bücherei. Das feuchtwarme Klima und ihre fachkundige Pflege verwandelten den Wintergarten innerhalb eines Sommers in einen Dschungel, in dem sich sogar Schmetterlinge wohl fühlten.

»Ja, natürlich«, sagte Sheila, »aber das Wässern übernimmt morgen der junge O'Brien. Sie wissen schon, er arbeitet drüben in Barcley's Bank. Hätten Sie es für möglich gehalten, dass das ein ganz naturnaher Bursche ist?«

James musste lächeln bei der Vorstellung, wie der junge Bankangestellte, der jeden Morgen perfekt gekleidet, tadellos rasiert und in eine Wolke aus Rasierwasser gehüllt das Haus verließ, mit dem Gartenschlauch in Sheilas Wintergarten herumspritzte. Sheilas Gabe, anderen Menschen mit der größten Liebenswürdigkeit Dinge abzuverlangen, die ihnen wahrscheinlich nie im Traum eingefallen wären, war phänomenal.

Sheila stand auf und machte ein Gesicht wie der Weihnachtsmann, als sie zur Tür ging. »James, ich habe eine Überraschung mitgebracht!«

Sie öffnete die Tür und holte den Rollator, den sie vor der Tür abgestellt hatte, herein. »Ich habe einfach einen neuen für Sie besorgt, die junge Angestellte von Crenshaw's Sanitätshaus war sehr entgegenkommend. Probieren Sie mal, dieser ist eindeutig besser als der, den Sie vorher hatten!«

Sie schob den Gehwagen vor James' Sessel und sah ihn herausfordernd an.

James erhob sich und ging ein paar Schritte damit. Ihm fiel nicht der geringste Unterschied auf. Sogar die Farbe war gleich, soweit er sich erinnern konnte. »Viel besser«, log er.

»Sie können lügen, ohne rot zu werden, James! Das Beste kennen Sie doch noch gar nicht. Ich habe eine kleine Spielerei eingebaut. Ich weiß doch, dass Sie solche Dinge lieben!« Sheila zeigte auf die Mitte des Lenkers. »Sehen Sie, hier an der Seite gibt es drei kleine Knöpfe, und wenn Sie da draufdrücken, kommt Reizgas rausgeschossen, entweder nach links, nach rechts oder geradeaus. Jeder Strahl hat eine Reichweite von fünf Metern.«

»Und was mache ich, wenn ein Angreifer von hinten kommt?«

»Ach, James, Sie finden immer gleich ein Haar in der Suppe. Dann drehen Sie sich eben um!«

»Ich wollte Sie doch nur ärgern«, lenkte er ein. »Vielen Dank, Sie haben es geschafft, dass ich dieses Gefährt schon fast in mein Herz geschlossen habe.«

»Sie kennen noch nicht alles«, fuhr Sheila stolz fort. »Sehen Sie dieses kleine Plastikgehäuse hier an der rechten Seite? Wenn Sie es aufklappen und auf den blauen Knopf drücken: Voilà, ein voll funktionsfähiges Navigationsgerät!«

»Mein Gott, hoffentlich stellen mir die anderen hier kein Beinchen vor lauter Neid, wenn sie das sehen«, sagte James. Sheila sah ihn verstimmt an, und er wusste, dass er sich auf dünnem Eis bewegte. »Wissen Sie was?«, schlug er mit seinem charmantesten Lächeln vor, »wir probieren es gleich aus und machen einen kleinen Spaziergang damit. Ganz in der Nähe gibt es ein italienisches Restaurant. Ich lade Sie ein! Aber während ich die Adresse in das Navi eingebe, könnten Sie mir noch einen großen Gefallen tun und unauffällig im Zimmer von Mr Maddison nachsehen, ob Sie irgendetwas finden, das uns weiterbringt. Das Apartment wird zwar schon geräumt sein, aber man weiß nie. Vielleicht wurde etwas übersehen.«

»Alles klar, wird gemacht!« Sheila krempelte tatendurstig die Ärmel ihrer Bluse hoch. »Ich bin gleich wieder da! Welche Nummer hat sein Apartment?«

»Es ist das Apartment gleich gegenüber. Gehen Sie zuerst zu den Aufzügen. Neben dem alten Aufzug gibt es eine tapezierte Tür, die nicht abgeschlossen ist. In dem kleinen Raum dahinter finden Sie die Schlüssel für alle Zimmer.«

»Als ob ich das nötig hätte!« Sheila griff in ihre Handtasche, zog ein kleines Ledermäppchen heraus und blätterte darin. »Was haben wir denn hier: Visa, American Express, Lambeth-Drugstore, National Trust …«

»Schon gut, schon gut«, sagte James. »Ich hatte ja keine Ahnung, dass Sie sich mit kriminellen Techniken auskennen.«

Sheila lächelte. »Das macht der schlechte Umgang, James.«

Kapitel 7

Sheila hatte, wie erwartet, nichts Interessantes in Maddisons Apartment gefunden. Alle Schrankfächer und Schubladen waren bereits sorgfältig ausgeräumt. Unter Maddisons Bett entdeckte sie als einzige Ausbeute eine Stempelkarte der Gastronomie-Kette Carlo's sowie einen zerknitterten Kassenbon für zwei Flaschen Wein von Tesco. Aus dem Ausflug mit dem Rollator wurde nichts, denn es schüttete immer noch wie aus Kübeln. Sheila und James gingen hinunter in die Empfangshalle, um sich ein Taxi rufen zu lassen. Mrs White und die Schwestern Hideous, die in der Sitzecke ebenfalls auf ein Taxi warteten, musterten Sheila mit unverhohlener Neugier. James war amüsiert, als er das bemerkte. Diese Reaktion auf Sheila war normal. In den sechziger Jahren hatten schlaksige Londoner Mädchen die ersten Miniröcke zur Schau getragen. Sheila hatte sich ihnen angeschlossen und war dem Minirock treu geblieben. Die Mode mochte sich ändern, doch Sheila trug bis heute ausschließlich Röcke oder Kleider, die weit über dem Knie endeten. Dass sie damit in ihrem Alter – sie war inzwischen siebenundsechzig – nicht lächerlich aussah, hatte sie ihrer vitalen Ausstrahlung und dem Umstand zu verdanken, dass ihr Körper unfähig war, auch nur ein Gramm Fett anzusetzen. Von Weitem wirkte sie immer noch wie ein junges Mädchen.

»Scheußliches Wetter«, bemerkte Eleonora Hideous, als die beiden sich zu den Schwestern gesellten.

»Ja, scheußlich«, stimmte ihre Schwester zu. Es entstand eine Pause, in der Edith und Eleonora offensichtlich darauf warteten, Sheila vorgestellt zu werden.

»Ein richtiger Wolkenbruch«, bemerkte Sheila.

»Nicht wahr?«, bestätigte James und spähte durch die Glastür nach draußen. »Ihr Taxi!«, rief er und verbeugte sich leicht. »Ich wünsche Ihnen beiden einen angenehmen Abend.«

»Ihnen und Ihrer Tochter ebenfalls«, sagte Edith mit liebenswürdigem Lächeln.

Sheila strich sich eine Locke aus dem Gesicht. »Wie bissig diese alte Schachtel ist!«

James lächelte. »Wieso? Nehmen Sie es als Kompliment für sich, Sheila.«

Wenig später saßen sie in einem kleinen indischen Restaurant im Nachbarort Battle Abbey. Wenn sie schon mit dem Taxi fuhren, hatte James beschlossen, dann konnten sie auch ein Restaurant nehmen, in dem ihnen mit Sicherheit niemand aus Eaglehurst begegnen würde.

»Sie sollten sich diese ganze Idee aus dem Kopf schlagen«, begann Sheila unverblümt, kaum dass sie ihre Bestellung aufgegeben hatten. »Das ist nichts für Sie, James. Sie jagen einem Hirngespinst hinterher. Und dann all die alten Leute. Am Ende werden Sie selbst noch senil.«

Statt zu antworten, zog James den Zettel mit dem Limerick aus seiner Jacketttasche. Sheilas große braune Augen wurden noch größer, als sie ihn las.

»Wer ist die Katze, wer ist die Maus. Gib acht auf die Falle und find es heraus. Oh, das klingt gar nicht gut. War das für Sie bestimmt?«

James nickte. »Miss Hunt hat den Zettel gefunden, er lag auf meinem Bett.«

»Wer kann ihn dorthin gelegt haben?«

»Zuallererst ist natürlich der Finder verdächtig. Miss Hunt hätte ihn nicht nur finden, sondern auch dorthin legen können. Aber eigentlich traue ich ihr das nicht zu.«

Sheila zog die Augenbrauen hoch. »Ist sie attraktiv?«

»Was wollen Sie damit sagen?«

Sheila lächelte. »Männer trauen attraktiven Frauen selten etwas Böses zu.«

»Ich bitte Sie. Nein, ich denke, dass Miss Hunt nicht besonders tiefgründig ist. Da ist nicht viel mehr als das, was man sieht. Sie ist wie ein offenes Buch.«

»Oder sie versteht es gut, die richtigen Seiten für Sie aufzublättern.«

»Sie sollten mich besser kennen, Sheila.«

»Abgesehen von dieser Miss Hunt, wer könnte es noch gewesen sein?«

»Im Prinzip jeder.«

»Schließen Sie denn Ihre Tür nicht ab?«

»Sicher, aber Sie wissen doch, wie leicht man hier an die Schlüssel kommt. In jedem Stockwerk gibt es diesen kleinen Raum neben dem Aufzug, mit der tapezierten Tür, in dem, ordentlich nach Nummern sortiert, die Ersatzschlüssel für alle Zimmer hängen.«

Der Kellner brachte zwei Martini.

Sheila nippte an ihrem Glas, dann tippte sie mit dem Zeigefinger auf den Zettel. »Das hier ist eine Drohung, James. Ganz klar. Sie sollten nicht länger in Eaglehurst bleiben. Es ist zu gefährlich. In Ihrem Zustand sind Sie hilflos.«

»Was auch immer ich bin, hilflos ganz bestimmt nicht«, fuhr James auf. Er leerte sein Glas in einem Zug, setzte es unsanft auf dem Holztisch ab und tippte sich an die Stirn. »Das wäre ich vielleicht, wenn ich hier oben nicht mehr ganz klar wäre, aber solange hier noch alles in Ordnung ist, mache ich mir keine Sorgen, und ich möchte auch nicht, dass andere das für mich übernehmen.«

»James, aber ich *mache* mir Sorgen um Sie«, sagte Sheila ernst. »Wir kennen uns nun schon seit wie vielen Jahren?«

»Eine Ewigkeit.«

»Ja, und Sie haben sich nie unnötig in Gefahr gebracht. Ich werde nicht zulassen, dass Sie es jetzt tun. Ehrlich gesagt habe ich bis heute nicht geglaubt, dass wirklich etwas dran ist an der Sache. Aber wie es scheint, hatten Sie recht. Es ist vielleicht doch etwas faul an Williams Tod. Aber es wäre höchst unvorsichtig, weiter auf eigene Faust zu versuchen, den Mörder dingfest zu machen. Die weiteren Ermittlungen sollten Sie der Polizei überlassen. Zumal Sie nicht wissen, wer er oder sie ist. Aber er oder sie weiß anscheinend ganz genau, wer Sie sind. Und er oder sie fühlt sich so sicher, dass er Ihnen droht und sich lustig über Sie macht.«

»Ja, und wissen Sie auch, wem ich das zu verdanken habe? Rupert Ruthersford. Ich hatte ihn gebeten, die Leiche von Thomas Maddison obduzieren zu lassen, und ihm von meinem Verdacht berichtet. Und dieser kleine Einstein hatte nichts Besseres zu tun, als mich in Eaglehurst zu besuchen und herumzuerzählen, wer ich bin.«

Der Kellner stellte eine große Schüssel Reis und zwei gusseiserne Töpfchen auf den Tisch.

»Noch einen Martini, der Herr?«, fragte er.

»Nein, bringen Sie uns bitte zwei Bier«, sagte James.

»Habe ich das bestellt?«, fragte Sheila ungläubig und starrte auf ihr Essen. »Warum ist das rosa?«

Der Kellner zuckte mit den Schultern. James blickte auf ihr Töpfchen, dessen schaumiger Inhalt ihn an Flamingofedern erinnerte, dann auf sein eigenes Töpfchen, das bis zum Rand mit einem gelblichen Gemüsebrei gefüllt war. »Meins sieht in Ordnung aus, wollen wir tauschen?«

Sheila sah ihn unentschlossen an. »Na, kommen Sie schon, Sheila!« James zog kurzerhand das rosa Näpfchen zu sich und schob ihr seines hin. »Meins ist auch vegetarisch!«

»Danke, James.« Sheila griff erleichtert nach dem Besteck.

James probierte. »Nicht schlecht. Schmeckt nach Ingwer und Zitronengras und ein wenig nach Himbeere. Wonach schmeckt Ihres denn?«

»Scharf.« Sheila stopfte sich hastig den Mund voll mit Reis.

Sie aßen eine Weile schweigend. James hatte Sheilas Gegenwart schon immer als wohltuend empfunden, auch zu der Zeit, als sie noch Kollegen waren und ihr Mann noch lebte. Natürlich hatte er manchmal daran gedacht, wie es wäre, mit ihr zu schlafen. Dieser Gedanke stellte sich früher oder später bei fast jeder Frau ein, die er kannte. Es hätte ihn nicht gestört, dass sie verheiratet war. Im Gegenteil: Ein Ehering machte die Eroberung reizvoller und den Abschied leichter. Doch das Ende einer Affäre hätte wohl auch das Ende ihrer Freundschaft bedeutet, und in diesem Fall schien James der Preis zu hoch. Während er sich Sex mit jeder attraktiven Frau vorstellen konnte, wurde es schon schwieriger, wenn es ans Lachen ging. Nicht jede Frau teilte seinen Humor, das war die eine Sache. Die andere, weit bedenklichere war, dass viele Frauen sehr unansehnlich wurden beim Lachen. Manche schon beim Lächeln. Hatten sie mit geschlossenem Mund noch gut ausgesehen, war nun plötzlich zu viel Zahnfleisch zu sehen, oder es tauchten schiefe, unschön geformte oder zu große Zähne auf, bei manchen verzog sich das ganze Gesicht zu einer Fratze. Und die Geräusche, die manche Frauen machten, wenn sie lauthals über etwas lachten, waren ein weiteres Grauen. Vielleicht war das ein Grund dafür, dass

James von seiner Fähigkeit, andere zum Lachen zu bringen, kaum Gebrauch machte. Sheilas Lachen aber war tadellos: Sie zeigte Zähne, aber nicht zu viele, sie lachte laut, aber nicht zu laut, und ihr Gesicht veränderte sich auf eine angenehme Weise. Es bereitete ihm sogar ausgesprochene Freude, sie zum Lachen zu bringen.

Ein weiterer kritischer Punkt war die gemeinsame Einnahme von Mahlzeiten. Das helle Quietschen, das ein Messer in der Hand eines unsensiblen Menschen beim Schneiden des Fleisches auf dem Teller machen konnte, drang ihm durch Mark und Bein. Und schließlich gab es kaum etwas Furchtbareres als ein Gegenüber, das mit halbvollem Mund redete und beim Trinken außer Lippenstift – schlimm genug – auch noch Speise- und Fettpartikel am Rand des Glases hinterließ. Bezüglich des Lippenstiftes brauchte er sich bei Sheila keine Gedanken zu machen, sie benutzte nie welchen. Sie hatte eine bodenständige Abneigung gegen alles Künstliche. Auch trank sie nie etwas beim Essen, sie hielt es für ungesund, die Magensäfte beim Essen durch zusätzliche Flüssigkeit zu verwässern. Und dafür, mit halbvollem Mund zu reden, war sie schlichtweg zu gut erzogen. Die Sache mit dem Quietschen beim Fleischzerschneiden war ebenfalls nichts, worüber James sich den Kopf zerbrechen musste: Sheila war Vegetarierin. So kam es, dass er sich beim Essen mit ihr so wohl fühlte wie mit niemandem sonst.

Als nur noch Reste der rosafarbenen Soße in seinem Töpfchen übrig waren, bemerkte James, dass es Sheila nicht gut ging. Ihr Gesicht war rotfleckig, Schweiß perlte von ihrer Stirn.

»Ist Ihnen nicht wohl?«

Sheila fächelte sich mit der Serviette Luft zu. »Mir ist so heiß.«

James winkte den Kellner heran. »Würden Sie uns bitte die Rechnung bringen und gleich ein Taxi rufen? Danke!«

Sheila ging zu den Toiletten. Als sie wiederkam, keuchte sie und sah aus, als könnte sie sich nur mit Mühe auf den Beinen halten.

»Sheila«, sagte James besorgt, »wir sollten einen Arzt rufen!«

»Unsinn«, sagte Sheila. Doch im nächsten Augenblick wurde sie ohnmächtig, und nur dank der Geistesgegenwart des Kellners, der sein Tablett fallen ließ und sie auffing, stürzte sie nicht vornüber auf den Boden. James zog sein Handy hervor und wählte die 999.

Sheila war schon wieder zu sich gekommen, als der Notarzt eintraf. Der Kellner und der eilends herbeigerufene Koch hatten Sheila auf eine Bank gelegt und ihr mehrere Kissen unter die Füße geschoben, während James ihr mit dem Parfüm aus ihrer Handtasche die Schläfen einrieb. Der Arzt untersuchte Sheila mit der wohltuenden Ruhe des professionellen Helfers, fragte, was sie gegessen hatte, und gab ihr eine Spritze. Bald beruhigte sich Sheilas Atmung wieder, und sogar die roten Flecken und die Schwellungen im Gesicht verschwanden.

»Wir nehmen Sie trotzdem mit ins Krankenhaus«, sagte der Arzt. »Zur Beobachtung.«

»Nein«, protestierte Sheila, »ich will nicht!«

»Sheila«, sagte James, »seien Sie vernünftig. Natürlich gehen Sie ins Krankenhaus. Es bleibt Ihnen gar nichts anderes übrig. Außerdem wollten Sie doch ohnehin bis morgen früh bleiben, nicht wahr?«

»Und mein Hotelzimmer?«, protestierte Sheila. »So eine Geldverschwendung!«

Der Arzt wendete sich an James. »Wollen Sie im Krankenwagen mitfahren?« James schüttelte den Kopf. »Danke, ich nehme ein Taxi und folge Ihnen. Wohin fahren Sie mit Mrs Humphrey?«

»Nach Hastings ins Conquest Hospital.«

Sheila warf James einen wütenden Blick zu. »Das lassen Sie schön bleiben, James. Sie fahren auf gar keinen Fall mit ins Krankenhaus. Wie sieht das denn aus. Kommen Sie morgen früh, um mich rauszuholen, meinetwegen!«

»Na gut, aber ich bringe Ihnen heute Abend wenigstens noch Ihre Sachen. Sie brauchen Handtücher, Ihren Pyjama und, nicht zu vergessen, Ihre Zahnbürste und frische Wäsche.«

»Nein, ich kann genauso gut ein Nachthemd vom Krankenhaus anziehen. Und ich werde es überstehen, mir heute Abend nicht die Zähne zu putzen. Hören Sie auf, mich zu bemuttern, James. Ich bin ein großes Mädchen!«

James überlegte, ob er sie beim Wort nehmen sollte. Meinte sie es genau so, wie sie es sagte, oder wünschte sie insgeheim, dass er sich über das, was sie sagte, hinwegsetzte? Seine Erfahrung mit Frauen sagte ihm, dass Letzteres der Fall war.

»Ob Sie wollen oder nicht, ich bringe Ihnen Ihre Tasche, Sheila.«

Sie widersprach nicht mehr.

Zurück in Eaglehurst, ließ James sich vom Taxifahrer noch bis in die Halle führen, wo sein Rollator auf ihn wartete. Welch ein Segen, auf niemanden mehr angewiesen zu sein, wenn er sich von A nach B bewegen wollte!

Mrs White saß hinter dem Tresen und tippte etwas in ihren Laptop ein. Sie schaute missbilligend auf, als sie bemerkte, dass James mit dem Rollator auf sie zusteuerte.

»Jetzt haben Sie sich also doch so ein überflüssiges Gerät angeschafft, Mr Gerald!«

»Es ist mir angenehmer so.«

Mrs White winkte ab. »Ach was, ich kenne das. Den meisten unserer Leutchen ist es am Anfang unangenehm. Sie sind viel zu bescheiden und wollen uns keine Umstände machen. Aber genau dafür sind wir doch hier. Dies ist kein x-beliebiges Heim, sondern ein Zuhause, eben Eaglehurst. Wir sind nicht billig, aber wir bieten Komfort. Wir in Eaglehurst sind wie eine große Familie, in der einer dem anderen hilft, wir …«

»Apropos helfen«, unterbrach James sie, »könnten Sie bitte veranlassen, dass die kleine Reisetasche, die meiner Bekannten gehört, aus meinem Apartment geholt wird? Das wäre sehr freundlich!«

»Natürlich«, sagte Mrs White und griff zum Telefon. Sie wartete eine Weile, dann legte sie den Hörer auf. »Immer, wenn man jemanden braucht, meldet sich niemand«, seufzte sie. »Ich versuche es in einer Minute noch einmal, Mr Gerald. Sonst gehe ich selbst.«

»Kein Problem.«

Ein kalter Windzug streifte James' Nacken. Er drehte sich um. Julius Peabody bugsierte zuerst Edith, dann Eleonora Hideous mit festem Griff durch die Drehtür. Alle drei wirkten angeheitert.

»Mr Gerald, wie war Ihr Dinner?«, fragte Edith.

»Aufregend. Und Sie, darf ich annehmen, haben einen angenehmen Abend verbracht?«

»Ja«, sagte Eleonora, »es war reizend. Julius hat uns zum Bridge-Abend ins Gemeindehaus von St. Andrews mitgenommen.«

»Sie spielen Bridge?«

Eleonora kicherte. »Nein, überhaupt nicht. Ich habe die Regeln nie begriffen, wissen Sie. Aber das machte nichts, denn es hat gar keiner Bridge gespielt.«

»Es *heißt* nur Bridge-Abend«, erklärte Mr Peabody, »und ich finde, das klingt auch besser als … na ja. In Wirklichkeit, sagte der Reverend, hat wohl schon seit Jahren niemand mehr Bridge gespielt bei diesen Abenden.«

»Was wirklich ein Jammer ist«, ergänzte Edith mit erhobenem Zeigefinger vor ihren dicken Brillengläsern. »Mit dem Empire geht es den Bach runter, wenn einmal der Tag kommt, an dem niemand in unserem Land mehr Bridge spielen kann!«

»Jawohl, den Bach runter!«, bekräftigte Mr Peabody. »Aber Mr Gerald, Sie spielen doch ganz gewiss Bridge?«

»Wenn ich nichts Besseres zu tun habe.«

Mr Peabody nickte enthusiastisch. »Ein Gentleman vom alten Schlag!« Er stutzte. »Ist Ihre Begleitung schon wieder fort?«

»Sie dürfte schon im Bett liegen«, sagte James. Er sah auf die Uhr.

Mrs White griff wieder zum Telefon. »Ich versuche es noch mal. Aber wenn Sie es eilig haben, gehe ich gerne selbst.«

»Nein«, sagte James, »machen Sie sich keine Umstände, Mrs White. Ich habe Zeit.«

Während James sich in der Sitzecke niederließ, um auf die Tasche zu warten, gingen Mr Peabody und die Schwestern Hideous zum Aufzug. Mr Peabody hatte rechts und links je eine Schwester untergehakt. Er wirkte glücklich.

Mrs White ging zur Toilette. Als sie wiederkam und sah, dass James immer noch auf seine Tasche wartete, seufzte sie und ging zum Aufzug. »Ich gehe selber und hole rasch Ihre Tasche, Mr Gerald.«

Sobald die Aufzugtüren sich hinter Mrs White geschlossen hatten, ergriff James die Gelegenheit und ging so zügig er konnte zum Tresen, um einen Blick auf Mrs Whites Laptop zu werfen. Sie hatte gerade eine Online-Überweisung gemacht. Schnell rief James die Kontoübersicht auf. Das war ja interessant: Das Konto von Eaglehurst wies ein Minus von über 30 000 Pfund auf, und das bereits seit Langem. Ein lautes Geräusch ließ ihn zusammenfahren, aber es war nur der Aufzug, der im zweiten Stockwerk hielt. James zog einen kleinen Fotoapparat aus seiner Jacketttasche, ein Modell im Visitenkartenformat, das vor fünfundzwanzig Jahren auf dem neuesten Stand der Technik gewesen war, aber immer noch hervorragende Dienste leistete. Als er bei seinem Abschied vom SIS gefragt hatte, ob er es behalten könne, hatte der verantwortliche Beamte nur gelangweilt ein Formular hervorgekramt und ihn unterschreiben lassen, dass er es ordnungsgemäß entsorgen würde. James machte einige Aufnahmen von der Kontoübersicht, dann sah er sich nach weiteren interessanten Dateien um und fotografierte alles, was mit Eaglehurst zu tun hatte. Von oben waren jetzt aufgeregte Stimmen zu hören. Was war da los? Ihm lief die Zeit davon. Der Aufzug setzte sich in Bewegung. In wenigen Sekunden würde er unten sein. Er versuchte, ins Mailsystem von Mrs White zu gelangen. Nach seiner Einschätzung gehörte sie nicht zu den Menschen, die sich ein originelles Passwort ausdachten. Er probierte es mit »white«: falsches Passwort. Dann mit »eaglehurst«: wieder falsch. Beim »Pling« des Aufzugs, der jetzt unten angekommen war, kam ihm eine Idee, und er tippte fünf Buchstaben ein: b i n g o. Er war drin, aber es nützte nichts mehr. Blitzschnell schloss er die Mailbox und stellte die ursprüngliche Bildschirmansicht wieder her. Als der Aufzug sich öffnete, stürzte Mrs White zur Empfangstheke, griff über James' Schulter hinweg zum Telefon und gab hastig eine Kurzwahlnummer ein. »Dr. Goat, schnell! Ein Notfall! Meine Tochter!« Jetzt erst bemerkte James, dass Katie leblos im Aufzug lag.

Kapitel 8

»Nun, Sheila, glauben Sie mir jetzt endlich?«, fragte James. Sheila hatte sich im Bett aufgesetzt und mit glänzenden Augen zugehört, was sich in Eaglehurst alles abgespielt hatte, während in ihrem Krankenzimmer nichts Aufregenderes mehr geschehen war als eine Blutabnahme und wiederholtes Blutdruckmessen.

»Ich habe Ihnen schon vorher geglaubt, James, schon als Sie mir diesen Zettel mit der Drohung gezeigt haben. Ich denke allmählich, dass in diesem Altenheim ein Verrückter herumläuft.«

»Nein, das denke ich ganz und gar nicht«, sagte James bestimmt.

»Aber warum auf einmal dieses junge Mädchen? Was hat eine Praktikantin mit William Morat und Thomas Maddison zu tun?«

»Katie wurde in meinem Zimmer niedergeschlagen.« Kaum, dass er es gesagt hatte, bereute James es auch schon. Sheila setzte sich kerzengerade im Bett auf.

»Was sagen Sie da, James? Dann galt der Anschlag also Ihnen? Lieber Himmel, Sie könnten tot sein!«

»Ich bin mir gar nicht sicher, ob der Anschlag wirklich mir gegolten hat«, sagte James. »Und ich weiß auch nicht, ob er mit den Morden zusammenhängt. Alles, was wir wissen, ist, dass jemand Katie, als sie mein Zimmer betrat, von hinten niedergeschlagen hat.«

»Womit denn?«, fragte Sheila. »Hat man die Waffe gefunden?«

»Nein, hat man nicht. Es muss ein stumpfer Gegenstand gewesen sein, es gab kein Blut. Das Mädchen hatte sehr viel Glück, denn der Täter, oder auch die Täterin, hat nicht besonders fest zugeschlagen. Katie hat kaum eine Beule davongetragen, und ihre Ohnmacht war wohl mehr oder weniger dem Schreck zuzuschreiben. Dr. Goat hielt es nicht einmal für nötig, sie ins Krankenhaus bringen zu lassen. Er hat ihr Arnika und Aconitum gegeben, das war's.«

»Arnika und was?«

»Aconitum. Homöopathische Arzneimittel.«

»Also im Prinzip gar nichts«, sagte Sheila.

»Lassen Sie das nicht Dr. Goat hören!«, lachte James. »Aber Sie haben recht, ich denke, sie hat wirklich nur eine kleine Beule und bräuchte, wenn überhaupt, lediglich einen kalten Waschlappen und eine Nacht ungestörten Schlafs.«

»Also hat jemand sie niedergeschlagen, der kaum Kraft hatte«, spekulierte Sheila.

»Vielleicht hat er oder sie auch einfach nur schlecht gezielt.«

»Hat Katie niemanden bemerkt?«

»Nein, als sie wieder zu sich kam, sagte sie, sie könne sich an nichts mehr erinnern.«

»Glauben Sie ihr?«

»Warum sollte sie lügen?«

»Denken Sie, dass der Angreifer absichtlich nicht so fest zugeschlagen hat?«

James zuckte mit den Schultern. »Schwer zu sagen. Falls – was ich, wie gesagt, nicht unbedingt glaube – der Täter eigentlich mich erwischen wollte, aber beim Zuschlagen bemerkt hat, dass ich es gar nicht bin, sondern jemand anderes, könnte das ein Grund dafür gewesen sein, dass er seinen Schlag abgebremst hat. Wenn wir aber – wie gesagt, wenn – wir davon ausgehen, dass unser Mörder wieder zuschlagen wollte, müssen wir uns nicht nur nach dem Motiv fragen, sondern auch, warum er plötzlich von seiner bewährten Methode abgewichen ist, nicht wahr?«

»Bewährte Methode?«, fragte Sheila irritiert.

»William und Maddison wurden, davon gehen wir doch aus, beide vergiftet. Sei es mit einer Überdosis ihrer eigenen Medikamente oder durch anderes Gift. Eine Methode, die sich gut bewährt hat für unseren Täter. Sicher und diskret. Warum also plötzlich etwas anderes? Warum macht er sich plötzlich die Hände schmutzig und greift zur Waffe?«

»Giftmorde sind wohl eher typisch für Frauen«, überlegte Sheila. »Frauen sind nun mal in der Regel schwächer als Männer. Da liegt es doch nahe, auf Methoden zurückzugreifen, die keine direkte Konfrontation erfordern.«

James lächelte. »Hört, hört. Gift als Weg der Schwäche, und das aus ihrem Mund.«

»Meinetwegen«, sagte Sheila ungeduldig. »Wenn wir davon ausgehen, dass William und Maddison von einer Frau umgebracht wurden, würde das auch erklären, warum Katie nur leicht verletzt wurde: Die Angreiferin war einfach nicht stark genug, um einen tödlichen Schlag auszuführen.«

»Das wäre möglich«, sagte James nachdenklich. »Aber warum hat sie es dann überhaupt versucht? Das hätte der Angreiferin doch auch vorher schon klar sein müssen, nicht wahr? Das wäre doch umso mehr ein Grund gewesen, beim Vergiften zu bleiben. Nein, ich denke, dass es sich bei demjenigen, der Katie niedergeschlagen hat, nicht um unseren Mörder handelt. Rohe Gewalt, dazu schlampig ausgeführt, ist etwas für intellektuell Minderbemittelte. Ich gehe aber davon aus, dass unser Mörder intelligent ist.«

»Weil er heimtückisch Menschen vergiftet?«, fragte Sheila naserümpfend.

»Nein«, lächelte James bitter, »weil er es geschafft hat, William zu ermorden. Wissen Sie noch, wie man ihn beim SIS nannte?«

»›The Genius.‹«

»Genau. Es war fast unmöglich, William auszutricksen, und deshalb finde ich es seltsam, dass ausgerechnet er einem Mord zum Opfer fiel.«

»Oder William war völlig ahnungslos.«

»Er muss eine Ahnung gehabt haben. Und vielleicht kannte er seinen Mörder auch schon genau. Denken Sie an seine Karte mit dem Limerick: *There was a young girl from Riga, who smiled as she rode on a tiger. They came back from the ride, with the lady inside and the smile on the face of the tiger.*«

Sheila runzelte die Stirn. »Ein gruseliger Limerick. Den habe ich schon als Kind nicht gemocht.«

James nickte. »Ja, aber überlegen wir einmal, was er bedeutet: Es gibt eine Gefahr. Sie geht vom Tiger aus. Das Mädchen weiß nichts davon und reitet ahnungslos lächelnd auf dem Tiger. Als sie zurückkommen, ist es jedoch der Tiger, der lächelt. Er hat das Mädchen gefressen.«

Sheila nickte. »Wer sich in Gefahr begibt, kommt darin um.«

»Ja«, sagte James nachdenklich, »es gab Zeiten, in denen hat William die Gefahr geliebt … Wie konnte ich nur so blind sein! Dieser verdammte Limerick gehörte mit zum Spiel!« Aufgeregt kramte James in seiner Jacketttasche und zog den abgegriffenen Zettel heraus. »Wer ist die Katze, wer ist die Maus, gib acht auf die Falle und find es heraus! Das ist genau dasselbe! Katz und Maus. Sie haben Katz und Maus gespielt. Williams Limerick war für den Mörder bestimmt! Es war eine Drohung, und William sah sich selbst dabei natürlich als Tiger und nicht als das junge Mädchen!«

»Ja«, stellte Sheila fest. »Leider war es dann aber doch

andersherum.« Sie zupfte nachdenklich an ihrer Bettdecke. »Apropos junges Mädchen: Nehmen wir an, der Anschlag galt wirklich nicht Ihnen, James, sondern Katie, und der Mörder oder die Mörderin wollte Katie gar nicht töten, sondern ihr nur drohen? Vielleicht wurde sie deshalb niedergeschlagen? Zur Einschüchterung? Das würde heißen, dass das Mädchen vielleicht etwas weiß!«

»Daran habe ich auch schon gedacht«, sagte James. »Zu schade, dass sie nicht hier ins Krankenhaus eingeliefert wurde, sonst hätten Sie unter Umständen eine Chance gehabt, mit Katie ins Gespräch zu kommen, von Frau zu Frau gewissermaßen. Vielleicht wäre sie Ihnen gegenüber nicht so verschlossen gewesen. Aber Dr. Goat wird sie mindestens für morgen krank geschrieben haben. So lange kommen wir nicht an sie heran.«

Es klopfte einmal laut an die Tür, dann wurde sie energisch aufgestoßen, und eine Krankenschwester trat mit polteriger Geschäftigkeit ein.

»Fiebermessen!«

Als sie James sah, schob sie ein missbilligendes »Guten Abend« hinterher und sah demonstrativ auf ihre Armbanduhr. »Sie wissen, dass die Besuchszeit bereits seit drei Stunden vorbei ist!?« Es war mehr ein Befehl als eine Frage.

»Mr Gerald war so freundlich, mir meine Sachen zu bringen!« Sheilas Stimme klang plötzlich überaus ungehalten, und zwar genau um eine Spur unfreundlicher als die der Krankenschwester. Dreißig Jahre als Chefsekretärin hatten eine Persönlichkeit reifen lassen, die sich von niemandem auf der Nase herumtanzen ließ. James beobachtete amüsiert, dass sich das Verhalten der Schwester sogleich änderte. Sie lächelte beinahe unterwürfig und wirkte dabei wie ein Hund, der einem Stärkeren gegenüber intuitiv das Knurren einstellt. »Gut. Ich komme später noch einmal.«

James erhob sich. »Nicht nötig, ich wollte ohnehin aufbrechen.« Er bewegte sich mit seinem Rollator langsam zur Tür, die ihm die Schwester zuvorkommend aufhielt.

»James?«, rief Sheila ihm nach. »Versprechen Sie mir, heute nichts mehr zu unternehmen!«

Er drehte sich zu ihr um. »Schlafen Sie gut.«

Sheila seufzte. »Seien Sie wenigstens vorsichtig«, murmelte sie.

»Mr Gerald!«, rief der Taxifahrer erfreut und schüttelte ihm die Hand wie einem alten Freund. »Was für ein Zufall! Was machen Sie denn hier um diese Uhrzeit?« Der junge Mann hielt James die Beifahrertür auf. »Ich nehme an, Sie möchten nach Eaglehurst zurückgefahren werden?«

James hatte den pickeligen Jungen, der ihn gestern vom Bahnhof nach Eaglehurst gefahren hatte, sofort erkannt. An seiner Gesprächigkeit hatte sich nichts geändert.

»Ja, bitte fahren Sie mich nach Eaglehurst.«

»Was machen Sie denn im Conquest Hospital? Sie sind doch hoffentlich nicht gleich nach Ihrer Ankunft krank geworden?«

»Nein«, sagte James, »ich habe eine Bekannte besucht.«

Der Taxifahrer legte den ersten Gang ein und zwinkerte ihm zu. »Um diese Zeit besuchen Sie noch eine Dame im Krankenhaus? Da haben Sie aber gut Anschluss gefunden! Wer ist es denn? Die reizende Mrs Miller? Oder vielleicht die alte Dame mit dem leichten Lila-Stich in den Haaren? Ich kann mir ihren Namen nie merken, Parker oder Barker oder so ähnlich.«

»Sie scheinen viele Bewohner von Eaglehurst zu kennen«, stellte James fest. Der Taxifahrer lachte. »Diese Strecke, zwischen Krankenhaus und Eaglehurst, fährt mein Auto inzwischen wie von selbst. Ist immer dasselbe, wissen Sie, einmal die Woche im Schnitt trocknet einer aus. Die alten Leute trinken einfach nicht genug, und dann geht irgendwann gar nichts mehr, und sie werden ein paar Tage lang im Krankenhaus wieder aufgepäppelt. Ja, und dann gibt es natürlich auch noch die Chronischen, Dialysepatienten und so. Ich sage Ihnen, ich möchte so nicht alt werden, da möchte ich lieber ein schnelles Ende, Herzinfarkt oder so was.«

»Wem sagen Sie das.«

Der Taxifahrer warf James einen verschämten Seitenblick zu. »Sorry, Mr Gerald, aber ich hatte damit nicht Sie gemeint. Sie sind ganz anders, Sie wirken nicht alt auf mich.«

»Ach nein?«

»Sie erinnern mich mehr an Mr Maddison. Das ist auch so ein Typ wie Sie.«

»Danke«, sagte James lakonisch. »Mr Maddison ist übrigens gestern gestorben.«

»Ach du Scheiße!« Sie waren angekommen. Der Taxifahrer zog die Handbremse an und stieg aus, um den Rollator aus dem Kofferraum zu holen. Anschließend half er James noch die Treppe hoch.

»Haben Sie Mr Maddison gut gekannt?«, frage James.

»Na ja, was heißt gut, er war nicht gerade der Kumpel-Typ. Aber ich habe ihn oft gefahren. Wissen Sie, was schräg war? Er hat mich nie nach Eaglehurst bestellt. Er hatte was gegen die Neugierigen, die den ganzen Tag nichts Besseres zu tun hatten, als aus den Fenstern zu glotzen und zu spekulieren, wo er wohl hinwollte. Deshalb sollte ich ihn immer woanders abholen.«

»Was mich interessieren würde …«, fragte James, als er ihm das Geld gab, »inwiefern erinnere ich Sie eigentlich an Mr Maddison?«

Der Taxifahrer legte den Kopf schief. »Weiß nicht. Es ist, glaube ich, dass sie beide so fit wirken.« Er tippte sich an die Stirn. »Hier oben, meine ich.«

Kapitel 9

Mrs White saß nicht mehr am Empfang. Wahrscheinlich, dachte James, hat sie frühzeitig Feierabend gemacht und kümmert sich jetzt um ihre Tochter. Die Halle wirkte gespenstisch ruhig. James schob mit seinem Rollator zum Tresen, ohne sich große Hoffnungen zu machen. In der Tat, der Laptop von Mrs White war nicht mehr da. Sie nahm ihn nach Dienstschluss offensichtlich mit in ihre private Wohnung unter dem Dach der Seniorenresidenz oder schloss ihn ein.

»Kann ich Ihnen helfen?« James' rechte Hand zuckte reflexartig in Richtung der kleinen Walther PPS, die er in einem Holster links unter seinem Jackett trug. An seinem letzten Arbeitstag hatte er seine Dienstwaffe zwar abgegeben, sich jedoch ohne sie so nackt gefühlt, dass er sich kurzerhand eine neue besorgt hatte. Er drehte sich um und sah in das freundliche Gesicht eines breitschultrigen jungen Mannes, dessen Namensschild ihn als Angestellten von Eaglehurst auswies.

James entspannte sich. »Ich suche Mrs White.«

»Mrs White ist zu Bett gegangen.«

»Sicher«, lächelte James. »Niemand kann rund um die Uhr arbeiten, nicht wahr?«

»Da haben Sie recht.« Der Mann streckte James seine Hand entgegen. »Wir kennen uns noch nicht. Sie müssen Mr Gerald sein. Ich bin Alexander Hope. Ich habe diese Woche Nachtdienst.«

»Freut mich«, erwiderte James im Plauderton. »Das war eine schöne Aufregung heute Abend, nicht wahr?«

»Allerdings.«

»Wie geht es denn dem jungen Mädchen jetzt?«, erkundigte sich James.

»Besser.«

Er ist genauso einsilbig wie Katie, dachte James.

»Soll ich Ihnen den Aufzug holen?« Ohne die Antwort abzuwarten, drückte Mr Hope auf den Aufzugknopf.

»Ja, bitte.«

»Ich wünsche Ihnen eine gute Nachtruhe.«

»Danke, Mr Hope.«

James hatte vor, in dieser Nacht endlich Williams Flügel näher in Augenschein zu nehmen. Aber er musste noch etwas warten. Nach Mitternacht würde Mr Hope hoffentlich zu Bett gegangen sein. Als sich der Aufzug im zweiten Stockwerk öffnete, stand Miss Hunt vor der Tür und nahm ihn in Empfang. Sie lächelte, ihre Nagetierzähne leuchteten im Halbdunkel unnatürlich weiß.

»Mr Gerald! Kommen Sie, ich führe Sie in Ihr Zimmer.«

»Oh, machen Sie sich keine Umstände, Miss Hunt«, sagte James, »ich bin wieder recht selbstständig dank meines neuen Gefährts hier.«

»Aber das mache ich doch gern!« Miss Hunt legte eine Hand auf den Rollator und begleitete ihn zu seinem Apartment. Er kam sich vor wie ein Kind im Supermarkt, das den Einkaufswagen schieben darf, während die Mutter eine Hand vorn an das Gitter legt, um Tempo und Richtung zu kontrollieren.

»Ist es nicht schrecklich, was der armen Katie heute Nacht passiert ist?«, fragte Miss Hunt aufgeregt. »Ich kann es gar nicht glauben. Sagen Sie, wer macht denn nur so etwas?«

»Haben Sie denn nichts mitbekommen?«, fragte James. »Sie waren doch auf demselben Flur, nicht wahr?«

Miss Hunt schüttelte heftig den Kopf. »Nein, leider gar nichts. Ich war fast den ganzen Abend bei Mrs Summers. Ihr geht es nicht gut, und sie hat pausenlos nach mir geklingelt. Sie ist immer weinerlich, auch wenn sie gesund ist, aber heute Abend ist es besonders schlimm. Dieser Magen-Darm-Virus hat sie erwischt, zum Erbrechen kam auch noch Durchfall, und sie jammert die ganze Zeit, stöhnt und schimpft. Sie können sich nicht vorstellen, wie diese Frau einen in Anspruch nimmt. Und jetzt, wo Katie ausfällt, soll ich heute Nacht auch noch ihre Seite des Flurs mit übernehmen. Ich weiß nicht mehr, wo mir der Kopf steht.«

»Meinen Sie, da hat sich eine der Kolleginnen einen dummen Scherz erlaubt?«

Miss Hunt blieb stehen und sah James empört an. »Nein! Was glauben Sie!«

Sie waren vor James' Apartment angekommen. »Warten Sie«, sagte Miss Hunt. Sie zog einen Schlüssel hervor und öffnete die Tür.

Miss Hunt knipste das Licht in James' Apartment an und ließ ihn eintreten. Unschlüssig blieb sie einen Moment in der Tür stehen, dann kam sie herein, zog die Tür hinter sich zu und sagte mit gedämpfter Stimme: »Mr Gerald, wenn Sie mich fragen, war das eine von den beiden Schwestern. Die hat was gegen Katie, das merkt doch jeder. Mrs Edith Hideous passt es überhaupt nicht, wie Katie sich stylt, die schwarzen Klamotten und die Piercings und so, und jeden Tag kommt eine Bemerkung wie: ›Schätzchen, mit dem ganzen Metall in Ihrem Gesicht sehen Sie furchtbar unappetitlich aus. Damit kriegen Sie nie einen Mann!‹«

»Schätzchen?«

»Sie sagt immer Schätzchen zu ihr, und sie weiß genau, dass Katie das nicht ausstehen kann.«

»Wehrt Katie sich dagegen?«, fragte James interessiert.

»Na ja, sie ärgert Edith auf ihre Weise. Zum Beispiel hat sie einmal beim Essen Ediths Brille unauffällig weggeschoben und stattdessen einen Löffel an die Stelle gelegt.« Miss Hunt kicherte. »Mrs Edith Hideous ist ohne Brille blind wie ein Maulwurf und hat nach dem glänzenden Löffel gegriffen im Glauben, das sei ihre Brille. Das war sehr komisch.«

»Das hört sich eher nach harmlosen Streichen an, nicht wahr?«

»Mrs Hideous hat gekocht vor Wut.«

»Sie glauben also, dass Edith so wütend auf Katie war, dass sie ihr aus Rache mal eben von hinten eins über den Schädel gab?«

Miss Hunt zuckte mit den Schultern. »Mrs Hideous ist mir manchmal unheimlich, ehrlich. Die Art, wie sie einen mit ihren Glupschaugen durch ihre dicke Brille anstarrt. Wie eine Hornisse. Aber ich will nichts gesagt haben. Gute Nacht, Mr Gerald, schlafen Sie gut!«

»Gute Nacht, Miss Hunt.«

Als sie gegangen war, zog James sein Handy heraus und wählte Stellas Nummer. Er ließ es lange klingeln, bis sich die verschlafene Stimme ihres Mannes meldete. »Ja?«

»Hier ist James Gerald, entschuldigen Sie vielmals die Störung, aber könnte ich bitte kurz mit Ihrer Frau sprechen? Es geht um ihren Vater. Es ist wichtig.«

»Moment.« James hörte, wie die Sprechmuschel mit der Hand abgedeckt wurde, es folgte gedämpftes Gemurmel, dann war Stella am Apparat.

»James, was ist los? Stecken Sie in Schwierigkeiten?«

»Machen Sie sich keine Sorgen, Stella, es geht mir gut. Aber ich möchte Sie etwas fragen: Sagen Ihnen die Namen Eleonora Hideous, Edith Hideous oder Thomas Maddison etwas?«

»Nein, warum fragen Sie?«

»Das kann ich Ihnen im Moment noch nicht erklären. Existieren noch alte Fotoalben Ihres Vaters?«

»Ja, natürlich. Meine Mutter hat sehr viel fotografiert, vor allem als ich noch klein war. Wir haben ein ganzes Regal voller Familienalben.«

»Gibt es auch Bilder, die Ihren Vater mit Freunden und Bekannten und Ihre Eltern bei gesellschaftlichen Anlässen zeigen?«

»Ich glaube schon, nur hat meine Mutter solche Fotos nicht in unsere Familienalben geklebt, sondern in einem Karton gesammelt.«

»Haben Sie einen Scanner?«

»Ja.«

»Könnten Sie diese Fotos, und zwar möglichst alle, die Sie finden, einscannen und mir per E-Mail zuschicken? Es ist wirklich sehr wichtig.«

»Also doch! Es stimmt etwas nicht mit seinem Tod!«, rief Stella. »Sagen Sie es mir, James!«

»Ja. Ich bin auf der Suche nach einer Spur, und dafür brauche ich die Fotos.«

»Ich weiß nicht, ob wir den Karton mit den Fotos überhaupt noch haben. Vielleicht oben auf dem Speicher.«

»Schicken Sie mir alles, was Sie finden«, bat James. »Briefe, Notizen, Fotos, alles könnte weiterhelfen.«

»Sollen wir nicht besser die Polizei einschalten?«, fragte Stella besorgt.

»Schon passiert«, seufzte James. »Und glauben Sie mir, Stella, das habe ich schon bereut. Inspektor Ruthersford schadet mehr, als dass er nützt.«

»Ruthersford?«, fragte Stella. »Den Namen kenne ich doch!«

»Er ist ein alter Kollege von Ihrem Vater und mir. Und ich

schätze, es ist unvermeidlich, dass er morgen wieder hier auftaucht.«

»James, ich bin Ihnen so dankbar, dass Sie das tun, was Sie tun. Es lässt mir keine Ruhe, nicht zu wissen, warum mein Vater nach Hastings gegangen ist. Warum er nichts gesagt hat. Warum er so plötzlich gestorben ist. Aber ich mache mir auch Sorgen um Sie!«

»Das brauchen Sie nicht, wirklich nicht.« James war froh, dass Stella nichts von den jüngsten Entwicklungen wusste. »Sie schicken mir also die Fotos?«

»Ja, ich werde alles, was ich finde, einscannen und Ihnen zumailen. Ich sehe jetzt gleich nach. Und James – danke, dass Sie sich so für meinen Vater einsetzen.«

»Das ist doch das Mindeste, was ich tun kann. William war schließlich mein bester Freund.«

Nachdem er aufgelegt hatte, inspizierte James sein Zimmer. Es gab keinerlei Hinweise, dass hier etwas Ungewöhnliches passiert war, und soweit er sehen konnte, fehlte auch nichts. Er setzte sich in seinen Sessel, um sich beim Rauchen einer Zigarre ein wenig auszuruhen und Kraft zu schöpfen für das, was er als Nächstes vorhatte. Nach einer Weile erhob er sich, ging zu einer Kiste, die er extra gekennzeichnet hatte, holte eine Flasche Famous Grouse heraus und legte sie in den Gitterkorb seines Rollators. Er sah sich nach Whiskygläsern um. Seine eigenen waren noch verpackt, und er wollte nicht extra ins Bad gehen, um sich ein Zahnputzglas zu holen. Er nahm wieder Platz, trank genüsslich zunächst einen kleinen, dann einen größeren Schluck aus der Flasche und sah aus dem Fenster in die Schwärze der Nacht, die nur durch das Scheinwerferlicht gelegentlich vorbeifahrender Autos erhellt wurde. Er dachte an William, während er seine Zigarre rauchte. Ja, er war in der Tat sein bester Freund gewesen, und das, obwohl sie sich in den letzten dreißig Jahren ihrer Freundschaft nur ein Dutzend Mal gesehen hatten. Vielleicht war das überhaupt das Rezept für eine lange Freundschaft: sich nicht so oft zu sehen. Wenn man sich dann traf, wurden die Dinge, die einen störten, nebensächlich, die Freude des Wiedersehens überwog. Es kam keine Langeweile auf, keine Variation ewig gleicher, bedeutungsloser Dialoge und Floskeln, die zwar einem Bedürfnis nach Nähe entspringen, dieses Bedürfnis aber nicht wirklich stillen. James fragte sich, ob William ihn ebenfalls als seinen besten Freund bezeichnet hätte, und ihm wurde klar, wie wenig er über das Leben seines Freundes wusste. William hatte wohl manchmal von seiner Familie gesprochen, aber kaum über seinen Alltag in Schottland. Er war nicht der Typ, der viel über solche Dinge sprach, was James als angenehm empfunden hatte, denn so war die Unterhaltung mit ihm nie ermüdend. James nahm noch einen Schluck, dann schlief er ein.

Kapitel 10

»Mr Gerald, wie unvorsichtig von Ihnen!« Miss Hunt drückte empört den bereits erloschenen Stumpf der Zigarre in den Aschenbecher. Sie war James im Schlaf aus den Fingern geglitten und hatte ein schwarz gerändertes Loch in den Teppich gefressen. »Das hätte leicht einen Brand geben können! Sie können froh sein, dass ich noch einmal nach Ihnen geschaut habe! Nicht auszudenken, wenn Sie hier in Ihrem eigenen Zimmer erstickt wären. Wissen Sie nicht, wie schnell so etwas geht!«

»Ich muss eingenickt sein.« James bemühte sich, seine Verärgerung zu verbergen. Er konnte es nicht ausstehen, aus dem Schlaf gerissen zu werden, und er hasste es, wenn andere ihm Vorhaltungen machten.

»Na, es ist ja noch mal gut gegangen«, sagte Miss Hunt und legte ihm sanft die Hand auf den Unterarm. »Sie sind wahrscheinlich einfach todmüde. Nun aber ins Bett mit Ihnen! Soll ich Ihnen rasch beim Auskleiden helfen?«

Jetzt hielt James es nicht mehr für nötig, seine Wut zu zügeln. Er sah Miss Hunt mit einem Blick an, der sie schnell zurückweichen ließ und den erwünschten Abstand zwischen ihnen wiederherstellte.

»Ja, dann gehe ich mal wieder«, sagte sie verlegen.

James sah auf die Uhr. Zwanzig nach eins. Wenn alles gut ging, würde er um diese Zeit keiner Menschenseele mehr begegnen. Er wartete noch ein paar Minuten, dann öffnete er vorsichtig die Zimmertür und prüfte die Lage. Auf dem Flur war alles ruhig. Plötzlich drang aus dem Apartment schräg gegenüber ein gedämpftes Stöhnen, und das Notlämpchen neben der Tür leuchtete rot auf. Das musste die Frau mit der Magen-Darm-Infektion sein, von der Miss Hunt gesprochen hatte. James trat zurück und zog die Tür bis auf einen winzigen Spalt zu. Miss Hunt ließ sich Zeit. Sie kam erst nach etwa fünf Minuten, und ihr Gesichtsausdruck verriet, dass sie lieber zum Zahnarzt gegangen wäre, als Mrs Summers Zimmer zu betreten. Das Stöhnen schwoll zu einem vorwurfsvollen Gezeter an und ebbte erst wieder ab, nachdem sie das Apartment betreten und die Tür hinter sich geschlossen hatte. Das war die Gelegenheit! Vom Schwesternzimmer aus hätte Miss Hunt den Aufzug höchstwahrscheinlich gehört und neugierig nachgesehen, wer so spät in der Nacht noch unterwegs war. Aber nun war sie abgelenkt. James ging so schnell er konnte zum Aufzug. Erst jetzt fiel ihm auf, dass die Räder des Rollators quietschten. Endlich, nach einer halben Ewigkeit, ertönte das vertraute »Pling«, und die Türen des Aufzugs öffneten sich mit einem schabenden Geräusch. Es kam ihm vor, als wäre der Aufzug in dieser Nacht noch lauter als sonst, aber er hatte keine andere Wahl. Der Weg über die Treppe war noch zu anstrengend für ihn. Im Erdgeschoss angekommen, durchschnitt das »Pling« des Aufzugs abermals die Stille. Wenn er Glück hatte, blieb er auch hier unten unbemerkt.

Die Empfangshalle war nur spärlich beleuchtet. James steuerte auf den Salon zu. Als er eintrat, schnupperte er irritiert: Es roch seltsam. Der abgetretene Teppich verströmte einen Grundgeruch aus Muff und Desinfektionsmittel, der James schon bei seiner Ankunft gestört hatte. Aber jetzt mischte sich noch eine feine Duftnote dazu, die ihm sehr vertraut war: Wodka. Er blieb in der Tür stehen und wartete, bis sich seine Augen an die Dunkelheit gewöhnt hatten.

»Mr Gerald! Können Sie auch nicht schlafen?«

James erkannte die dunkle Silhouette von Julius Peabody, der an der Bar saß und James zu sich winkte. Seine Bewegungen wirkten fahrig. »Kommen Sie, setzen Sie sich und leisten Sie mir Gesellschaft!«

Als James näher kam, schenkte Mr Peabody ihm ein Glas Wodka ein. »Einen Schluck trinken Sie doch sicher mit mir, Mr Gerald?«

»Gern.«

James nahm einen kleinen Schluck, Julius Peabody einen sehr großen. James bemerkte mit einem Anflug von Neid, dass Peabody den natürlichen Sättigungspunkt für Alkohol schon vor einiger Zeit erreicht haben musste. War man an diesem Punkt angelangt, an dem man angenehm beschwipst, aber nicht zu betrunken war, um die Folgen noch absehen zu können, stand man vor der Entscheidung: Aufhören oder Weitertrinken. Peabody hatte sich offensichtlich für das Weitertrinken entschieden und die letzten Regungen von Vernunft und Ekel vor noch mehr Alkohol beiseitegewischt. Er befand sich nun in einem Zustand glückseliger Unbekümmertheit und dösiger Verschmelzung mit dem Augenblick, und jegliche Sorgen, auch darüber, wie er sich morgen fühlen würde, waren weit weggerückt. James erlaubte sich eine solche Unbekümmertheit nur in köstlichen Momenten des Alleinseins, aber nie in Gesellschaft anderer Menschen. Immerhin, dachte er, hatte die Situation auch ihr Gutes: Noch ein, zwei Gläser, und Julius Peabody würde völlig außer Gefecht gesetzt sein. Dann konnte er endlich in Ruhe den Flügel untersuchen.

Mr Peabody kicherte. »Wissen Sie, James – ich darf Sie doch James nennen? Ich heiße Julius. Also, wissen Sie, James, dass Sie seit heute einen Spitznamen haben?«

»So?«

Peabody goss großzügig Wodka nach. Es tat James weh, mit anzusehen, wie er die Hälfte verschüttete. Julius hob sein Glas. »Ich finde, darauf sollten wir trinken! Cheers!«

»Cheers!«, erwiderte James. »Aber Sie haben mir meinen Spitznamen noch nicht verraten.«

Peabody kicherte wieder. Er leckte an seinem Zeigefinger und malte ein paar Zahlen auf den Tresen. »Was soll das?«, fragte James.

»Null, null, sieben, null. Null-Null-Siebzig!« Peabody sah James an wie jemand, der nach einem guten Scherz auf das Lachen des anderen wartet.

»Und?«, fragte James. Peabody gönnte sich einen weiteren Schluck. Sein Gegenüber war anscheinend doch nicht so gewitzt, wie er gedacht hatte.

»Mrs Simmons hat erzählt, dass Sie früher Geheimagent waren, eine Art 007«, sagte er mit schwerer Zunge. »Na, und dann, dann meinte irgendjemand, dann wären Sie jetzt sozusagen 00 70. Verstehen Sie? 007 – 00 70!«

»Wirklich witzig«, lächelte James.

»Wie alt sind Sie eigentlich?«, fragte Julius neugierig.

»Siebzig.«

Julius verschluckte sich fast vor Lachen. »Na sehen Sie, dann stimmt's ja sogar! Null-Null-Siebzig, das ist gut!«

James spülte nun doch einen größeren Schluck Wodka herunter. Das Brennen in der Kehle und die wohlige Wärme, die sich augenblicklich in seinem Körper ausbreitete, lenkten ihn vom Anblick der viel zu langen Zähne seines wiehernden Gegenübers ab. Außerdem würde ihm der Alkohol vielleicht helfen, Peabodys heiteren Blick auf die Welt nachzuvollziehen.

»Stimmt es denn? Waren Sie wirklich beim SIS?«, fragte Julius, nachdem er sich halbwegs beruhigt hatte.

»Ja.« James machte einen deutlichen Punkt hinter diese Aussage, aber Peabody war zu betrunken, um Feinheiten der Konversation mitzubekommen.

»Und? Erzählen Sie mal!«

James zog die Augenbrauen hoch. »Geheim.«

»Ja natürlich«, prustete Julius und klopfte James auf die Schulter, »wie dumm von mir!«

Sie tranken wieder ein Glas. Diesmal hatte James eingegossen, für Julius einen sehr großen Schluck, für sich selbst einen kleinen.

»Cheers, Julius!«

»Cheers, James!«

Julius führte das Glas zum Mund, dann besann er sich eines Besseren, stellte es wieder ab und sah James durchdringend an. »Aber eins können Sie mir doch verraten.« Er beugte sich zu James vor, der unwillkürlich zur Seite wich. »Wie ist das so als Geheimagent? Ich stelle mir das unglaublich aufregend vor – hundertmal aufregender, als es mein Leben als Lehrer gewesen ist!«

»Da muss ich Sie enttäuschen, Julius. Die meisten Leute machen sich völlig falsche Vorstellungen. Ich bin nicht 007, nicht wahr. Diese Filme haben das Bild ein wenig verzerrt. Ein Job beim SIS ist statistisch betrachtet nicht viel gefährlicher als der eines Dachdeckers.«

»Haben Sie Ihre Walther PKK noch?« Julius kicherte wieder.

James lächelte. »Das meinen Sie nicht im Ernst.«

»Wie sind Sie damit klargekommen, mit der Gefahr? Ich meine, mit dem Gefühl, dass plötzlich Schluss sein kann. Hatten Sie keine Angst zu sterben?«

»Nein.«

»Nein? Nie?« Julius sah ihn mit großen Augen an. »Das nehme ich Ihnen nicht ab, James, dass Sie keine Angst haben. Jeder hat Angst.«

»Da haben Sie vermutlich recht«, sagte James, »aber die Angst zu sterben gehört nicht zu meinen persönlichen Ängsten.«

»Was dann?«, fragte Julius.

»Cheers«, sagte James und hob sein Glas. »Lassen Sie uns über Erfreulicheres reden, Julius.«

Julius starrte James an wie ein Zoobesucher den gefährlichen Tiger. »Sagen Sie, James, haben Sie schon einmal – getötet?«

»Ja.«

»Oh.« Diesmal hatte Peabody den Punkt hinter der Aussage gehört.

Sie tranken weiter. James schaute auf die Uhr, und eines war klar: Mr Peabody war ein Meister am Glase und konnte weit mehr vertragen, als James für möglich gehalten hatte.

»Die Schwestern Hideous sind ganz reizend«, wechselte er das Thema. »Gehen Sie oft mit ihnen aus?«

»Heute das erste Mal«, erzählte Peabody bereitwillig. »Ein unglaublicher Abend war das, wunderschön. Eleonora ist etwas ganz Besonderes. Diese Augen! Sie hat eine so freundliche und aufmerksame Art, einem zuzuhören. Hätten Sie gedacht, dass sie schon fünfundsiebzig ist?« Er lachte. »Ich habe sie heute nach dem Rezept für ihre Jugendlichkeit gefragt.«

»Und?«, fragte James. »Das würde mich auch interessieren!«

»Hat sie mir nicht verraten.« Peabody hob wie zur Bekräftigung das Glas. »Aber ich bleibe dran, versprochen!«

James gähnte. »Ich weiß nicht, wie es Ihnen geht, Julius, aber ich bin todmüde.«

»Ja, Sie haben recht«, rief Peabody, »lassen Sie uns gehen!« Er nahm noch einen Schluck, dann rutschte er vom Barhocker, wollte sich auf James' Rollator abstützen, verfehlte ihn knapp und lag einen Augenblick später mit abgewinkelten Beinen auf dem Boden. James stupste ihn mit dem Fuß an.

»Julius? Geht es Ihnen gut?«

Peabody antwortete nicht, er hatte die Augen geschlossen und gab nur ein leises Schnauben von sich.

»Ach du liebe Güte«, murmelte James, »das fehlte gerade noch.« Er bückte sich zu Peabody hinunter und fühlte seinen Puls. Dann wählte er die Nummer des Schwesternzimmers. »Miss Hunt, würden Sie bitte in den Salon kommen? Mr Peabody ist gestürzt und kann nicht mehr aufstehen.«

Jetzt musste er schnell sein. Er schätzte, dass Miss Hunt etwa drei Minuten brauchen würde. Er bewegte sich zum hinteren Bereich des Salons, wo der Flügel stand, stellte die Delfter Vase mit den künstlichen Blumen in den Drahtkorb seines Rollators und zog die rote Samtdecke vom Flügel. Dann versuchte er, den Deckel anzuheben. Verflucht, war der schwer. Was bin ich nur für ein Schwächling geworden, dachte er erbittert, als er die Decke wieder über den Flügel legte und die Vase an ihren Platz zurückstellte. Er würde Sheilas Hilfe in Anspruch nehmen müssen.

Plötzlich hörte er leise Schritte. Schnell duckte sich James hinter dem Flügel. Das konnte noch nicht Miss Hunt sein. Sie hätte sich keine Mühe gegeben, leise zu sein, und hätte mit Sicherheit Licht im Flur gemacht. James spähte vorsichtig hinter dem Flügel hervor und sah einen Schatten in der Tür. Wer immer das war, er würde ihn nicht entdecken, denn in seinem Teil des Salons war es dunkel. Da ertönte das »Pling« des Aufzugs, der im Erdgeschoss hielt. Quietschende Gesundheitssandalen kündigten Miss Hunt an. Der Schatten verschwand. Sekunden später wurde es unangenehm hell. Miss Hunt hatte das Licht angeknipst. Beim Umbau zum Altenheim hatte man aus Kostengründen die Kristallleuchter durch Neonröhren ersetzt.

»Ich glaube, ich rufe besser Dr. Goat«, sagte Miss Hunt, nachdem sie eine Weile erfolglos versucht hatte, Julius Peabody zu wecken. »Vielleicht hat er innere Verletzungen.«

»Meinen Sie, das ist eine gute Idee?«, fragte James. »Warum rufen Sie nicht lieber einen Krankenwagen? Dr. Goat wird alles andere als erfreut sein, wenn Sie ihn um diese Uhrzeit aus dem Bett klingeln.«

»Wenn ich den Krankenwagen rufe, kassieren die Mr Peabody gleich ein«, entgegnete Miss Hunt, zog ihr Handy hervor und gab eine Kurzwahlnummer ein. »Außerdem: Dr. Goat ist schneller hier als jeder Krankenwagen.«

Und wirklich, kaum fünf Minuten später kniete Dr. Goat neben dem Schlafenden, als hätte er auf den Anruf gewartet.

»Wie ist das passiert?«, fragte er, während er Mr Peabodys Augenlider hochschob und die Pupillenreflexe überprüfte. Mr Peabody gab ein Grunzen von sich.

»Als er vom Barhocker stieg, ist er hingefallen«, erklärte James.

»Alkohol«, stellte Dr. Goat schnüffelnd fest.

James deutete auf die leere Flasche. »Smirnoff.«

»Hat er die etwa ganz allein getrunken?«

»Nun ja«, sagte James, »zwei oder drei Gläser gehen auf mich.«

Dr. Goat schüttelte den Kopf, sagte aber nichts weiter dazu und knetete Mr Peabodys Gesicht. »MR PEABODY, HÖREN SIE MICH?«

Mr Peabody zwinkerte mit den Augen, schmatzte und sagte: »Entzückend.« Dann drehte er sich auf die andere Seite und begann zu schnarchen.

Dr. Goat kramte in seiner Tasche, holte ein kleines braunes Fläschchen heraus und schüttete vorsichtig ein paar weiße Kügelchen in seine Handfläche. »Er ist vollkommen betrunken«, stellte er fest, während er sich über Mr Peabody beugte, an dessen Unterlippe zog und die Kügelchen zwischen Unterlippe und Zahnfleisch rieseln ließ. »Aber er hat Glück gehabt, er wird morgen allenfalls ein paar blaue Flecken vom Sturz an sich entdecken.«

»Und einen Kater haben«, ergänzte Miss Hunt.

»Dagegen habe ich ihm Nux Vomica verabreicht«, sagte Dr. Goat und lächelte siegesgewiss. »Sie werden sehen, Mr Peabody wird sich morgen viel besser fühlen, als es sein jetziger Zustand erwarten lässt.« Er wendete sich James zu. »Und Sie, Mr Gerald, werden Ihr Misstrauen der Homöopathie gegenüber bis morgen Nachmittag, wenn ich Sie besuche, vielleicht ein klein wenig abgebaut haben.« James enthielt sich eines Kommentars.

»Und jetzt, Miss Hunt, wenn Sie so freundlich wären, ein Krankenbett zu besorgen, dann könnten wir Mr Peabody in sein Zimmer fahren.«

»Gerne«, sagte Miss Hunt mit deutlich mehr Enthusiasmus, als es der Situation angemessen war. Dr. Goat sah ihr nach, als sie davoneilte. Seinem verträumten Schafsgesicht nach zu urteilen, dachte James, findet er Miss Hunt äußerst attraktiv. Dr. Goat bemerkte, dass er beobachtet wurde, und räusperte sich. »Und Sie haben sich hier also einen schönen Abend mit Mr Peabody gemacht?«

»Ja«, bestätigte James. Er hatte es sich schon lange zur Gewohnheit gemacht, keine Erklärungen für sein Verhalten abzugeben. Dann beschloss er, sich zurückzuziehen. Wenn er schon unfähig war, den Deckel des Flügels anzuheben, würde er beim Hochhieven von Mr Peabody erst recht keine Hilfe sein. »Gute Nacht, Dr. Goat, wir sehen uns morgen.«

Kapitel 11

Als James am nächsten Morgen aufwachte, griff er als Erstes zum Telefon. »Guten Morgen, Sheila. Haben Sie gut geschlafen?«

»Nein, schlecht natürlich, was denken Sie, James. Ich hatte mich darauf gefreut, meine erste Tasse Tee heute Morgen gemütlich im Hotelbett zu trinken. Lieber Himmel, und jetzt das hier, es ist zum Heulen.«

»Aber soweit ich mich erinnere, bekommt man im Krankenhaus den Tee auch ans Bett serviert.«

»Das, was sie einem hier zumuten, kann man wohl kaum Tee nennen«, entgegnete Sheila. »Das, was sie hier Bett nennen, übrigens auch nicht. Aber am schlimmsten ist, man hat keine Privatsphäre. Jeder platzt einfach ins Zimmer, wann es ihm gerade passt und macht dabei so viel Lärm, wie er kann.«

»Ja, das scheint unvermeidlich zu sein«, sagte James. »Hat man Ihnen schon verraten, wann Sie entlassen werden?«

»Nein. Aber es ist mir auch egal. Ich warte noch die Visite ab, dann gehe ich.«

»Das halte ich für keine gute Idee.«

»Auf keinen Fall werde ich meine Zeit hier noch weiter vertrödeln!«

»Sie wissen doch noch gar nicht, weswegen es Ihnen gestern so schlecht ging. Sie sollten der Sache unbedingt auf den Grund gehen.«

»Ich habe auf irgendetwas im Essen allergisch reagiert, na und? Tests lasse ich lieber später machen, in London. Diesen Provinzärzten traue ich nicht über den Weg. Bis dahin mache ich um den Inder in Battle Abbey einen großen Bogen, und damit hat es sich.«

James lächelte. »Na gut. Sagen wir, ich hole Sie um halb elf zum Lunch ab?«

»Kommt nicht infrage, James. Bleiben Sie schön, wo Sie sind. Bis Mittag bin ich bei Ihnen in Eaglehurst.«

James lächelte immer noch, als er auflegte. Sheila war wieder ganz die Alte. Dann sah er auf die Uhr. Höchste Zeit fürs Frühstück.

Diesmal steuerte James zielsicher auf den Tisch zu, an dem die Schwestern Hideous saßen.

»Guten Morgen. Gestatten Sie, dass ich mich zu Ihnen setze?«

»Aber natürlich«, sagte Edith, und Eleonora schob hilfsbereit einen Stuhl für ihn zurecht.

»Mr Peabody hat wohl noch nicht gefrühstückt?«, erkundigte sich James.

»Nein«, sagte Eleonora besorgt, »merkwürdigerweise noch nicht. Gewöhnlich frühstückt er immer um diese Zeit.«

»Er wird schon noch kommen, meine Liebe. Du machst dir immer unnötig Sorgen um andere«, sagte Edith und biss in ihr Toastbrot. Mrs Simmons schaute aus der Durchreiche zum Speisesaal und winkte James zu. »Ihr Frühstück kommt gleich, Mr Gerald! Mögen Sie es mit Rühreiern oder Spiegeleiern?«

»Rühreier, bitte«, rief James.

»Sie machen von Mrs Simmons' Frühstücksangebot Gebrauch?«, fragte Eleonora.

»Ja, Sie nicht?«

Edith schüttelte den Kopf. »Zu fett auf die Dauer.«

»Ja«, nickte Eleonora, »wir müssen auf unseren Cholesterinspiegel achten. Dr. Goat sagt immer, die Menschen essen sich zu Tode.«

»Du hast das Trinken vergessen«, ergänzte Edith. »Er sagt immer, die Menschen essen und trinken sich zu Tode.«

»Wussten Sie«, fragte James, »dass sich der italienische Komponist Rossini in seinen mittleren Jahren fast gänzlich vom Musikleben zurückzog, um sich auf das Kochen und Essen zu konzentrieren? Er sagte, er habe drei Mal in seinem Leben geweint. Einmal, als seine erste Oper durchfiel, einmal, als er Paganini spielen hörte, und dann noch einmal, als bei einem Bootspicknick ein mit Trüffeln gefüllter Truthahn ins Wasser fiel.«

Eleonora blickte unglücklich auf ihr dünn bestrichenes Marmeladentoast. »Ich verstehe, was Sie sagen wollen, Mr Gerald. Ich hatte auch schon überlegt, ob wir nicht wenigstens sonntags eine Ausnahme …«

»Eleonora!«, sagte Edith. »Du weißt, was Dr. Goat von Ausnahmen hält!«

»Sie sind also beide bei Dr. Goat in Behandlung?«, fragte James. »Sind Sie zufrieden mit ihm?«

»Er ist sehr kompetent«, sagte Edith. Abgesehen von seinem Homöopathie-Fimmel natürlich.«

»Ja, Dr. Goat versteht viel von seinem Fach«, schwärmte Eleonora. »Gut, er hat seine Ansichten, was die Ernährung angeht, und er ist sehr streng. Aber wie meine Schwester schon sagt, er ist überaus kompetent.«

»Lassen Sie sich von ihm homöopathisch behandeln?«

»Meine Schwester schwört auf Homöopathie«, sagte Edith. »Aber ich halte nicht viel davon, ehrlich gesagt. Bei mir hat das noch nie gewirkt.«

»Weil du nicht daran glaubst«, ereiferte sich Eleonora.

»Du liebe Zeit«, erwiderte Edith, »was soll ich denn bitteschön von einer Medizin halten, an die ich glauben muss, damit sie wirkt?«

»Ach«, wendete Eleonora sich an James, »ich habe es aufgegeben, mit meiner Schwester darüber zu diskutieren. Sie ist nicht der Typ für Homöopathie.«

James zog die Augenbrauen hoch. »Wie ist es mit mir, bin ich der Typ dafür?«

Eleonora sah ihn mit ihren großen, hellgrünen Augen forschend an. Sie muss früher auf Männer sehr anziehend gewirkt haben, dachte James wieder. In ihrem etwas unsicher wirkenden Lächeln lag eine mädchenhafte Blumigkeit.

»Hm, ich weiß nicht.«

»Nein«, mischte Edith sich ein, »wenn Sie mich fragen, Sie sind absolut nicht der Typ für Homöopathie. Sie sind viel zu sehr …«

In diesem Moment stellte Mrs Simmons einen dampfenden Teller mit Rühreiern, Speck, Würstchen, gegrillten Tomaten und Champignons vor James auf den Tisch. »Guten Appetit, Mr Gerald!«

»Danke.« James lächelte Mrs Simmons an und wendete sich wieder Edith zu: »Was bin ich zu sehr?«

»Ich weiß nicht mehr.« Edith sah neidisch auf seinen Teller.

»Sagen Sie, Mr Gerald, stimmt es eigentlich, was erzählt wird?«, fragte Eleonora.

»Was wird denn erzählt?«

»Sie waren beim Geheimdienst?«

»Ach, das«, winkte James ab. »Ich habe schon von meinem Spitznamen gehört, Null-Null-Siebzig, nicht wahr?«

»Nicht dass Sie glauben, das käme von uns. Katie hat Sie so genannt«, stellte Edith klar. »Respektlos.«

»Haben Sie übrigens gehört, wie es Katie geht?«, fragte James.

»Wieso?«, fragte Eleonora und sah ihn überrascht an. Auch Edith schaffte es nun, den Blick von James' Teller zu heben.

»Haben Sie gar nichts mehr mitbekommen? Gestern wurde Katie niedergeschlagen, in meinem Zimmer. Es muss passiert sein, kurz nachdem Sie mit Mr Peabody nach oben auf Ihre Zimmer gegangen sind. Ich habe unten in der Halle gewartet. Katie sollte für mich etwas aus meinem Zimmer holen. Als Mrs White sie per Telefon nicht erreichen konnte, ging sie selbst nach oben und fand ihre Tochter in meinem Zimmer bewusstlos auf dem Boden liegen.«

»Was?«, rief Eleonora aus. »Das ist ja schrecklich!«

»Ist sie schwer verletzt?«, fragte Edith mit ausdrucksloser Miene.

»Nein, ich glaube nicht. Der Täter hat entweder nicht richtig getroffen, oder er wollte gar nicht fest zuschlagen. Möglich wäre natürlich auch«, fuhr er mit bedeutungsvollem Unterton fort, »dass er nicht in der Lage war, fester zuzuschlagen.«

Edith legte ihrer Schwester die Hand auf den Unterarm. »Also das hatte es mit dem Lärm auf sich, den ich gehört habe, als wir in unsere Zimmer gingen! Ich dachte noch, da hat Katie bestimmt mal wieder etwas umgestoßen, sie ist ja immer so ein Trampeltier. Hast du gar nichts mitbekommen?«

Eleonora schüttelte verlegen den Kopf. »Nein. Ich hatte mein Hörgerät schon abgelegt.«

Plötzlich vernahm James eine Stimme, die er lieber nicht gehört hätte. Rupert Ruthersford unterhielt sich nebenan in der Empfangshalle mit Mrs White.

»Besuch für Sie!«, bemerkte Edith.

»Wie kommen Sie darauf?«, fragte James.

»Ist das nicht Ihr Freund, Mr Ruthersford?«

»Ehemaliger Kollege«, stellte James richtig. Bis jetzt wusste niemand, dass er Rupert beauftragt hatte, eine Obduktion von

Thomas Maddisons Leiche in die Wege zu leiten, und das sollte auch so bleiben. Aber natürlich war Ruthersford nicht zufällig erschienen. Gestern Nacht hatte James eine Nachricht auf Ruperts Anrufbeantworter hinterlassen und kurz berichtet, was vorgefallen war. Zum Schluss hatte er sich die Bemerkung »Nur für den Fall, dass du immer noch denkst, ich bilde mir alles nur ein!« nicht verkneifen können. Jetzt bereute James diesen Anflug von Triumphgehabe. Er hätte sich denken können, dass Rupert daraufhin in Eaglehurst aufkreuzen würde.

Rupert steuerte geradewegs auf seinen Tisch zu. »Guten Morgen, die Damen, guten Morgen, James«, sagte er gut gelaunt.

»Guten Morgen«, antworteten Edith und Eleonora unisono.

James fügte sich ins Unvermeidliche und deutete auf den letzten freien Stuhl am Tisch. »Nimm doch Platz, Rupert.«

Rupert beäugte James' Teller. »Du wusstest schon immer, was gut ist, James. Das sieht köstlich aus!«

Mrs Simmons schien ein sicheres Gespür für Neuankömmlinge zu haben. Ihr rundes Gesicht erschien in der Durchreiche: »Guten Morgen, Mr Ruthersford, für Sie auch ein Frühstück?«

»Oh, sehr freundlich von Ihnen. Ja, bitte, ich hätte gern genau das gleiche wie Mr Gerald.«

»Eine gute Wahl«, sagte Eleonora wehmütig. »Toasts mit Marmelade schmecken überall gleich, aber am richtigen Frühstück erkennt man die englische Küche.«

»Und leider auch am Kaffee, nicht wahr?«, ergänzte James.

»Wieso?«, fragte Eleonora. »Stimmt etwas nicht mit dem Kaffee?«

»Nescafé«, erklärte James.

Die Schwestern sahen ihn verständnislos an. »Ja, und?«, fragte Edith.

»James bevorzugt Espresso«, erklärte Rupert.

»Ach so«, lächelte Eleonora. »Aber dann sagen Sie doch einfach Mrs Simmons, dass Sie lieber Espresso wollen. Sie hat auch Tütchen mit Espressopulver, das weiß ich, oder Cappuccinopulver, da sind Zucker und Milch schon drin.«

James Magen krampfte sich zusammen bei dem Gedanken an überzuckertes Cappucino-Milchpulvergemisch. »Danke für den Tipp. Aber es geht doch nichts über eine gute Tasse Tee am Morgen.«

»Mrs White hat mir berichtet, dass es gestern große Aufregung in Eaglehurst gab«, sagte Rupert wie beiläufig. »Offensichtlich hatte eine der Angestellten einen kleinen Unfall.«

»Unfall?«, wiederholte James.

»Aber nein«, mischte sich Edith aufgeregt ein, »Mr Gerald hat uns gerade erzählt, dass Katie niedergeschlagen wurde.«

»Niedergeschlagen? Wie kommt er denn darauf?«

»Vielleicht habe ich das falsch verstanden«, lenkte James ein. »Mrs White muss es ja am besten wissen.«

»Ganz richtig«, nickte Rutherford lächelnd. »Hast du aus den Tatsachen falsche Schlüsse gezogen? Ja, das passiert immer schneller, als man denkt.« Er zwinkerte den alten Damen zu. »Wir Kriminalleute lieben die Dramatik, müssen Sie wissen. Ist es nicht so, James? Wenn zwei von uns sich treffen und sich gegenseitig erzählen, was in der Zwischenzeit so alles passiert ist, dann ist hoffnungslose Übertreibung immer dabei. Seemannsgarn ist nichts dagegen.«

Mrs Simmons servierte Rutherford einen dampfenden Teller mit Rührei, Speck, Würstchen und Champignons.

»Lassen Sie es sich schmecken!«

»Vielen Dank, Mrs Simmons.« Rutherford ergriff Messer und Gabel und machte sich mit Appetit über die Würstchen her. »Köstlich!«

Die beiden Schwestern beobachteten den Inspektor beim Essen. Eleonoras Gesicht war wie ein offenes Buch. Eine Mischung aus Bewunderung, Neugierde und Neid angesichts der Würstchen lag darin. Edith hatte ihre Gefühlsregungen viel besser unter Kontrolle. James konnte ihren Gesichtsausdruck nicht genau deuten, aber er spürte, dass Edith Rupert nicht mochte.

Als Rupert sein Frühstück beendet hatte, brachen die Damen auf.

»Wenn Sie Mr Peabody bitte ausrichten könnten, dass wir zum Gemeindebasar von St. Andrews gegangen sind, James?«, bat Eleonora. »Nur für den Fall, dass er nachkommen möchte. Ich glaube, er erwähnte gestern, dass er sich auch dafür interessiert.«

»Ach, nun lass doch«, sagte Edith verärgert. »Wir müssen Mr Peabody doch nicht überallhin mitschleppen.«

Eleonora sah ihre Schwester verständnislos an. »Was hast du denn auf einmal gegen ihn?«

»Gar nichts«, seufzte Edith. »Ich finde nur, wir sollten uns nicht so aufdrängen. Er wird schon kommen, wenn er will.«

»Wenn er sich erkundigt, sage ich ihm, wo Sie sind«, schlug James diplomatisch vor.

»Ich habe mir schon gedacht, dass du auf meinen Anruf hin gleich kommen würdest«, sagte James, als Rupert und er allein am Tisch saßen. Er bemühte sich, nicht triumphierend zu klingen.

»Ja.« Rupert griff nach seinen Zigaretten. »Die erste nach dem Frühstück ist die beste.« Sein Blick schweifte über die anderen Tische auf der vergeblichen Suche nach einem Aschenbecher. »Ist Rauchen hier etwa verboten?«

»Denkst du, sie haben das Rauchen in den Pubs verboten, aber hier im Altenheim ist es in Ordnung?«

Rupert grinste. »In eurem Alter ist das Rauchen doch nun

wirklich nicht mehr das Problem. Wenn ich achtzig wäre und bis dahin nicht geraucht hätte, würde ich es mir mit Sicherheit schnellstens angewöhnen – bevor es zu spät ist. Da fällt mir ein: Was macht eigentlich deine Bronchitis?«

»Es wird jeden Tag besser.«

»Jedenfalls hast du das Rauchen deshalb nicht aufgegeben, so wie ich dich kenne.«

James zog sein Inhalationsspray aus der Tasche. »Für jedes Problem eine Lösung.«

Rupert lachte auf. »Ja, so haben sie es uns beigebracht.«

James kam wieder auf das Thema zu sprechen. »Mrs White hat das Ganze also tatsächlich als Unfall bezeichnet?«

»Ja, als ich sie darauf ansprach, fiel sie aus allen Wolken und wollte nichts davon wissen, dass Katie niedergeschlagen wurde. Wie ich denn nur auf diese Idee gekommen sei. Als ich ihr sagte, dass ich die Information von dir habe, meinte sie, du hättest das falsch verstanden. Die Polizei einschalten? Nein, das hätte sie bestimmt nicht vorgehabt. Ihre Tochter sei hingefallen, nichts weiter. Das sei ihr schon oft passiert. Sie sei im Wachstum, da gebe es oft Probleme mit dem Kreislauf.«

»Ich frage mich, wovor sie Angst hat«, sagte James. »Warum will sie die Polizei nicht einschalten? Jede Mutter, deren Kind angegriffen wird, würde das doch sofort tun.«

»Vielleicht denkt Mrs White, dass die Sache nicht so schlimm ist, und will das Ganze nicht künstlich aufbauschen«, gab Rupert zu bedenken. »Sie nimmt vielleicht an, dass es sich nur um einen harmlosen Streich handelt, den ihr eine Kollegin oder einer der Bewohner gespielt hat …«

»Ein Streich, bei dem ihre Tochter bewusstlos zu Boden geht? Das halte ich für unwahrscheinlich«, widersprach James. »Vor allem vor dem Hintergrund der beiden Morde.«

»Du vergisst, dass du der Einzige bist, der denkt, dass hier jemand ermordet wurde. Für Mrs White gibt es keinen Zusammenhang zwischen den beiden Toten und ihrer Tochter.«

»Es wäre durchaus möglich, dass es keinen gibt«, überlegte James. »Oder zumindest, dass er anders ist, als wir denken. Jedenfalls kann es nicht schaden, wenn ich mal mit dem Mädchen rede.«

»Kommt nicht infrage, James.« Rupert grinste anzüglich. »Auch wenn ich weiß, dass die Befragung eines jungen Mädchens am Krankenbett für dich überaus reizvoll sein dürfte. Aber du scheinst zu vergessen, dass du hier nur der Rentner bist. Ich spreche mit Mrs Whites Tochter, und damit hat sich der Fall.«

»Na gut«, gab James nach. »Aber da ist noch etwas, das du tun könntest.« Er zog seine Minikamera aus der Jacketttasche. »Ich habe gestern Abend heimlich ein paar Fotos gemacht. Ablichtungen von Mrs Whites Laptop. Ich denke, wenn du die entwickeln lässt, kommen wir vielleicht weiter.«

Rupert verzog das Gesicht. »Hast du sie noch alle, hier herumzuspionieren? Du weißt doch, dass du dich strafbar machst, oder?« Widerwillig steckte er die Kamera ein. »Abgesehen davon kann ich dir nicht versprechen, dass sich bei uns überhaupt noch jemand mit dieser überholten Technik auskennt.« Er stand auf und ging zur Tür. »Grüß Sheila von mir, wenn du sie triffst.«

James war überrascht. »Woher weißt du, dass Sheila hier ist?«

Rupert drehte sich um und grinste breit. »Ja, da staunst du. Hier bleibt nichts geheim, James. Ich bin genau im Bilde, was du treibst. Und das Beste ist, man muss noch nicht einmal fragen. Klatsch und Tratsch verbreiten sich wie von selbst.« Rupert grinste noch breiter. »Wir sehen uns, Null-Null-Siebzig!«

»Null-Null-Siebzig! Das findest du amüsant, aber für mich ist es gefährlich. Katie wurde gestern Abend in *meinem* Zimmer niedergeschlagen. Hast du mal daran gedacht, dass der Täter eigentlich *mich* treffen wollte? Herzlichen Dank, Rupert, für deine gedankenlose Geschwätzigkeit. Genauso gut hättest du mir mit roter Farbe eine Zielscheibe auf den Rücken malen können.« James konnte seinen Zorn nur mühsam unterdrücken.

Rupert kam wieder ein Stück zurück. »Du gehst immer davon aus, dass es ein Verbrechen gibt«, beschwichtigte er. »Aber so, wie es aussieht, hat Mrs White gestern Abend einfach nur hysterisch reagiert. Sie hat ihre Tochter ohnmächtig vorgefunden, und weil sie es sich nicht anders erklären konnte, nahm sie an, dass sie niedergeschlagen wurde. Als Katie wieder bei Bewusstsein war, erzählte sie ihrer Mutter, was wirklich passiert war, nämlich dass sie über irgendetwas gestolpert ist. Wir dürfen uns nicht zu tief in deine Mordtheorien verstricken, James, sonst übersehen wir die unspektakuläre Wirklichkeit. Du denkst, es war Mord. Nehmen wir einmal an, das ist A. Dann ist der nächstbeste Hinweis für dich B, es folgt ein C und so weiter, und so weiter. Alles erscheint ganz logisch. Aber in Wirklichkeit war da vielleicht gar kein A, und das, was du als B deutest, war ein P, und dein C ein O …«

James schloss die Augen. Ruperts dümmliche Ausführungen über Logik, vorgetragen in der Manier eines Philosophie-Professors, waren unerträglich, vor allem vor dem Hintergrund, dass er in der Theorieprüfung des SIS damals völlig versagt hatte. Aber James wusste, dass sich Rupert nur noch mehr hineinsteigern würde, wenn er ihn unterbrach. Als Rupert fertig war, sagte James nur: »Lass den Film bitte trotzdem entwickeln.«

»Ja, klar«, seufzte Rupert, »dir zuliebe.«

James sah auf die Uhr. Es blieb ihm noch eine gute Stunde Zeit, bis Sheila kam. Mrs Simmons' Kopf tauchte wieder in der Durchreiche auf. »Darf es für Sie noch etwas sein, Mr Gerald? Die Küche schließt gleich.«

»Ach, wären Sie so liebenswürdig, mir noch einen Ihrer köstlichen Frühstücksteller zu zaubern?«, bat James. »Ich habe heute Morgen sehr großen Appetit, und ich habe lange kein so gutes Frühstück mehr gehabt.«

»Dasselbe noch mal? Aber gern!«, strahlte Mrs Simmons.

»Ach, Mrs Simmons«, rief James. »Machen Sie doch bitte auch für Mr Peabody einen Teller fertig, ich sehe gerade, da kommt er.«

»Guten Morgen«, sagte Mr Peabody und setzte sich zu James an den Tisch. »Wie geht es Ihnen heute, James?«

»Das wollte ich Sie auch gerade fragen, Julius.«

»Bestens. Wissen Sie, es geht nichts über Wodka. Die reinste Medizin. Da können Sie jeden Russen fragen.«

»Auch die reinste Medizin hat ihre Nebenwirkungen, nicht wahr? Vor allem, wenn die Dosis zu hoch ist.«

»Nein«, versicherte Julius, »Wodka können Sie trinken, so viel Sie wollen. Am nächsten Tag fühlen Sie sich immer frisch und ausgeruht wie nach einer Heilwasserkur.«

»Interessante Theorie«, sagte James lächelnd. »Jedenfalls habe ich Mrs Simmons gerade gebeten, dass sie uns ein Frühstück zubereitet. Nach so viel Heilwasser wird etwas feste Nahrung sicher guttun.«

Julius sah sich um. »Ich bin heute spät dran. Die Schwestern Hideous haben wahrscheinlich schon gefrühstückt?«

James nickte. »Ich soll Ihnen ausrichten, dass sie schon zum Basar der St.-Andrews-Gemeinde gegangen sind. Ich denke, vor allem Mrs Eleonora Hideous wäre sehr erfreut, wenn Sie nachkommen würden.«

Julius wurde rot. »Ach, tatsächlich? Nun, dann werde ich die Damen besser nicht lange warten lassen.« Er stand auf.

»Aber wollen Sie nicht zuerst etwas essen?«, fragte James. »Mrs Simmons wird jeden Augenblick das Frühstück servieren.«

»Ach ja«, sagte Peabody unglücklich und setzte sich wieder. Dann überlegte er es sich jedoch anders und erhob sich wieder. »James, es tut mir leid, ich habe ohnehin keinen Appetit heute Morgen. Bitte essen Sie mein Frühstück, wenn Sie mögen. Ich gehe lieber gleich rüber zu St. Andrews, nicht, dass ich die Damen verpasse.«

Kurz nachdem Peabody gegangen war, stand Mrs Simmons mit zwei dampfenden Frühstückstellern vor James und war sichtlich gekränkt, dass Mr Peabody es vorgezogen hatte, ohne Frühstück aus dem Haus zu gehen. »Es hat ihm wohl zu lange gedauert? Ich gebe schon mein Bestes, aber zaubern kann ich nun wirklich nicht. Die Eier brauchen ein paar Minuten, und auch die Tomaten, warm müssen sie ja wenigstens sein. Natürlich kann man die Würstchen auch blasser servieren, aber bei den Champignons hört der Spaß auf. Wenn die nicht schön weich und braun sind …«

»Nein, Mrs Simmons, es hatte, das kann ich Ihnen versichern, absolut nichts damit zu tun, dass es ihm zu lange gedauert hat. Ich darf Ihnen verraten, dass Mr Peabody gestern Abend recht viel Alkohol getrunken hat, und ich vermute, dass er jetzt noch nichts Festes verträgt.«

Dieses Argument ließ Mrs Simmons nicht gelten. »Aber gerade dann hätte ihm mein Frühstück gutgetan! Dazu ein Glas Tomatensaft mit Pfeffer oder ein rohes Ei, verrührt mit Orangensaft … Glauben Sie mir, ich weiß, was in solchen Fällen hilft.«

James versuchte, sie zu beschwichtigen. »Abgesehen davon hatte er etwas Dringendes zu erledigen. Er hatte es wirklich sehr, sehr eilig und war in Sorge, zu spät zu kommen.«

»So?«, fragte Mrs Simmons interessiert.

»Wissen Sie was?«, schlug James vor. »Warum setzen Sie sich nicht einfach zu mir und leisten mir Gesellschaft. Zusammen schaffen wir die beiden Portionen bestimmt. Wäre doch schade, wenn das, was Sie da Leckeres zubereitet haben, verkommt, nicht wahr?«

»Ich muss eigentlich auf meine Figur achten. Aber man kann ja mal eine Ausnahme machen.« Mrs Simmons setzte sich bereitwillig.

»Darf ich Ihnen meine persönliche Meinung verraten?«, fragte James. »Natürlich ist sie nicht maßgeblich, aber ich finde, dass üppige Körperformen Gesundheit und Lebensfreude ausstrahlen. Die meisten Männer mögen es sehr, wenn Frauen weibliche Rundungen haben.«

Mrs Simmons stach mit der Gabel in ein Würstchen. »Da war mein Mann leider eine Ausnahme, Mr Gerald. Solange wir verheiratet waren, elf Jahre, hat er über meine Figur gemeckert. Können Sie sich vorstellen, wie das war?«

»Lassen Sie mich raten: Er war selbst nicht gerade schlank, habe ich recht?«

»Woher wissen Sie das?«

»Nun, es sind meist die eigenen Fehler, die wir anderen nicht verzeihen.«

»Er hat recht. Sie sagen wirklich kluge Sachen.« Mrs Simmons zerschnitt das Würstchen. Das helle Quietschen des Messers auf dem Porzellan drang James durch Mark und Bein.

»Wer hat recht?«

»Mr Rutherford, Ihr Freund«, erwiderte Mrs Simmons kauend. James wendete schnell den Blick ab.

»Er ist nicht mein Freund.«

»Sagen Sie, stimmt das, was Mr Rutherford über Sie erzählt hat?«

»Sie meinen sicher, ob es stimmt, dass wir früher Kollegen beim Geheimdienst waren?«

»Genau.«

»Ja, das stimmt. Mr Ruthersford war gewissermaßen mein Lehrling.«

»Ach ja? Sie müssen ein aufregendes Leben geführt haben.«

»Viel weniger aufregend, als Sie es sich vorstellen.

»Das können Sie mir nicht weismachen, Mr Gerald!«

»Es ist aber so. Im Grunde ist es egal, was man macht, denn nach einer gewissen Zeit ist es einfach das, was man jeden Tag tut. Ob Sie Spiegeleier essen oder Katz und Maus mit Verbrechern spielen, ob Sie Hochseilartist sind oder das Haus putzen, etwas Besonderes ist das alles nicht, wenn Sie es Tag für Tag tun.«

»Ich weiß nicht.« Mrs Simmons hatte ihr Spiegelei zerlegt und das Eigelb fein säuberlich vom Eiweiß getrennt. Jetzt schob sie vorsichtig die Gabel unter das Eigelb.

»Sehen Sie«, sagte James, »das ist es, was uns glücklich macht: die kleinen Herausforderungen des Alltags zu meistern. Wenn Sie es schaffen, das Eigelb als Ganzes in Ihren Mund zu befördern, und dann spüren, wie sich der Geschmack langsam entfaltet – das ist doch ein gutes Gefühl, nicht wahr?«

Mrs Simmons nickte mit vollem Mund. Als sie heruntergeschluckt hatte, sagte sie: »Man merkt, dass Sie beide viel gemeinsam haben. Sie hören sich an wie Mr Ruthersford. Der sagt auch so schlaue Sachen.«

»Tatsächlich?« James spülte seinen Ärger mit einem großen Schluck Tee hinunter und wechselte das Thema.

»Wie lange sind die Schwestern Hideous eigentlich schon hier?«

»Ich weiß nicht genau.« Mrs Simmons benutzte ihre Finger zum Nachzählen. »Ich glaube, als der vorletzte Geburtstag der Queen gefeiert wurde, waren sie schon dabei. Ja, natürlich, wir haben ja alle zusammen die Fernsehübertragung angeschaut. Also etwa eineinhalb Jahre.«

»Warum haben eigentlich beide denselben Namen? Eleonora war doch verheiratet?«

»Ja, aber sie hat mir einmal erzählt, dass sie ihren Mädchennamen wieder angenommen hat, nachdem ihr Mann gestorben war. Sie ist dann nach Torquay gezogen, da hat sie einer reichen amerikanischen Familie den Haushalt geführt. Es war deren Zweithaus. So ein Glück hätte ich auch gern gehabt, das kann ich Ihnen sagen! Die Familie war nur in den Sommermonaten und über Weihnachten in Torquay. Die restliche Zeit hatte Mrs Hideous das Haus ganz für sich allein und konnte tun und lassen, was ihr gefiel. Das Haus lag direkt an der Küste, etwas außerhalb der Stadt, sie hat mir mal ein Bild gezeigt. Ein wunderschönes Haus, nicht sehr groß, aber mit allem Luxus ausgestattet. Bestimmt ist sie im Sommer jeden Tag im Meer geschwommen. Und im Winter konnte sie die Sauna und den Whirlpool benutzen. Deshalb sieht sie auch noch so sportlich aus für ihr Alter. Ach, und die schöne Landschaft in Devon. Waren Sie schon mal in dieser Ecke, Mr Gerald?«

»Ich habe meine ersten Sandburgen am Strand von Torquay gebaut«, log er.

Mrs Simmons seufzte. »Als mein Mann und ich geheiratet haben, haben wir eine Pension in Torquay gebucht. Aber kaum waren wir dort, kam meine Schwiegermutter ins Krankenhaus, mein Mann wollte unbedingt wieder nach Hause, und wir hatten unseren ersten Ehekrach. Wissen Sie, es war gar nichts Schlimmes, nur der Blinddarm …«

James unterbrach ihren Redeschwall und lenkte das Thema wieder auf die Schwestern Hideous. »Wissen Sie, was ich mich frage? Warum ist Eleonora als Rentnerin nicht zu ihrem Sohn nach Neuseeland gezogen, statt mit ihrer Schwester ins Altenheim?«

»Seniorenresidenz«, verbesserte Mrs Simmons automatisch.

»Sie schwärmt doch so von ihrem Sohn«, fuhr James fort. Mrs Simmons zuckte die Schultern. »So ist das. Alle hier, die Kinder haben, geben mit ihnen an. Selbst dann, wenn die sich kaum blicken lassen. Keiner will zugeben, wenn er im Leben der eigenen Kinder keinen Platz mehr hat.«

»Sagen Sie, wissen Sie eigentlich, was Mrs Edith Hideous gemacht hat, bevor sie hierherkam?«

Mrs Simmons' Mundwinkel verzogen sich leicht nach unten. »Wird nichts Besonderes gewesen sein, jedenfalls gibt sie nicht damit an. Ich hab mal zufällig mitbekommen, wie sie sich mit Mrs White über das Gesundheitsamt unterhielt. Hörte sich so an, als hätte sie da irgendeinen langweiligen Bürojob gehabt.«

»Sie war nicht verheiratet?«

Mrs Simmons lachte auf. »Glaube ich nicht.«

»Warum denn nicht?«, hakte James nach.

Mrs Simmons machte eine wegwerfende Handbewegung. »Die hat Haare auf den Zähnen. Und das bestimmt nicht erst seit gestern.«

Kapitel 12

James machte sich nach dem Frühstück mit seinem Rollator auf den Weg in den Salon, um dort auf Sheila zu warten. Es bot sich dasselbe Bild wie am Tag zuvor, aber sei es, dass er sich daran gewöhnt hatte oder dass die Sonne kräftig durch die großen, bodentiefen Fenster schien: Heute fand er den Anblick der zahlreichen alten und gebrechlichen Menschen, die einfach nur dasaßen und viel zu still waren, nicht mehr so erschreckend. James setzte sich an den Flügel und klappte die Abdeckung der Tastatur hoch. Als er anfing zu spielen – eine einfache Etüde, die sein Klavierlehrer ihn so lange hatte üben lassen, bis sich die Tastenfolge für immer in seinem motorischen Gedächtnis festgesetzt hatte –, blickten einige Leute auf. James staunte, wie mühelos seine Finger über die Tasten flogen, und das, obwohl er seit seiner Jugend nicht mehr regelmäßig spielte. Am Ende seiner kleinen Vorstellung applaudierten einige Zuhörer verhalten. James dachte mit einem Anflug von Dankbarkeit an den alten Lehrer. Er hörte seine dröhnende Stimme und sah die großen, muskulösen Hände mit den Wurstfingern vor sich, als wäre es gestern erst gewesen. James war es immer wie ein Wunder erschienen, dass diese klobigen Finger nicht nur donnernde Akkorde hämmern, sondern die Tasten auch flink und zart zu einem seidigen Klang verführen konnten. Jedes Mal, wenn der Klavierlehrer über James' ungeübtes Spiel zu verzweifeln drohte, tröstete er sich mit einer großzügigen Prise Schnupftabak über sein Schicksal hinweg – ein gescheiterter Pianist, der seinen Lebensunterhalt als Klavierlehrer für unterdurchschnittlich begabte Kinder der oberen Mittelschicht verdienen musste. Das Tabaksdöschen hielt er in seinem Flügel versteckt, in seinem »Schatzkästchen«, wie er es nannte. Es befand sich in einem Hohlraum unter der Tastaturabdeckung und war leicht und unauffällig zu öffnen. »Was bin ich für ein Idiot«, murmelte James. Plötzlich war ihm klar, dass er am Abend zuvor an der falschen Stelle des Flügels gesucht hatte. Wenn William etwas darin versteckt hatte, dann sicher nicht unter dem schweren Deckel, den er, ebenso wie James, alleine kaum hätte anheben können. James vergewisserte sich, dass niemand zu ihm hinsah, klappte die Abdeckung der Tastatur hoch und hob sie aus der Verankerung. Ihm wurde heiß. In dem kleinen Hohlraum rechts neben den Tasten lag tatsächlich etwas: ein kleines braunes Fläschchen. James steckte es schnell ein und wollte gerade den Tastaturdeckel wieder in Position bringen, als ihn eine Hand sanft an der Schulter berührte. »Nehmen Sie den Flügel auseinander, James?«

James drehte sich lächelnd zu Edith um. »Ich wollte nur nachsehen, wo die falschen Töne herkommen. Irgendwo müssen sich die frechen kleinen Dinger doch versteckt halten.«

»Wenn der Bauer nicht schwimmen kann, liegt's an der Badehose«, sagte Edith trocken. »Aber Sie sind zu bescheiden, James. Sie haben sehr schön gespielt. Ich wünschte, ich könnte so gut Klavier spielen.«

»Sie wollten doch den Basar der St.-Andrews-Gemeinde besuchen. War da nichts los?«, fragte James.

Edith verdrehte die Augen. »Von wegen, wir waren noch gar nicht dort. Meine Schwester zieht sich gerade um, sie hat sich beim Frühstück bekleckert. Aber ich glaube, das ist nur eine Ausrede, in Wirklichkeit wollte sie auf Mr Peabody warten.«

»Oh«, sagte James, »da können Sie lange warten. Kurz nachdem Sie gegangen sind, kam Mr Peabody zum Frühstück, und als ich ihm sagte, dass Sie bereits auf dem Weg zum Gemeindebasar sind, war er nicht mehr aufzuhalten.«

»Geschieht Eleonora ganz recht«, sagte Edith. »Sie führt sich auf wie ein Backfisch. Na, ich sage immer, jeder legt seinen Wert selbst fest.«

»Spielen Sie auch ein Instrument, Edith?«, fragte James.

»Leider nicht. Für mehr als den Kirchenchor hat es bei mir nicht gereicht.«

»Die menschliche Stimme – das schönste Instrument der Welt, nicht wahr?«, erwiderte James galant.

Edith lachte, und James bemerkte, dass sie zu den Menschen gehörte, die beim Lachen gewannen. »Sie haben mich noch nicht singen hören, Mr Gerald!«

»Es käme auf einen Versuch an, meinen Sie nicht auch?« James legte die Finger auf die Tastatur und spielte leise und nicht ganz korrekt die ersten Takte von *Should Old Acquaintance be forgot*. »Wollen wir?«

Edith schüttelte entschieden den Kopf. »Ich kenne meine Grenzen.«

James erhob sich. »Kommen Sie, dort drüben am Fenster ist noch eine Sitzecke frei.«

Edith sah zögernd auf ihre Armbanduhr. »Meine Schwester müsste jeden Augenblick hier sein.«

»Das trifft sich gut, ich warte nämlich auch auf jemanden, der jeden Augenblick kommen müsste.«

»Ihre Bekannte von gestern Abend?« Edith sah ihn durch ihre Hornissenbrille neugierig an. Er nickte nur.

Als sie Platz genommen hatten, kam der Pfleger, den James am Vorabend kennengelernt hatte, an ihren Tisch und erkundigte sich, ob er ihnen etwas bringen könnte.

»Das muss man wirklich sagen«, bemerkte Edith, als er wieder gegangen war, »sie bieten einen ausgezeichneten Service in Eaglehurst. Man fühlt sich beinahe wie in einem Hotel.«

James fragte sich, ob Edith wohl schon einmal in einem Hotel übernachtet hatte, das diesen Namen verdiente. »Nicht wahr«, pflichtete er bei, »ein wunderbarer Ort, um seinen Lebensabend zu verbringen.«

Edith nickte. »Ich liebe das Meer, Sie auch?«

»Sehr«, log James.

»Als klar war, dass Eleonora und ich uns gemeinsam etwas suchen«, fuhr Edith lebhaft fort, »habe ich stapelweise Prospekte durchgesehen und mir mehr als zwanzig Einrichtungen angesehen. Oft hieß es im Prospekt ›direkt am Meer‹, aber dann stellte sich heraus, dass das Altenheim auf einer einsamen Klippe stand und man zu Fuß weder zum Meer kam noch in irgendeine Stadt oder ein Dorf. Aber als ich Eaglehurst gesehen habe, dachte ich bei mir: Das wäre zu schön, um wahr zu sein. Direkt am Meer, mit Promenade, die Innenstadt gleich um die Ecke. Mitten im Leben und nicht abgeschoben in die Einsamkeit. Und es sieht nicht aus wie ein Altenheim, sondern wie ein richtiges Hotel.«

»Das beste am Platz«, bemerkte James.

»Ja, genau. Wissen Sie, was das Einzige ist, das ich ärgerlich finde?«

»Nein, was denn?«

»Das Rauchverbot. Sogar im eigenen Zimmer ist das Rauchen verboten. Das ist erniedrigend.«

»Ach«, sagte James. »Das wusste ich nicht. Ich rauche in meinem Zimmer, aber Miss Hunt hat nichts gesagt.« Mit Unbehagen dachte er an die vergangene Nacht, als er beinahe einen Zimmerbrand ausgelöst und Miss Hunt sich sehr wohl darüber aufgeregt hatte.

»Diese Blondine hat ein großes Herz für die männlichen Bewohner«, sagte Edith verächtlich. »Mit Frauen geht sie nicht so charmant um.«

James betrachtete Edith nachdenklich und fragte sich, ob sie damit recht hatte oder ob Edith ganz einfach neidisch war auf die attraktive, junge Miss Hunt.

»Waren Sie eigentlich verheiratet?«, fragte er unvermittelt.

Edith schüttelte den Kopf. Es war offensichtlich, dass ihr die Frage unangenehm war und sie nicht über dieses Thema sprechen wollte.

»Ich auch nicht«, sagte James. »Die Ehe wird überbewertet, nicht wahr?«

Edith sah zur Tür. »Da ist meine Schwester.« Sie erhob sich. »Ich wünsche Ihnen einen schönen Tag, James.«

Kurz nachdem Edith den Salon verlassen hatte, kam Sheila, die Wangen gerötet vom Wind. Er konnte es kaum erwarten, ihr das Fläschchen zu präsentieren. Dass Ruthersford ihm nicht glaubte, kümmerte ihn wenig, aber darüber, dass Sheila ihm anfangs nicht ganz ernst genommen hatte, ärgerte er sich immer noch.

»Kommen Sie«, sagte er zu Sheila, »gehen wir nach draußen. Ich muss Ihnen etwas zeigen.«

Sie überquerten die belebte Straße und erreichten die Promenade, wo sie sich auf eine Bank mit Blick aufs Meer setzten. Ein frischer Wind zerzauste ihnen die Haare, doch wenigstens hatte es aufgehört zu regnen, und von Zeit zu Zeit schien die Sonne durch vereinzelte Lücken in der Wolkendecke. James zog das Fläschchen aus seiner Manteltasche. »Das habe ich gerade in einem Geheimversteck des Flügels im Salon gefunden«, erklärte er, schraubte den Deckel auf und sah hinein. Weiße Kügelchen bedeckten den Glasboden.

»Was ist das?«, fragte Sheila.

»Sehen Sie selbst.« James reichte ihr das Fläschchen.

»Nux Vomica. Brechnuss, homöopathische Potenz. Nützt, wenn man dran glaubt, schadet aber auch nicht.«

James nahm ihr das Fläschchen wieder ab. »Warum sollte William das im Klavier verstecken, wenn es harmlose homöopathische Kügelchen sind?«

»Keine Ahnung. Vielleicht wollte er es einfach griffbereit haben. Geben Sie her, ich probiere mal eins!«

»Sind Sie noch ganz bei Trost, Sheila?« James ärgerte sich über ihre Naivität. Offensichtlich glaubte sie immer noch, er habe sich die ganze Geschichte nur eingebildet. »Bitte, wie Sie wollen. Aber beschweren Sie sich hinterher nicht.«

Sheila schüttete tatsächlich ein paar Kügelchen in ihre Handfläche. »Glauben Sie mir, ich kenne mich da aus. Meine Mutter hatte früher einen Homöopathie-Tick. Nux Vomica in dieser Potenz ist nun wirklich völlig harmlos.«

»Warten Sie einen Moment«, sagte James, klaubte ihr schnell mit Daumen und Zeigefinger die Kügelchen aus der Hand und nahm das Fläschchen wieder an sich. Dann ging er zu einem Kiosk, kaufte einen Muffin und kam zurück.

»Was haben Sie vor?«, fragte Sheila.

Wortlos stopfte James die Kügelchen tief in das Gebäckstück. Dann warf er den Muffin ein paar Meter weit weg. Sofort kämpfte ein aufgeregt kreischender Möwenschwarm darum.

»Was tun Sie denn! Die armen Vögel!«, protestierte Sheila.

»Gerade wollten Sie das Zeug noch selber probieren«, sagte James und behielt die Möwen im Auge, die, auf weitere Leckerbissen hoffend, vor ihnen herumpickten.

»Es passiert doch gar nichts, wenn Sie recht haben und das Zeug wirklich harmlos ist.«

»Und wenn nicht?«, fragte Sheila. »Wenn Sie überzeugt sind,

dass es Gift ist, warum haben Sie mir das nicht einfach gesagt? Was soll diese Nummer mit dem Tierversuch?«

»Ich *habe* es Ihnen doch gesagt. Aber Sie sind ja so unglaublich dickköpfig«, schnauzte James zurück. »Sie glauben mir einfach nicht und wollten die Dinger doch nur schlucken, um mir zu beweisen, dass Sie recht haben. Geben Sie es ruhig zu, Sie halten meine Theorie für das Hirngespinst eines alten Mannes.«

»Wenn hier einer ein Dickkopf ist, dann sind Sie das«, sagte Sheila, nun auch recht laut werdend. »Sie machen hier alle verrückt.«

»Wenn ich alle nur verrückt mache, warum regen Sie sich dann so darüber auf, dass ich die Möwen füttere?«

»Der Punkt ist: Sie glauben, dass es Gift ist, und füttern damit die Möwen. Ein Möwenleben bedeutet Ihnen nichts.«

Er sah sie eindringlich an. »*Ihr* Leben bedeutet mir etwas, Sheila. Ich wollte Sie davon abhalten, eine Dummheit zu begehen.«

Sheila starrte ihn zornig an. »Oh, mein Held«, sagte sie gedehnt. »Warum haben Sie mich nicht vor einer viel größeren Dummheit bewahrt? Es war eine riesengroße Dummheit, überhaupt hierherzukommen.«

»Ich habe Sie nicht darum gebeten.«

Ein kleiner Junge strampelte auf seinem Dreirad heran. Er bemerkte James und Sheila nicht und steuerte direkt auf den Möwenschwarm zu, der immer noch auf dem Pflaster herumpickte. Als das Dreirad eine Schneise in den Möwenschwarm pflügte und sich die Vögel kreischend in die Lüfte schwangen, schrie der kleine Junge triumphierend auf.

»Sehen Sie«, lenkte James ein, »wie es aussieht, haben Sie sogar recht behalten. Das Zeug war wirklich harmlos.«

Der Junge stieg vom Dreirad und bückte sich. Die Mutter des Kleinen lief herbei und schüttelte ihn. »Sieh, was du getan hast!«, schrie sie. »Du hast die arme Möwe überfahren!« Der Junge begann zu weinen.

James und Sheila traten hinzu und betrachteten das tote Tier.

»Das wollte ich nicht«, schluchzte der kleine Junge.

»Natürlich nicht«, sagte Sheila und streichelte dem Jungen über den Kopf. »Und du hast sie auch nicht überfahren. Die Möwe ist von allein gestorben, es war nur Zufall, dass du gerade mit deinem Dreirad dahergekommen bist.«

Die Mutter des Jungen warf Sheila einen dankbaren Blick zu. Der Junge bückte sich und streckte die Hand nach der Möwe aus.

»Fass sie besser nicht an«, sagte James. Die Mutter hob ihr Kind hoch und setzte es wieder auf sein Dreirad. »Komm weiter, Darling.«

Als die beiden außer Sichtweite waren, besorgte Sheila am Kiosk eine Plastiktüte und packte die tote Möwe vorsichtig ein.

»Danke, James«, murmelte sie.

»Schon gut.«

»Rufen Sie Inspektor Ruthersford an, damit er die tote Möwe untersuchen lässt?«

James schüttelte den Kopf. »Nein. Ich habe mit Ruthersford bereits gefrühstückt, ich will ihn nicht auch noch zum Mittagessen sehen.«

»Aber was dann?«, fragte Sheila.

»Wir tun einfach das, was jeder normale Bürger tun würde«, sagte James, zog sein Handy hervor und rief die Polizei an. »James Gerald hier, guten Morgen. Ich möchte melden, dass wir soeben beobachtet haben, wie jemand eine Möwe fütterte. Kurze Zeit später lag die Möwe tot auf dem Pflaster. Wir machen uns Sorgen, sie könnte vergiftet worden sein. Nicht auszudenken, was passieren könnte, wenn Reste von dem Futter in die Hände von Kindern geraten. – An der Seepromenade, in

Höhe der Seniorenresidenz Eaglehurst. – Ja, ist gut, wir warten hier neben dem Kiosk auf Sie.«

»So«, lächelte James, »das hätten wir. Kommen Sie, Sheila, setzen wir uns auf die Bank und warten auf unsere uniformierten Freunde.«

Keine fünf Minuten später gaben Sheila und James ihre Namen und ihre Londoner Adressen zu Protokoll, und James wiederholte noch einmal das, was er bereits am Telefon gesagt hatte.

»Können Sie den Mann beschreiben, oder kennen Sie ihn vielleicht?«, fragte einer der beiden Polizisten.

»Wir machen hier nur Urlaub«, sagte James. »Es war ein Mann, etwa meine Größe, und er trug einen Regenmantel. Aber ich habe mehr auf die Möwe geachtet. Ist Ihnen vielleicht noch etwas aufgefallen, Sheila?«

Sheila schüttelte den Kopf. »Da war nichts Außergewöhnliches an ihm.«

»Wenn Ihnen noch etwas einfällt, rufen Sie uns bitte an«, sagte der andere Polizist.

»Was machen Sie jetzt mit der Möwe?«, fragte Sheila.

»Einschicken. Die Möwe wird im Labor untersucht. Vielleicht ist alles ganz harmlos«, scherzte der eine Polizist. »Vielleicht hatte der arme Vogel ja einen Herzinfarkt oder so etwas.«

»Dann hätten wir Sie ganz umsonst bemüht«, sagte Sheila mit gespieltem Bedauern.

»Nein, nein, Sie haben schon richtig gehandelt«, meinte der andere Polizist. »Besser einmal zu viel anrufen als einmal zu wenig.«

»Und wenn die Möwe tatsächlich vergiftet wurde, ist das eine ernste Sache«, erklärte sein Kollege. »Ich weiß nicht, was in den Köpfen mancher Menschen vorgeht. Dumm ist nur, dass es nahezu unmöglich sein wird, den Kerl zu schnappen, es sei denn, er macht es immer wieder. Sollten Sie ihn sehen, rufen Sie uns bitte sofort an, aber unternehmen Sie nichts selbst.«

»Natürlich«, versicherte James.

Als die Polizisten sich verabschiedet hatten, schaute Sheila auf die Uhr. »Würden Sie mich für gefühllos halten, James, wenn ich Ihnen sagte, dass ich vor Hunger beinahe sterbe?«

James lachte. »Hunger ist auch ein Gefühl, sogar ein ziemlich starkes, nicht wahr? Außerdem schätze ich, dass Sie heute Morgen nicht wie ich Würstchen, Baked Beans, Rühreier, Speck, gegrillte Tomaten, Champignons ...«

»Hören Sie auf«, unterbrach Sheila ihn. »Ich hatte Porridge, Kamillentee und labberiges Toastbrot zum Frühstück.«

»Gut, das sieht mir ganz danach aus, als hätten Sie ein richtig sättigendes Carvery-Lunch nötig. Ich lade Sie ein.«

»Also wirklich, James. Sie haben wohl vergessen, dass ich kein Fleisch esse? Nein, ich weiß etwas Besseres. Und diesmal lade ich Sie ein.«

»Sie überraschen mich immer wieder, Sheila. Kaum in der Stadt, kennen Sie sich bestens in der heimischen Gastronomie aus. Oder haben Sie auf der Fahrt hierher einen Restaurantführer studiert?«

Sheila lächelte in sich hinein, während sie an James' Seite auf die Unterführung zusteuerte, die zur Fußgängerzone führte. »Sie werden schon sehen, dass man sich nicht auszukennen braucht, um den Ort zu finden, der in unserer Situation genau der richtige ist. Einen Ort, an dem wir niemanden aus Eaglehurst treffen werden, an dem wir nicht belauscht werden und von dem ich weiß, dass mir so etwas wie in dem indischen Restaurant nicht noch einmal passiert.«

»Ich bin gespannt.«

»Zu Recht. Ich schätze, es wird eine vollkommen neue Erfahrung für Sie!«

Kapitel 13

Wenig später bestellte Sheila bei McDonald's zwei Salate. Einen Burger hatte James mit dem Hinweis abgelehnt, er wolle nichts, das er wie ein Affe aus der Hand essen müsse.

»Sie sind ein Snob«, meinte Sheila kopfschüttelnd.

»Ich weiß«, sagte er und schaute sich nach einem freien Tisch um. Fröhliches Lärmen erfüllte den Raum, in dem sich für James' Geschmack viel zu viele Menschen auf zu engem Raum drängten. Sein Blick blieb an einer Frau hängen, die gerade in einen großen Burger biss. Sie erinnerte ihn an eine Schlange, die ihren Unterkiefer aushängt, um eine fette Beute zu verschlingen. Beim Zubeißen tropfte dünnflüssiger Ketchup aus dem Burger und hinterließ hellrote Spritzer auf dem eng anliegenden T-Shirt, unter dem sich teigige Brüste drängten. Die Frau sah aus, als wäre sie angeschossen worden.

»James?« Sheila riss ihn aus seinen Betrachtungen, während sie das Tablett auf einen freien Tisch stellte. »Einen Sixpence für Ihre Gedanken!«

James setzte sich und fingerte an der Plastikfolie herum, in der das Besteck eingeschweißt war.

»Sie haben recht, McDonald's war eine gute Wahl. Hierhin wird sich wohl niemand aus Eaglehurst verirren.«

»Ja«, sagte Sheila, »hier sind wir unter uns. Der Salat ist nicht schlecht, Sie werden sehen.« Sie riss das Tütchen mit dem Dressing auf und verteilte die Soße fürsorglich über James' Salat.

Nachdem sie schweigend gegessen hatten, schaute Sheila ihn fragend an. »Und, wie hat es Ihnen geschmeckt?«

»Besser als erwartet«, log James.

»Warten Sie, ich hole uns schnell einen Kaffee, dann können wir gemeinsam überlegen, wie wir weiter vorgehen.«

James sah ihr versonnen nach, als er plötzlich von einem Gegenstand an der Wange getroffen wurde. Er griff nach der warmen Pommes, die auf dem Tisch gelandet war, sah in die Richtung, aus der sie gekommen war, und fing den frechen Blick eines kleinen Mädchens auf, das zwei Tische von ihm entfernt neben seiner Mutter saß. Die Mutter war in eine lebhafte Unterhaltung mit ihrer Freundin vertieft und beachtete ihre Tochter nicht. Es war offensichtlich, dass sich das kleine Mädchen langweilte. James nahm die Pommes, zielte und warf sie dem Mädchen an den Kopf. Das bereute er sofort, denn das Mädchen wiederholte das Spiel, nur dass sie jetzt mehrere Pommes auf einmal nahm. Er beschloss, das Kind zu ignorieren. Er sah zur Warteschlange. Sheila war bald an der Reihe. Die nächste Pommes traf seinen Anzug. Woher konnte dieses Mädchen, das bestimmt noch in den Kindergarten ging, so gut zielen? Er machte ein strenges Gesicht, drohte der Kleinen mit dem Zeigefinger und kehrte die Pommes mit dem Griff seiner Plastikgabel zu den anderen unter den Tisch. Es nützte nichts. Das Kind nahm unverdrossen die nächsten Pommes aus der Tüte. James kehrte weiter alle Wurfgeschosse unter den Tisch, sofern sie nicht ohnehin auf dem Boden landeten. Irgendwann würden dem Mädchen die Pommes ausgehen. »Wenn Sie bitte kurz die Beine anheben würden«, sagte eine bemüht höfliche Stimme. Eine junge Frau in adretter McDonald's-Uniform stand neben ihm, Kehrschaufel und Feger in der Hand. Während die Servicekraft sich bückte und die Pommes unter seinem Tisch auf die Kehrschaufel fegte, grinste das Mädchen schadenfroh.

»Es wird immer schlimmer mit den Leuten«, hörte James die junge Frau zu einem Kollegen sagen, als sie weiterging.

»Entschuldigen Sie bitte«, sagte James laut. Die Mutter des Mädchens reagierte nicht. »Sag deiner Mama, dass ich mit ihr sprechen will«, befahl James dem Mädchen in einem Ton, der keine Widerrede zuließ. Doch das Mädchen nahm ungerührt die nächste Pommes aus der Tüte. Er fing sie in der Luft auf und warf sie zurück, diesmal der Mutter des Mädchens an den Kopf. Jetzt unterbrach sie ihren Redefluss und schimpfte mit ihrer Tochter. Doch die fing an zu weinen und zeigte auf James. »Ihre Tochter bewirft mich mit Pommes«, erklärte James. »Wenn Sie ihr freundlicherweise sagen würden, dass sie das unterlässt.«

Die Mutter beugte sich zu ihrer Tochter und sagte etwas zu ihr, das James nicht hören konnte. Das Mädchen antwortete etwas, dann schauten beide zu James herüber und dann zu der Servicekraft, die dabei war, die Pommes zum Mülleimer zu bringen. Die Mutter des Kindes machte eine Bemerkung zu ihrer Freundin, die nun ebenfalls zu James hinsah, laut auflachte und sich mit dem Finger an die Stirn tippte. Während die beiden Frauen sich wieder in ihr Gespräch vertieften, streckte das Mädchen ihm die Zunge raus. Jetzt war das Maß voll. Er schob den Ärmel seines Anzugs ein wenig hoch. Nachdem er sich vergewissert hatte, dass niemand außer dem kleinen Mädchen ihn beobachtete, drückte er auf den Auslöseknopf seiner Armbanduhr. Der Titanfaden mit verstärkter Spitze, der mit einem Druck von zwei bar aus der Uhr herausschoss und eine Reichweite von fünf Metern hatte, war für das menschliche Auge kaum erkennbar, seine Zielgenauigkeit jedoch unübertroffen. Bei seiner Pensionierung hätte er die Uhr eigentlich zurückgeben müssen, doch kurz vorher hatte er gemeldet, sie beim Tauchen vor der australischen Küste verloren zu haben. Man kannte das beim

SIS: Die Rate der als verloren gemeldeten Waffen stieg kurz vor Pensionierungsterminen im Allgemein an. Die Behörde nahm es hin. Würden Waffen als gestohlen gemeldet, müsste sie etwas unternehmen, doch ein Verlust in den Tiefen des Meeres war akzeptabel, und man konnte die Sache zu den Akten legen. An dieser Uhr hing James, weil sie ihm einmal das Leben gerettet hatte, als ein Attentäter ihm seine Pistole aus der Hand geschlagen und dessen Komplize aus weniger als drei Metern Entfernung die Waffe auf ihn gerichtet hatte. Der aus der Uhr abgefeuerte Titanfaden hatte das linke Auge des Angreifers getroffen. Der Rest war ein Kinderspiel gewesen.

Jetzt durchbohrte der Titanfaden jedoch kein Auge, sondern er traf den Cola-Becher der Mutter, und der schwarze Sprudel ergoss sich schwungvoll über ihren Schoß. Er hatte den Winkel gut berechnet. James war zufrieden und holte den Faden mit einem Knopfdruck wieder ein. Die Mutter schrie laut auf und schimpfte auf ihre Tochter ein. Das kleine Mädchen fing an zu weinen und zeigte mit dem Finger erneut auf James, aber diesmal ließ die Mutter sich nicht beirren. Wie hätte er auch aus dieser Entfernung ihren Becher umstoßen können?

»Warum lächeln Sie so?«, fragte Sheila, als sie sich wieder zu James setzte.

»Ich habe gerade an etwas Schönes gedacht.«

»Während Sie hier Ihren schönen Gedanken nachhängen, habe ich in der Warteschlange die Zeit genutzt, um über unseren Fall nachzudenken.«

»Legen Sie los.«

»Also, das sind die Fakten: Wir haben zwei Tote. Wir haben eine Verletzte. Wir haben vermutlich Gift, das William Morat im Klavier versteckt hat. Und wir haben diesen Limerick, den Sie auf Ihrem Bett gefunden haben.«

»Sehr gut«, nickte James. »Und bald werden wir wissen, ob

es sich wirklich um Gift handelte. Dazu werden wir uns morgen bei der Polizei melden und sagen, dass wir den Mann wieder beim Füttern der Möwen gesehen haben. Wenn es Gift war, werden sie sehr interessiert sein, wenn nicht, werden sie sagen: Na und, lassen Sie ihn weiterfüttern.«

»Wer hatte eine Gelegenheit, Maddison umzubringen?«, überlegte Sheila.

»Wir können, denke ich, nach dem Tod der Möwe davon ausgehen, dass das Gift sehr schnell wirkt. Maddison muss es also unmittelbar vor seinem Tod zu sich genommen haben, nicht wahr?«

»Sie saßen doch an seinem Tisch, James. Was hat Maddison gegessen?«

James zuckte die Schultern. »Nichts. Die Schwestern Hideous hatten Scones, aber Maddison hat nur Tee getrunken. Er ging zwischendurch sogar in die Küche, um neuen zu holen.«

»Die Köchin!«, rief Sheila triumphierend. »Sie könnte den Tee vergiftet haben.«

James winkte ab. »Zu riskant. Wenn jemand den Tee in der Kanne vergiftet hätte, wären unter Umständen gleich vier Menschen ums Leben gekommen. Außer Maddison nämlich auch die beiden Schwestern und ich, und da hätte man sofort die Polizei gerufen.«

»Da haben Sie wohl recht«, gab Sheila widerstrebend zu. »Damit bleiben die Schwestern Hideous übrig. Eine von ihnen könnte ihm in einem unbemerkten Augenblick das Gift in die Tasse getan haben.«

»Ja«, sagte James, »möglich wäre es, wenn auch recht riskant. Bedenken Sie, der Raum war voller Menschen. Das hätte leicht jemand bemerken können. Trotzdem, mein erster Impuls war damals auch, den Inhalt seiner Teetasse untersuchen zu lassen. Aber dann fielen alle Tassen zu Boden, als Maddison vom Tisch weggezogen wurde, und Mrs White gab Abweisung, die Scherben aufkehren zu lassen.«

»Schade«, meinte Sheila, »aber eigentlich ist es doch auch ohne den Beweis ganz klar: Es kommen nur die Schwestern infrage.«

»Nicht unbedingt. Denken Sie an das Gift, das ich im Klavier gefunden habe. Es befand sich in einem harmlosen Nux-Vomica-Fläschchen. Homöopathische Kügelchen sehen alle gleich aus. Egal, um welche Substanz und um welche Potenz es sich handelt, es sind immer kleine weiße Kügelchen. Der Mörder musste also nur wissen, welches homöopathische Mittel sein Opfer nahm. Dann konnte er das Fläschchen gegen ein identisches austauschen, das statt der Medizin giftige Perlen enthielt. Ich denke, auf diese Weise hat Maddison die tödliche Dosis nichtsahnend selbst eingenommen.«

»Ja«, sagte Sheila aufgeregt. »Es war gar nicht der Tee, es waren die Globuli!«

»Globuli? Sie kennen sich aber wirklich gut aus«, sagte James anerkennend.

Sheila winkte ab. »Ich habe fast alles durchprobieren müssen als Kind. Meine Mutter war überzeugt, dass es hilft.«

»Sie nicht?«

Sheila zuckte mit den Schultern. »Keine Ahnung. Ich war fast nie krank.«

James lächelte. »Ihre Mutter hielt das vermutlich für eine Auswirkung der Medizin, die sie Ihnen verabreicht hat.«

»Stimmt«, seufzte Sheila. »Und wer weiß, vielleicht hat sie sogar recht. Immerhin wird sie in diesem Jahr neunzig. Sie ist inzwischen schwerhörig, aber immer noch so drahtig und zäh wie ein Terrier. Und was bestimmte Themen angeht, genauso verbissen.«

Sheila hielt inne, und es entstand eine peinliche Pause. Es

war das erste Mal, dass sie ihre Mutter mehr als nur beiläufig erwähnte. Sie war genau wie James jemand, der im Berufsleben immer großen Wert darauf gelegt hatte, nicht zu viel Privates preiszugeben.

»Aber wir haben etwas vergessen, James«, sagte Sheila schließlich. »Maddison wurde obduziert. Da hätte man doch das Gift entdeckt?«

»Rupert sagte, man habe eine erhöhte Dosis Digitalis festgestellt. Er geht davon aus, dass Maddison, verwirrt wie er war, sein Herzmedikament aus Versehen zweimal eingenommen hat. Diese Überdosis, so der Gerichtsmediziner, könnte die Ursache für den plötzlichen Herztod gewesen sein.«

»Da stimmt etwas nicht«, überlegte Sheila. »Sie sagten doch, es war allgemein bekannt, dass Maddison nicht ganz klar im Kopf war. Dann hätte man ihm doch nie im Leben hochwirksame Medikamente wie Digitalis in die Hand gegeben. Verstehen Sie, was ich meine? Mit Sicherheit werden die Pillen für demente Bewohner wie Maddison zu den Mahlzeiten verteilt, und zwar von den Schwestern.«

»Was unsere Theorie erhärtet, dass sich die tödliche Dosis in seinem homöopathischen Fläschchen befand«, sagte James.

»Und den Arzt verdächtig macht«, ergänzte Sheila. »Hat er nicht auch die Totenscheine für William und Maddison ausgestellt?«

»Ja«, sagte James nachdenklich.

Sheila sah ihn triumphierend an. »Na, bitte. Er hat selbst dafür gesorgt, dass alles in Ordnung zu sein schien und es nicht zur Obduktion durch einen Gerichtsmediziner kam. Vermutlich ist dieser Dr. Goat so ein Helfersyndrom-Typ, dem die Sicherungen durchgeknallt sind. Allmachtsfantasien, übermäßiger Ehrgeiz und jahrelange Selbstausbeutung in Verbindung mit körperlicher und geistiger Erschöpfung haben ihn dahin gebracht, sich als Todesengel Erleichterung zu verschaffen und ab und zu Patienten mit einer Überdosis Digitalis umzubringen. Wer weiß, vielleicht betreibt er auch irgendwelche kranken Forschungen und benutzt die Leute als Versuchskaninchen für die neuesten Mixturen aus seiner Hexenküche!«

James hätte sich beinahe am letzten Rest seines Kaffees verschluckt. Er konnte nicht anders, er musste laut lachen. Sheila schaute ihn beleidigt an. »Was ist daran bitte schön so komisch?«

»Nichts«, sagte James und versuchte, eine ernste Miene zu machen.

Sheila wartete auf eine Erklärung.

»Ich glaube ehrlich gesagt nicht, dass er unser Mörder ist.«

»Und wie kommen Sie darauf?«

»Ich bin ihm gestern begegnet. Er ist weder der Typ für kranke Forschungen, noch hat er ein Helfersyndrom. Das sagt mir meine Menschenkenntnis.«

»Ach so, Menschenkenntnis.« Die Ironie in ihrer Stimme war unüberhörbar. »Dann hätten wir uns unsere ganzen Überlegungen ja sparen können. Wenn Sie den Mörder sehen, werden Sie ihn schon erkennen dank Ihrer Menschenkenntnis. Oder wissen Sie am Ende schon, wer's war?«

»Nein, aber Dr. Goat nicht, denke ich. Auch wenn ich das schlecht erklären kann.«

»Aber es ist doch so einfach, so unauffällig«, sagte Sheila. »Wenn ich Arzt wäre, würde ich es so machen. Keiner traut mir etwas Böses zu, ich komme leicht an das Gift heran, ich gebe dem Opfer einfach ein Fläschchen mit homöopathischen Kügelchen, und wenn der Kerl tot umfällt, stelle ich auch noch selbst den Totenschein aus. Wird der Tote trotzdem obduziert, stellt man lediglich fest, dass der Patient zu dusselig war, seine Medikamente richtig einzunehmen. Mir als Arzt kann man gar nichts nachweisen.«

James seufzte. »Vielleicht hätten Sie recht, wenn Dr. Goat eine Frau wäre.«

»Wie ist das zu verstehen?« Sheila klang jetzt wirklich böse.

»Frauen handeln in der Regel sehr überlegt«, erklärte James. Er wusste, dass er seine Worte sehr vorsichtig wählen musste, um Sheila nicht noch mehr gegen sich aufzubringen. »Sie konzentrieren sich auf die Durchführung, bedenken die Konsequenzen, und da sie körperlich oft unterlegen sind, wählen sie in bestimmten Situationen den Weg des geringsten Widerstands.«

»Feiger Giftmord ist die Handschrift von Frauen, oder was meinen Sie damit?«

»Das haben Sie gesagt. Ich würde es eher geplantes Vorgehen unter größtmöglicher Absicherung nennen. Das ist meiner Erfahrung nach eine eher weibliche Eigenschaft. Bei Dr. Goat haben wir es mit einem äußerst dominanten Mann zu tun. Er ist ein Marathonläufer-Typ: zielorientiert, unerbittlich gegen sich selbst, ehrgeizig. Jemand, der sich immer hart an die eigenen Grenzen treibt, der lieber tot umfallen würde, als sein Ziel nicht zu erreichen. Immer nach dem Motto ganz oder gar nicht. Gift einzusetzen, wäre zu indirekt, zu wenig körperlich, zu wenig Herausforderung für ihn. Verstehen Sie mich richtig, ich halte Dr. Goat – wie die meisten Menschen – durchaus für fähig, einen Mord zu begehen. Aber Gift, das ist nicht sein Ding. Wenn Dr. Goat Sie umbringen wollte, würde er Ihnen in die Augen sehen wollen, während er Ihnen die Kehle durchschneidet.«

»Ach, James«, sagte Sheila. »Sie haben keine gute Meinung von den Menschen.«

»Das hat mir oft das Leben gerettet«, sagte James.

»Und wenn Sie mit Ihrer Intuition falschliegen?«

James deutete auf den Gehwagen. »Meine Intuition und dieses Gefährt dort sind momentan leider das Einzige, auf das ich mich überhaupt noch einigermaßen verlassen kann.« Seine Pistole und die Uhr verschwieg er lieber, Sheila wusste nichts davon.

Sheila lächelte besänftigt. »Und auf mich, James. Auch wenn es Ihnen unangenehm ist. Aber davon abgesehen haben Sie mich nicht überzeugt. Ich finde trotzdem, dass Dr. Goat unsere Aufmerksamkeit verdient.«

»Natürlich«, sagte James. »Ich habe ja auch nur gesagt, dass ich ihn nicht für den Mörder halte. Aber er kann mit Sicherheit einige Zusammenhänge klären. Ich habe übrigens heute Nachmittag einen Termin bei ihm.«

»Da bin ich dabei.« Sheila sah ihn eindringlich an. »Ich halte ihn immer noch für den Hauptverdächtigen, und auf keinen Fall lasse ich Sie mit Dr. Goat allein.«

»Kommt nicht infrage!«

»Sind Sie verrückt, James? Nach allem, was bis jetzt vorgefallen ist? Wie können Sie sicher sein, dass Dr. Goat Sie nicht auch aus dem Weg räumen will? Denken Sie an den Limerick. Der Täter fühlt sich so überlegen, dass er mit Ihnen Katz und Maus spielt. Und Sie sind in Ihrem gegenwärtigen Zustand eine Maus, die nicht einmal wegrennen kann.«

»Der Vergleich ist mindestens ebenso lahm wie ich es mit meinem Rollator bin«, sagte James. »Weder bin ich die Maus, noch ist er die Katze. Und ich habe erst recht nicht vor wegzulaufen.«

»Sie sind ein Dickschädel.«

»Aber nicht senil.«

Sie starrten sich wütend an.

»Zäumen wir den Gaul doch mal von der anderen Seite auf«, sagte sie schließlich. »Konzentrieren wir uns nicht auf den Täter, sondern auf das Motiv. Gab es eine Verbindung zwischen William Morat und Thomas Maddison? Kannten sie sich vielleicht von früher?«

»Weiß ich nicht«, sagte James unkonzentriert. Er sah zu einer Gruppe Jugendlicher hinüber, die mit ihren randvollen Tabletts am Fuß der Treppe standen und zu diskutieren schienen, ob sie sich unten einen Tisch suchen oder lieber in die erste Etage gehen sollten. »So kann man sich täuschen!«

»Was meinen Sie?«

James deutete auf die Jugendlichen. »Von wegen, hier treffen wir niemanden aus Eaglehurst. Sehen Sie mal dort, da steht die Tochter von Mrs White mit ein paar Freunden.«

»Das Mädchen, das gestern niedergeschlagen wurde?«

James nickte. »Putzmunter, wie man sieht. Fragt sich, ob ihre Mutter weiß, dass sie hier ist.«

Sheila lächelte. »Eher unwahrscheinlich. Aber wir werden nicht petzen, oder?«

»Keine gute Gesellschaft, die jungen Burschen, mit denen Katie da herumhängt«, bemerkte James.

»Ach was«, meinte Sheila, »in dem Alter legen die Jungs es doch alle darauf an, cool und gefährlich auszusehen. Unserer Grufti-Lolita sieht man die Altenpflegerin auch nicht gerade an der Nasenspitze an.«

»Ist wohl auch eher die Idee von ihrer Mutter gewesen, dass sie in Eaglehurst arbeitet«, sagte James. »Die schwarzen Sachen passen im Übrigen zu ihrer Stimmung.«

»Die jungen Mädchen stehen da heutzutage drauf«, sagte Sheila. »Schminken sich blass, und nachts träumen sie von gutaussehenden Vampiren oder treiben sich auf Friedhöfen herum.«

James lächelte. »Beneidenswert, nicht wahr? So etwas kann man sich nur leisten, wenn man jung ist.« Er löste den Blick von den Jugendlichen, die sich jetzt nach oben verzogen. »Zurück zu William und Maddison. Die beiden verbrachten die Abende häufig gemeinsam mit den Schwestern Hideous. Das hat Miss Hunt mir erzählt. Sie sagte mir, dass sie des Öfteren Alkohol für die vier besorgt hat. Es muss sehr lustig zugegangen sein.«

»Merkwürdig«, sagte Sheila. Sie nippte an ihrem Kaffee und schaute durch das Panoramafenster auf die belebte Straße. »Jedenfalls wäre es eine gute Idee, uns diese Schwestern mal genauer anzusehen. Was meinen Sie, James?«

»Sicher.« James beobachtete ein Taxi, das auf der gegenüberliegenden Straßenseite anhielt. »Wissen Sie, was ich die ganze Zeit im Hinterkopf habe?«, fragte er plötzlich. »Als ich gestern Abend vom Krankenhaus wieder nach Eaglehurst zurückfuhr, hatte ich zufällig denselben Taxifahrer wie am Tag zuvor. Wir kamen ins Gespräch, und er meinte, ich würde ihn an Mr Maddison erinnern.«

Sheila lächelte. »Er hielt Sie für dement, James?«

»Nein, eben nicht. Das ist genau der Punkt. Er meinte, ich würde ihn an Mr Maddison erinnern, weil wir beide so fit seien. Fit im Kopf. Verstehen Sie? Er wusste gar nicht, dass Maddison verrückt war. Ganz im Gegenteil, er hielt ihn für clever. Und vielleicht hat der Mann ja recht.«

»Sie meinen, die Geisteskrankheit von Maddison war nur eine Tarnung?«

»Möglich. Der Taxifahrer erzählte auch, dass er Mr Maddison oft gefahren hat und dass er ihn nie vor Eaglehurst abholen sollte, damit seine Mitbewohner nicht mitbekamen, dass er ein Taxi bestellt hatte.«

»Wir sollten mit diesem Taxifahrer reden«, schlug Sheila vor. »Vielleicht hilft es, wenn wir erfahren, wohin sich Mr Maddison fahren ließ.«

»Da ist noch etwas«, sagte James. »Gestern Abend, als Mrs White nach oben ging, um ihre Tasche aus meinem Zimmer zu holen, habe ich einen Blick auf ihren Laptop geworfen und etwas Interessantes festgestellt. Es steht gar nicht gut um die Finanzen von Eaglehurst.«

»Aus welchem Grund?«

»Weiß ich nicht, es blieb keine Zeit für weitere Nachforschungen. Ich habe allerdings ein paar Tabellen abfotografiert und Rupert zum Entwickeln mitgegeben. Im Laufe des Tages erfahren wir wahrscheinlich mehr darüber.«

»Hm«, sagte Sheila. »Fassen wir also zusammen: Der Chemieprofessor war vielleicht gar nicht verrückt. Er benutzte häufig ein Taxi, und es scheint, als wollte er das den anderen Bewohnern von Eaglehurst verheimlichen. Vielleicht hängt diese Geheimnistuerei mit seiner Ermordung zusammen. Wenn wir sein Geheimnis lüften, haben wir vielleicht endlich ein Motiv.«

James zog sein Handy aus der Jackettasche. »Na dann, worauf warten wir noch? Bestellen wir uns ein Taxi!«

Kapitel 14

James nickte Sheila zu, als der Taxifahrer aus dem Auto stieg und ihnen die Tür aufhielt. »Das ist er.« James hatte beim Taxiunternehmen angerufen und darum gebeten, den jungen Mann zu schicken, der am Vorabend gegen 23 Uhr eine Fahrt vom Conquest Hospital nach Eaglehurst hatte.

Der junge Mann lächelte erfreut, als er James erkannte.

»Wo soll's denn heute hingehen?«

»Meine Bekannte und ich haben ein besonderes Anliegen«, erklärte James, während der junge Mann den Rollator in den Kofferraum bugsierte. »Sie erwähnten gestern, dass Sie Mr Maddison oft gefahren haben. Wir möchten, dass Sie uns dorthin fahren, wohin Sie ihn gefahren haben.«

Der junge Mann grinste. »Gern, aber das könnte teuer für Sie werden.«

»Viele verschiedene Orte?«

»Nein, er hatte fast immer dasselbe Ziel, aber es ist weit bis dahin.«

»Wie weit?«, fragte James.

Der junge Mann startete den Wagen und schaltete das Taxameter ein. »Dover. Er wollte meist nach Dover.«

James und Sheila sahen sich überrascht an.

»Sagen Sie, gestern haben Sie mir berichtet, dass Mr Maddison tot ist. Stimmt etwas nicht?«, erkundigte sich der Taxifahrer neugierig.

»Wir glauben, dass er ermordet wurde«, erklärte Sheila. »Und er ist nicht das einzige Opfer, wie es scheint.«

»Wenn wir nicht aufpassen, vielleicht auch nicht das letzte«, ergänzte James.

Der Taxifahrer war beeindruckt. »Dann sollten Sie die Polizei einschalten.«

»Das haben wir«, sagte James, »aber sie glaubt uns nicht.«

»Ach so«, sagte der junge Mann gedehnt. Ohne hinzusehen, wusste James, dass er von einem Ohr zum anderen grinste, aber es war ihm egal. Dass Sheila ihm nicht geglaubt hatte, war belastend gewesen, was Ruthersford von ihm hielt, war schon weniger wichtig, aber was im Kopf dieses Taxifahrers vor sich ging, war nun wirklich vollkommen irrelevant. Alles, was sie von ihm wollten, war, sie auf die Spur von Maddison zu bringen.

Plötzlich bog der Taxifahrer scharf links ab, sah immer wieder hektisch in den Rückspiegel, gab Gas und fuhr mit hoher Geschwindigkeit durch eine Seitenstraße. Nach ein paar Metern bog er abrupt links ab in eine öffentliche Tiefgarage.

»Was soll denn das?«, fragte James, als sie vor der Schranke zum Halten kamen.

Der Taxifahrer sah in den Rückspiegel. »Wir wurden verfolgt«, sagte er mit ernster Miene. »Ein schwarzer Ford Mondeo.« James sah sich um. Hinter ihnen waren ein roter Mini und ein silberner Passat. »Da ist kein Mondeo«, stellte er fest.

Der Taxifahrer ließ das Seitenfenster hinunter und zog ein Parkticket. »Eiskalt abgehängt«, sagte er angeberisch. »Der hat nicht mitbekommen, dass wir hier rein sind. Dummerweise müssen wir jetzt auch kurz in die Tiefgarage, wegen der Autos hinter uns. Na ja, schadet nicht, ich muss sowieso mal eben aufs Klo.«

»Glauben Sie, wir wurden wirklich verfolgt?«, fragte Sheila, als der junge Mann eilig den Wagen verlassen hatte.

»Möglich«, sagte James. »Entweder, unser Taxifahrer ist wirklich auf Draht, oder er nimmt unsere Mordtheorie nicht besonders ernst und hat sich einen kleinen Scherz mit uns erlaubt, weil er sowieso mal zur Toilette musste.«

Sheila schnaubte. »Der kann was erleben, wenn er wiederkommt.«

James legte ihr die Hand auf den Arm. »Riskieren Sie bloß nicht, dass unser Actionheld uns an der nächsten Ecke rauslässt. Wir brauchen ihn noch.«

»Wissen Sie, was Maddison in Dover gemacht hat?«, fragte James den Taxifahrer, als sie das Parkhaus verließen. »Hat er irgendetwas erzählt?«

»Nein, er war zwar sehr gesprächig, aber er hat nie gesagt, was er in Dover macht, und ich habe auch nicht gefragt. Er hat sich in der Innenstadt absetzen lassen, auf dem großen Parkplatz neben Somerfield. Ich hatte dann zwei Stunden Zeit, da bin ich meist was essen gegangen. Nachher haben wir uns wieder auf dem Parkplatz getroffen, und wir fuhren zurück nach Hastings. Einmal brauchte er länger, da habe ich einen Spaziergang gemacht. Wissen Sie, direkt am Hafen gibt es einen Weg, der hoch auf die Kreidefelsen führt. Es war neblig, man sah die Fährschiffe kaum, die unten im Hafen lagen, und nur der Lärm der Autos und das Tuten der Schiffshörner waren zu hören. Aber als ich oben war, klarte es plötzlich auf, und ich habe Dover Castle gesehen, großartig. Und dann habe ich gemerkt, dass es keine fünf Schritte von dem Trampelpfad, auf dem ich lief, steil runterging. Da sind mir die Knie weich geworden, sage ich Ihnen. Aber die Aussicht war toll, man konnte bis nach Frankreich rübersehen. Ich bin immer weitergelaufen, und als ich fast beim Leuchtturm bin, kommt mir plötzlich ein Polizist entgegen und fragt, ob ich einen Mann gesehen habe, so um die dreißig, der so aussieht, als ob er sich von den Klippen stürzen will. Ich sage Nein, und er meint, ich soll die Augen offenhalten. Na, vielen Dank. Ich habe mich gleich umgedreht und bin auf dem schnellsten Weg zurück. Wer hat schon Lust, einem Selbstmörder in die Arme zu laufen, frage ich Sie. Wer weiß, am Ende brauchte der noch einen, der ihm Händchen hält, wenn er sich die Klippen runterstürzt!«

»Und, sind Sie ihm noch begegnet?«, fragte Sheila.

»Zum Glück nicht«, sagte der Taxifahrer. »Vielleicht hat er es sich anders überlegt. Aber die Klippen sind bestimmt eine Attraktion für Leute, die Schluss machen wollen. Man sollte das Ganze einzäunen und Eintritt nehmen: Sprung von der Klippe – 100 Pfund. Es ist so leicht: ein Schritt über den Rand, ein kleiner Anlauf vielleicht, dann hat man es definitiv hinter sich. Das überlebt keiner, einen Sturz aus dieser Höhe, so viel ist sicher.«

»Aber dieser Schritt dürfte große Überwindung kosten«, sagte Sheila.

Der Taxifahrer zuckte mit den Schultern. »Klar. Das ist nur was für Mutige. Ich würde jedenfalls noch was drauflegen müssen für einen, der mich runterschubst. Für mich wäre das nichts, vor den Zug werfen, irgendwo runterspringen und so. Wissen Sie, wie sich ein Onkel von mir umgebracht hat, nachdem er erfahren hatte, dass meine Tante einen anderen hat?« Er legte eine dramatische Pause ein. »Stellen Sie sich vor: Er hat das Ehebett mit Handtüchern ausgelegt und sich ein langes Messer in den Bauch gerammt. Unglaublich, oder? Harakiri aus Eifersucht. Meine Tante hat ihn dann später gefunden, verblutet, in einer riesigen dunkelroten Lache. Hat nichts genützt, das mit den Handtüchern. Das Blut ist bis auf die Matratze durchgesickert. Na ja, jedenfalls hätte ich so was nie gemacht. Ich bin nicht so mutig. Ich hätte viel zu viel Schiss vor Schmerzen oder davor, dass ich es nicht richtig mache und es ewig dauert, bis ich endlich tot bin, und ich es vielleicht bereue, aber nicht mehr ändern kann. Da liege ich dann, das Blut läuft langsam aus mir raus, und ich will nur noch eins: weiterleben. Aber ich bin zu schwer verwundet und zu schwach, um aufzustehen. Ich sehe hilflos zu, wie ich verblute …«

»Was wurde aus Ihrer Tante? Das muss sie doch sehr mitgenommen haben?«, unterbrach James die genüsslichen Ausführungen des Taxifahrers.

»Sie meinen, weil er wollte, dass sie ihn so findet? Stimmt, nett war das nicht. War wohl seine Art von Rache an ihr. Hat auch geklappt. Sie hatte einen Nervenzusammenbruch und war ein paar Wochen im Krankenhaus, hat ein Jahr lang Prozac geschluckt. Die Docs haben das aber prima wieder hinbekommen. Später hat sie sogar diesen Typen geheiratet, mit dem sie das Verhältnis hatte, und es war wieder alles so weit in Butter. Aber dann hat sich ihre Mutter umgebracht.«

»Nein«, sagte Sheila. »So viel Unglück auf einmal.«

»Das können Sie laut sagen.«

»Hat sich die Mutter etwa auch erstochen?«

»Nein, im Keller erhängt. Die Polizei meint, das machen die meisten Frauen so. Na ja, jedenfalls die, die sich umbringen. Geht angeblich ganz schnell, Genickbruch, und das war's.«

»Wenn man es richtig anstellt«, sagte Sheila. »Wenn man nicht genug Schwung hat, geht es wahrscheinlich nicht so schnell.«

»Stimmt«, gab der Taxifahrer zu. »Scheußliche Vorstellung, langsam zu ersticken …«

Der Taxifahrer fachsimpelte mit Sheila über die Vor- und Nachteile verschiedener Möglichkeiten der Selbsttötung. James hörte nicht mehr richtig hin. Er sah aus dem Fenster und versuchte, Klarheit zu gewinnen. Aber es fehlten einfach noch zu viele Informationen, als dass sich auch nur ansatzweise ein Bild ergab. Er fragte sich, ob es wirklich sinnvoll war, sich nach Dover bringen zu lassen, ohne die leiseste Ahnung, was Maddison dort gemacht und wen er getroffen hatte.

»Sie sagten, Mr Maddison sei sehr gesprächig gewesen«, unterbrach James die lebhafte Diskussion der beiden. »Worum ging es denn dabei? Worüber haben Sie sich mit ihm unterhalten?«

Der Taxifahrer zuckte die Schultern. »Alles Mögliche.« Er dachte nach. »An dem Tag, als ich beinahe diesem Selbstmörder begegnet bin, der sich von den Klippen stürzen wollte, habe ich ihm auf der Rückfahrt davon erzählt, das weiß ich noch. Mr Maddison hat sich über alle Beteiligten aufgeregt. Über den Polizisten und den Selbstmörder. Besonders für den Typen, der sich umbringen wollte, hatte er überhaupt kein Verständnis. So ein rücksichtsloser Kerl. Das hat er ein paarmal gesagt.«

»Er fand es rücksichtslos, sich das Leben zu nehmen?«

»Nein, nein, Selbstmord fand er okay, glaube ich. Es ging darum, sich von den Klippen zu stürzen. Na, überlegen Sie mal, eigentlich hat er recht: Wenn man zermatscht unten auf dem Boden liegt, ist das bestimmt kein schöner Anblick. Wer weiß schon, wer einen schließlich findet, vielleicht Kinder. Die bekommen doch einen Schock fürs Leben. Maddison meinte, wenn man sich umbringen will, dann lieber mit Tabletten, und zwar so, dass gar niemand auf die Idee kommt, man hat sich umgebracht. Er meinte, Sterben ist Privatsache. Privatsache, das hat er wirklich so gesagt. Da hätte sich niemand einzumischen. Deshalb hat er sich auch über die Polizei aufgeregt. Sterben ist die letzte große Aufgabe, die man als Mensch hat. Wie er das sagte, die letzte große Aufgabe, das hörte sich grandios an. Wie ein Abschlussdiplom oder so was. Er fand es unwürdig, abzuwarten, bis man elendig vor die Hunde geht. Wenn es unerträglich sei, solle man die Sache selbst in die Hand nehmen, aber bitteschön so, dass man niemanden damit schädigt.«

Sheila sah James an, und er wusste, dass sie dasselbe dachte wie er. Ihm wurde heiß. Wäre es möglich, dass Maddison sich selbst die tödliche Dosis verabreicht hatte? Dass er, genau wie Ruthersford behauptet hatte, eine Überdosis seines eigenen Herzmedikaments geschluckt hatte, aber nicht etwa aus Schusseligkeit, sondern mit voller Absicht? Und dass es sich mit William genauso verhielt? Dass er sterben *wollte*? Plötzlich ergab es Sinn. Maddison war Chemiker gewesen, es war anzunehmen, dass er sich gut auskannte mit verschiedenen Wirkstoffen, und vielleicht hatte er William bereitwillig Auskunft gegeben, welche Mittel er einnehmen musste, um schnell und »natürlich« aus dem Leben zu scheiden. Das würde erklären, warum William das Fläschchen in seinem Klavier aufbewahrte, an einem sicheren Ort. William hatte seine Frau, die vor einem Jahr gestorben war, über alles geliebt. Laut seiner Tochter hatte er sich in den Wochen vor seiner Abreise nach Eaglehurst zwar wieder gefangen, aber mit dieser Einschätzung mochte sie sich getäuscht haben. Vielleicht hatte William ganz einfach seinen Lebensmut verloren. Da er nicht wollte, dass seine Familie das mitbekam, hatte er sich in den Urlaub verabschiedet, fröhlich und energiegeladen wie lange nicht mehr. So wollte er den Menschen, die er liebte, in Erinnerung bleiben. Kein schmerzliches Dahinsiechen, sondern ein heiterer Aufbruch zu einer Reise ohne Wiederkehr. Niemand sollte Verdacht schöpfen, kein Verwandter sollte ihn tot auffinden. Wer weiß, was ihn dazu gebracht hatte, seinen Plan ausgerechnet in Eaglehurst zu verwirklichen. Vermutlich war Maddison der Kristallisationspunkt. Maddison hatte in Glasgow gelehrt, William hatte keine dreißig Meilen von der Stadt entfernt gelebt. Gut möglich, dass sie damals Mitglieder im selben Club waren und sich daher kannten. Noch einen Tag zuvor hätte James nicht im Traum daran gedacht, dass sein alter Freund sich das Leben genommen haben könnte. Wenn William früher das Schicksal ins Gesicht schlug, dann hatte ihn das zwar kurzzeitig aus der Bahn geworfen, aber nicht umgebracht. Aber es wird anders mit dem Alter, dachte James. Je älter man wird, desto härter treffen die Schläge. Vielleicht war der Tod seiner Frau für William ein zu harter Schlag gewesen. James überlegte, wie der Brief mit dem Limerick zu der Theorie vom Freitod seines Freundes passte. Wahrscheinlich hatte William in der Zeit, als James im Krankenhaus lag, vergeblich versucht, ihn telefonisch zu erreichen, und schließlich den Brief geschickt. Das Bild vom Ritt auf dem Tiger sollte seine Todessehnsucht zum Ausdruck bringen. Und er hatte sich von ihm verabschieden wollen, deshalb der Nachsatz: Ruf mich an! Doch als James angerufen hatte, war es bereits zu spät gewesen.

Sheila legte ihre Hand auf seinen Unterarm. »Ich bin so erleichtert, James, dass sich alles aufgeklärt hat.«

»Ja«, sagte James und lächelte sie an. »Ich auch.« Aber das war eine höfliche Lüge. Er mochte nicht zugeben, dass er traurig und enttäuscht zugleich war. Wenn er nicht so lange im Krankenhaus gelegen hätte, vielleicht hätte er William von seinem Vorhaben abbringen können. Andererseits konnte er sich nicht damit abfinden, dass Ruthersford womöglich recht hatte und er mit seiner Mordtheorie einem Hirngespinst nachgejagt war. Und schließlich ließ ihn das Gefühl einer drohenden Gefahr seit seiner Ankunft in Eaglehurst einfach nicht los.

»Wenden Sie«, befahl er dem Taxifahrer widerstrebend. »Fahren Sie wieder zurück nach Hastings, bitte.«

»Schade«, meinte der Taxifahrer enttäuscht. »Ich hatte mich auf ein Mittagessen im ›Falstaff‹ gefreut. Da gibt es den besten Steak-and-Kidney-Pudding weit und breit. Und einen guten Kaffee machen sie auch. Den nächsten kriege ich sogar umsonst, meine Bonuskarte ist voll.«

James stutzte. Ihm fiel etwas ein. Er kramte in seiner Brieftasche und zog das Kärtchen hervor, das Sheila in Maddisons Zimmer unter dem Bett gefunden hatte. »Kennen Sie das hier?«

Der Taxifahrer nickte. »Klar, eine Bonuskarte für Kaffee. Die haben sie jetzt überall. Für jeden Kaffee gibt es einen Stempel. Und wenn die Karte vollgestempelt ist, geht der nächste Kaffee aufs Haus.«

»Ja, ja«, sagte James ungeduldig, »aber auf der Karte steht leider nicht der Name eines bestimmten Pubs, sondern einfach nur Carlo's. Das ist eine Ladenkette, die gibt es im ganzen Land.«

»Zeigen Sie mal her.« Der Taxifahrer streckte den Arm nach hinten, und James gab ihm das Kärtchen. Als er einen Blick darauf geworfen hatte, lächelte der junge Mann und reichte die Karte wieder nach hinten. »Klare Sache. Sehen Sie sich mal die Stempel genau an.«

Sheila nahm die Karte an sich. »Glocken, na und?«

»Ich möchte wetten, dass diese Karte aus dem ›Eight Bells‹ stammt.«

James lehnte sich nach vorn. »Und das ist ein Pub in Dover?«

»Und ob. Jeder kennt das ›Eight Bells‹, es ist eine Institution. Es hängen acht ziemlich gewaltige Glocken von der Decke, daher der Name. Dort trifft sich halb Dover, dazu kommen jede Menge Touristen wegen der günstigen Essensangebote. Ich bin mal reingegangen, aber mir war's da zu voll, wie gesagt, der Steak-and-Kidney-Pudding im ›Falstaff‹ …«

James klopfte dem Taxifahrer auf die Schulter. »Sie sollen Ihren Steak-and-Kidney-Pudding haben!«

»Doch nicht wenden?«

»Nein, wir fahren nach Dover!«

Kapitel 15

»Warum wollen Sie jetzt noch nach Dover?« Sheila war skeptisch. Für sie war der Fall aufgeklärt. Der Nebel hatte sich gelichtet, klar und deutlich waren zwei Selbstmorde zutage getreten. Ohne Mörder gab es auch keine Bedrohung mehr. Die Anspannung war von ihr abgefallen. »Kommen Sie, James. Lassen Sie uns zurück nach Hastings fahren und packen.«

»Sind Sie denn nicht neugierig, warum Maddison sich ausgerechnet nach Dover hat fahren lassen?«, fragte James. »Er muss doch einen Grund gehabt haben.«

»Es ist mir ehrlich gesagt egal, welchen Grund er hatte. Vielleicht hat er eine Frau getroffen«, mutmaßte Sheila.

»Mr Maddison war über achtzig«, mischte sich der Taxifahrer ein.

»Ja, und?«, fragte Sheila.

»Ich mein ja nur. In dem Alter ist man doch jenseits von Gut und Böse.«

Sheila holte tief Luft, um diesem jungen Mann, der noch unter seiner Pubertätsakne litt, eine passende Antwort darauf zu geben.

»Wie dem auch sei«, sagte James und legte ihr besänftigend die Hand auf den Arm, »jedenfalls hat er seine Mitbewohner in Eaglehurst schön an der Nase herumgeführt. Alle haben geglaubt, dass er unter Demenz leidet, und dabei war er vermutlich genauso klar im Kopf wie Sie und ich. Mal schauen, ob wir noch etwas über ihn herausfinden. Und sei es auch nur, um letzte Gewissheit über seinen Freitod zu erhalten. Es scheint mir nicht recht ins Bild zu passen, dass jemand wie er sich ausgerechnet einen vollen Bingo-Saal zum Sterben aussucht.«

Eine Stunde später saßen James und Sheila im »Eight Bells«. Trotz seiner Größe war der Pub mit seiner dunklen Einrichtung und dank des dicken, lärmschluckenden Teppichs recht gemütlich und zog ein bunt gemischtes Klientel an: Draußen vor der Tür saß eine Gruppe alternder Punks, an der Bar hockten Männer vor ihrem Ale, an den Tischen im hinteren Bereich saßen Touristen und einheimische Familien beim Mittagessen, im Hauptbereich trafen sich, wie es schien, hauptsächlich Rentner. Quer über dem Eingang hingen die acht gewaltigen Glocken von der Decke, denen der Pub seinen Namen verdankte.

James verzog beim Blick auf die Karte das Gesicht. »Selbstbedienung. Schon wieder. Gibt es gar keinen Service mehr?«

Sheila stand auf. »Ach, James, seien Sie doch nicht so altmodisch. Was wollen Sie haben?«

James sah zur Kaffeebar und überlegte, ob er mitkommen sollte, um die Servicekraft nach Maddison zu fragen. Der junge Mann hinter der Bar arbeitete unter Hochdruck. Während er die Milch für den Latte Macchiato des einen Kunden aufschäumte, fragte er mit einem Blick über die Schulter bereits den nächsten nach dessen Wünschen. Von diesem Angestellten, folgerte James, würden sie mit Sicherheit nichts über Mr Maddison erfahren. Selbst wenn er sich ein, zwei Minuten Zeit nehmen würde, um ihre Fragen zu beantworten – für jemanden, der dermaßen unter Zeitdruck stand, war es unmöglich, einzelne Gäste wirklich wahrzunehmen.

»Danke, Sheila, einen Kaffee bitte.«

Wenig später stellte Sheila ein Tablett mit zwei Kaffeetassen und zwei Schokomuffins auf ihrem Tisch ab.

»Die gab es für 50 Pence dazu«, sagte sie und nahm sich die Karte. »Da, sehen Sie, James, die haben wirklich gute Angebote hier. Mittagstisch für 7,99 Pfund, Getränk gratis dazu. Oder hier, bei der Bestellung eines Hauptgerichts aus der Karte kostet das zweite Gericht nur die Hälfte. Haben Sie Hunger, James?«

Er wunderte sich, wie schon oft, über Sheilas gesunden Appetit und darüber, dass sie trotzdem niemals ein Gramm zuzunehmen schien.

»Wir haben doch gerade erst gegessen.«

»Nur Salat«, berichtigte Sheila. »Außerdem ist das schon fast zwei Stunden her. Hier, sehen Sie, es gibt zum Beispiel vegetarischen Gemüseauflauf, oder wenn Sie lieber Fleisch essen, könnten Sie Chili con Carne, Spaghetti Bolognese oder Schnitzel bestellen ...«

James wusste, Sheila würde nicht lockerlassen, bis er etwas bestellte. Nahrungsaufnahme war ein Punkt, über den man mit ihr besser nicht diskutierte. »Nun gut, ich nehme ein Schnitzel, dazu ein Bier.«

Sheila nickte zufrieden, nippte kurz an ihrem Kaffee und ging zur Bar, um ihre Bestellung aufzugeben. James sah ihr nach und lächelte unwillkürlich, als er bemerkte, dass zwei Männer sich nach ihr umdrehten. Das lag natürlich an dem unvermeidlichen Minirock, der den Blick auf ihre schlanken Beine lenkte, aber auch an ihrer für ihr Alter ungewöhnlich schwungvollen Art, sich zu bewegen. James beneidete sie darum. Er hasste es, von anderen abhängig zu sein, und empfand seine Gehhilfe als demütigend. Er hätte viel dafür gegeben, seine körperliche Vitalität zurückzubekommen. Die Ärzte waren zwar zuversichtlich, dass James sich im Laufe der Zeit wieder vollständig erholen würde, aber Geduld war noch nie seine Stärke gewesen. Er war es aus früheren Zeiten gewohnt, bewundernde oder neidische Blicke auf sich zu ziehen. Jetzt kam es ihm vor, als würden die Menschen durch ihn hindurchsehen, und wenn er doch einmal einen Blick auf sich gerichtet fühlte, lag meist Mitleid darin. Sein Körper, auf den immer Verlass gewesen war, ließ ihn immer öfter im Stich. Er fühlte sich wie angekettet, als hinge ein Schiffsanker um seinen Hals, der ihn jeden Moment unter Wasser ziehen würde. Wäre sein Körper ein Freund, hätte James die Freundschaft längst aufgekündigt. Echte Freundschaft war seiner Ansicht nach nur zwischen gleich starken Partnern möglich.

»Wie haben Sie sich das eigentlich gedacht?«, fragte Sheila, als sie wiederkam. »Wir haben jetzt den Pub, in dem Mr Maddison höchstwahrscheinlich ein Mal gewesen ist …«

»Mehrmals«, berichtigte James. »Vergessen Sie nicht, die Bonuskarte war beinahe voll.«

»Na gut, dann eben mehrmals. Aber trotzdem: Denken Sie etwa, dass sich hier jemand an Maddison erinnern kann?«

Im Stillen gab James ihr recht. Es war unwahrscheinlich, in einem Pub dieser Größe jemanden zu finden, der sich an Maddison erinnern konnte, selbst wenn er oft hier gewesen war. Die Mannschaft an der Theke bestand aus unterbezahlten und austauschbaren jungen Leuten, die im Schichtdienst arbeiteten. Da war kein Wirt, der alles im Blick hatte und sich persönlich um Stammgäste kümmerte. Es gab wahrscheinlich ein paar Einheimische, die regelmäßig ins »Eight Bells« kamen, um sich mit ihren Freunden zu treffen. Aber Gruppen von Menschen waren nach James' Erfahrung viel zu sehr auf sich selbst konzentriert, als dass sie sich mit Außenstehenden beschäftigten. Von den Touristen ganz zu schweigen, sie waren die Eintagsfliegen im Mikrokosmos des Pubs. Wahrscheinlich hatte sich Maddison diesen Ort genau aus diesem Grund als Treffpunkt mit wem auch immer ausgesucht: wegen der Anonymität. Hatte Sheila am Ende vielleicht recht, und er hatte sich hier mit einer Geliebten getroffen? Oder gab es einen anderen Grund dafür, dass niemand erfahren sollte, mit wem Maddison sich traf? James schaute sich im Pub um.

»Was wir brauchen, ist ein Einzelgänger«, murmelte er, mehr zu sich selbst als zu Sheila. »Jemand, der oft allein hierherkommt. Jemand, der hier sein Bier trinken und sich an der Gesellschaft von Menschen wärmen will, aber nicht dazugehört. Ein Beobachter.«

Sheila deutete auf die Bar. »Sie meinen die Typen an der Bar?«

James winkte ab. »Nein, die meine ich nicht. Die Leute an der Bar konzentrieren sich auf ihr Bier und darauf, dem Mann hinter der Theke ein deprimierendes Gespräch aufzudrängen. Den übrigen Leuten im Pub kehren sie den Rücken zu.«

Plötzlich fühlte James einen Blick im Nacken. Er drehte sich um und schaute direkt in die dunklen Augen einer Frau, die an der Wand gegenüber saß. Von ihrem Platz aus konnte sie den ganzen Pub überschauen. Ihre langen, schwarz gefärbten Haare glänzten am Ansatz silbrig und fielen offen auf die schmalen Schultern. Sie mochte noch unter fünfzig sein, wirkte aber mit ihrem blassen, verlebten Gesicht und den schlechten Zähnen wie jemand, der schon lange nicht mehr auf der Sonnenseite des Lebens stand. Über der Stuhllehne hing ein schwarz glänzender Kunstledermantel. »Das ist sie«, murmelte James. »Bin gleich wieder da.« Er taxierte den Abstand bis zum Tisch der Frau. Es waren nur wenige Schritte. Er erhob sich und ging ohne seine Gehhilfe an den Tisch der Frau.

»Entschuldigen Sie bitte, dürfte ich mich einen Moment zu Ihnen setzen?«

Die Frau sah James überrascht an. »Bitte.«

James nahm Platz. »Ich suche jemanden, der oft hierherkommt. Mr Maddison. Thomas Maddison ist sein Name. Kennen Sie ihn?«

Die Frau schüttelte den Kopf. »Nie gehört.«

»Ja, dachte ich mir schon. Wäre auch ein großer Zufall gewesen. Aber vielleicht haben Sie ihn mal gesehen.« James zog sein Handy hervor, tippte ein paarmal auf das Display und rief das Foto von Thomas Maddison auf, das er kurz nach seinem Tod gemacht hatte. Die Frau sah es sich an. »Sieht seltsam aus«, bemerkte sie.

»Ja«, sagte James, »das kommt daher, dass er bereits tot war, als dieses Foto gemacht wurde.«

»Ich denke, Sie suchen ihn?«, fragte die Frau misstrauisch.

»Verzeihen Sie, ich habe mich nicht korrekt ausgedrückt«, beeilte James sich zu erklären. »Mein Name ist Gerald. James Gerald. Ich bin Versicherungsinspektor. Mr Maddison ist vorgestern verstorben. Wir versuchen zurzeit, dic Hintergründe seines Ablebens zu erhellen. Verstehen Sie, er hatte eine recht hohe Lebensversicherung zu Gunsten eines Neffen bei unserer Gesellschaft abgeschlossen, und wir versuchen herauszufinden, ob es sich nicht vielleicht um Selbstmord handelte.«

Die Frau nickte verstehend. »Bei Selbstmord zahlen Sie nicht, stimmt's?«

»Exakt.

»Und wenn er ermordet wurde?«

»Kommt drauf an«, lächelte James. »Wenn der Begünstigte der Mörder ist, geht er leer aus.«

»Logisch«, nickte die Frau. Ihr Interesse war geweckt. Sie sah sich noch einmal das Foto von Maddison an. »Ja«, sagte sie schließlich. »Der Tote auf dem Foto sieht einem Mann sehr ähnlich, den ich vor ein oder zwei Wochen hier gesehen habe. Er hieß aber nicht so, wie sie sagten …«

»Maddison.«

»Nein, nicht Maddison, sondern Sniper. Sie saßen einmal am Nebentisch …«

»Sie?«

»Ja, er und eine Frau. Er saß schon dort, und als die Frau kam, fragte sie ihn: Mr Sniper? Und er stand auf und gab ihr die Hand. Dann haben die beiden sich hingesetzt.«

»Haben Sie auch mitbekommen, wie die Frau hieß?«

»Nein.«

Haben Sie sonst noch etwas mitbekommen?«

»Na hören Sie mal, ich belausche doch keine Gespräche anderer Leute.«

»Das wollte ich Ihnen nicht unterstellen«, sagte James beschwichtigend. »Ich meinte nur, dass die Tische hier sehr dicht aneinanderstehen. Da ist es manchmal unvermeidlich, dass man Sachen mitbekommt. Manche Leute haben durchdringende Stimmen.«

»Nein«, schüttelte die Frau den Kopf. »Mr Sniper sprach sehr leise, und auch die Frau, mit der er sich unterhielt.« Die Frau kicherte. »Die beiden waren verliebt, das sah man sofort. Alter schützt vor Torheit nicht! Der Mann war bestimmt schon an die achtzig, und die Frau auch nicht viel jünger. Die haben sich bestimmt übers Internet kennengelernt und hatten ihr erstes Date.«

»Wie kommen Sie darauf?«

»Weil sie … na ja, sie kannten sich offensichtlich noch nicht persönlich. Aber dann haben sie sich intensiv unterhalten. Die Frau hat ihn immer angesehen, er hat sie immer angesehen, und sie haben leise geredet. Sie wissen schon, Paare, die schon länger zusammen sind, die reden nicht mehr so viel. Zum Schluss hat er ihr ein Geschenk gegeben. Der Größe nach wahrscheinlich Pralinen. Ich war neugierig, was es ist, und habe gehofft, dass sie es auspackt. Aber sie hat es in ihre Handtasche gesteckt. Schade. Wahrscheinlich wollte sie es erst zu Hause auspacken. Sie war eine vornehme Dame. Bestimmt war sie Französin.«

»Wie kommen Sie darauf?«

»Die Kleidung. So etwas bekommen Sie hier nicht. Außerdem ist sie zwischendurch zum Waschraum gegangen und hat sich die Lippen nachgezogen. Eine Französin geht nie ohne Lippenstift aus dem Haus.«

James nickte anerkennend. »Sie sind eine gute Beobachterin.«

»Sie war ziemlich altmodisch. Sie wollte nicht, dass er die Rechnung für sie bezahlt, und ...«

»Was ist daran altmodisch?«

»Nein, nein«, fuhr die Frau fort, »nicht dass sie selbst bezahlen wollte, war altmodisch, sondern dass sie wollte, dass es so aussieht, als würde *er* die Rechnung bezahlen. Bevor die Kellnerin zum Abkassieren kam, hat sie ihm unter dem Tisch Geld zugesteckt, das habe ich genau gesehen.«

»Wissen Sie, wie viel es war?«

»Na, ich nehme an, es wird ihr Anteil am Essen gewesen sein.« Sie stutzte. »Oder meinen Sie, dass sie die ganze Rechnung bezahlt hat? Dass er einer von den Männern war, die Frauen das Geld aus der Tasche ziehen? Sie sagten doch, dass der Mann Maddison heißt. Aber er hat sich der Frau mit Sniper vorgestellt. Er war ein Heiratsschwindler!«

»Sie würden eine gute Versicherungsinspektorin abgeben«, sagte James anerkennend. »Haben Sie Mr Maddison alias Mr Sniper noch bei einer anderen Gelegenheit hier gesehen?«

»Nein. Aber hören Sie mal, ich habe auch was Besseres zu tun, als den ganzen Tag im Pub zu sitzen.«

James lächelte charmant. »Natürlich. Sie haben mir sehr geholfen, Mrs ...«

»Rover«, sagte die Frau. Sie lächelte, wobei im hinteren Bereich des Oberkiefers zwei Zahnlücken sichtbar wurden. »Wie Dover, nur mit ›R‹!«

»Wenn Ihnen noch etwas einfällt, wären Sie dann eventuell so freundlich, mich anzurufen? Ich rufe Sie rasch auf Ihrem Handy an, dann haben Sie meine Nummer gleich gespeichert.«

Nachdem James auf diese Weise in den Besitz ihrer Handynummer gekommen war, verabschiedete er sich höflich von der Frau und ging zurück zu seinem Platz.

»Ihr Schnitzel ist kalt«, sagte Sheila vorwurfsvoll.

James lächelte. Ausnahmsweise machte ihm Sheilas Eifersucht nichts aus. Er schnitt sich ein Stück vom Schnitzel ab, kaute genüsslich, tupfte sich bedächtig die Mundwinkel mit der Serviette ab und trank einen großen Schluck Bier, während Sheilas braune Augen zornig auf ihn gerichtet waren.

»Ausgezeichnet«, meinte er.

»Hat Ihre Plauderei mit der schwarzen Krähe wenigstens etwas gebracht?«

»Oh ja. Mr Maddison hat sich hier mit einer Frau getroffen. Mrs Rover – so heißt übrigens die schwarze Krähe – hat beobachtet, dass Mr Maddison ihr ein Geschenk überreicht und sie ihm vor dem Bezahlen der Rechnung Geld zugesteckt hat.«

»Also doch eine Frauengeschichte!«

»Ja, das war Mrs Rovers Schlussfolgerung. Sie ging sogar noch weiter und glaubte, dass Mr Maddison ein Heiratsschwindler war, denn er hat sich der Frau nicht mit seinem richtigen Namen, sondern als Mr Sniper vorgestellt.« James nahm einen Löffel und fischte vorsichtig eine Fruchtfliege von der dünnen Schaumkrone seines Bieres. »Leider«, fuhr er fort, »haben die meisten Menschen das Bedürfnis, das, was sie sehen, gleich einzuordnen. Sie lassen die Tatsachen nicht für sich stehen, sondern überziehen sie mit dem Zuckerguss der eigenen Vorstellung. Diese Interpretation des Geschehens halten sie dann für die Wirklichkeit.«

Sheila grinste. »Ach James. Sie können so herrlich arrogant sein. Wenn ich Sie recht verstehe, stimmt also der Zuckerguss auf Ihrem Törtchen nicht mit dem Ihrer geschätzten ...« – sie legte eine kleine Kunstpause ein – »Mrs Rover überein?«

»Genau. Zumindest sollten wir eine andere Möglichkeit nicht ausschließen, nämlich dass ...«

James wurde durch das Klingeln seines Handys unterbrochen. Es war Stella. Ihre Stimme klang aufgeregt.

»James, ich habe einige Fotos von Leuten, die ich nicht kenne, eingescannt und sie an Ihre E-Mail-Adresse geschickt. Können Sie nachschauen, ob die Bilder schon angekommen sind? Außerdem habe ich die halbe Nacht am Laptop meines Vaters gesessen und alle Ordner durchgesehen. Im Papierkorb habe ich noch eine kodierte Datei gefunden, die könnte vielleicht auch interessant für Sie sein.«

»Großartig, Stella. Ich melde mich bei Ihnen, sobald ich mehr weiß.«

»Passen Sie auf sich auf, James.«

»Keine Sorge«, sagte James und lächelte Sheila zu. »Ich habe ja eine Art Wachhund bei mir.«

»Ach so, Wachhund«, schnaubte Sheila, als er aufgelegt hatte. »Und Sie sind ein Hund, der seinen Knochen nicht hergeben will. Ich dachte, der Fall wäre abgeschlossen. Lassen Sie die Toten ruhen, James. Maddison hat sich umgebracht, das ist ein Fakt, und ob er sich vorher noch mit reichen Witwen getroffen hat, ist mir ehrlich gesagt völlig schnuppe.«

James hatte nur mit einem Ohr zugehört. »Was glauben Sie, Sheila, gibt es hier ein Internetcafé?«

Kapitel 16

Das Internetcafé fanden sie nach einigem Herumfragen in einer engen Straße abseits der Fußgängerzone, in der die meisten Läden mit Brettern vernagelt waren. Es war ein nüchterner, neonbeleuchteter Raum, die gekachelten Wände erinnerten daran, dass hier früher Fish & Chips verkauft wurden. Zur Rechten und Linken gab es jeweils sechs Computer-Arbeitsplätze, Tische und Stühle wirkten zusammengesucht. James und Sheila steuerten auf einen freien Platz in der Ecke zu, nachdem sie sich an der Kasse einen Zugangscode besorgt hatten.

Sekunden später öffnete James den ersten Anhang von Stellas Mail. Auf dem Bildschirm erschien ein Foto, das William Morat im Kreis mehrerer festlich gekleideter Menschen zeigte.

»Erkennen Sie jemanden wieder?«, fragte Sheila.

James schüttelte den Kopf und klickte auf die nächste Bilddatei. Sie hatten bereits mehr als fünfzig Bilder angesehen und die Hoffnung fast aufgegeben, doch dann sahen sie ihn. Maddison lächelte offen in die Kamera, William hatte dem Fotografen den Rücken halb zugedreht.

»Ha! Wusste ich's doch! Schauen Sie nur, Sheila, ich hatte recht: William und der Chemieprofessor kannten sich also seit Langem. Ich schätze, dass dieses Foto vor etwa zwanzig Jahren entstanden ist.«

»Woher wissen Sie das?«, Sheila verwundert. »Ich könnte nicht sagen, ob Maddison auf dem Foto vierzig, fünfzig oder sechzig Jahre alt ist. Und William ist noch dazu nur halb von hinten zu sehen.«

»William und ich hatten denselben Schneider, Ashfield & Sunningdale. Sehen Sie diesen Anzug, den er trägt? Ich habe damals ein ähnliches Modell besessen.« James klickte auf die Vergrößerungslupe. »Sehen Sie sich diese Falte am Kragen an. Grässlich.«

»Existiert dieser Herrenschneider heute noch, wenn er so schlecht gearbeitet hat?«

»Ja, sicher. Er hat übrigens nicht schlecht gearbeitet. Doch selbst ein konservativer Londoner Herrenschneider wird von den Strömungen der Mode beeinflusst. In den frühen Neunzigern hat man allgemein mit neuen Stoffen experimentiert, Anzüge wie dieser waren das Ergebnis.«

»Lassen Sie immer noch dort schneidern?«

»Seit die Behörde meine Anzüge nicht mehr bezahlt, kann ich mir das nicht mehr leisten. Aber egal. Die Chinesen machen inzwischen viel bessere Anzüge. Was Sie hier sehen, ist das Werk von Ma Jian, meinem Schneider in Hangzhou. Er hat sich vor fünf Jahren selbstständig gemacht und beschäftigt inzwischen mehr als fünfzig Angestellte.«

Sheila berührte den Stoff. »Fühlt sich gut an. Und deswegen fahren Sie extra nach China?«

»Wo denken Sie hin. Ich lasse hier in London einen Bodyscan machen, die Daten gehen per E-Mail raus. Etwa zehn Tage später klingelt es an meiner Tür, und der Anzug wird geliefert. Bei Ashfield & Sunningdale habe ich wesentlich länger warten müssen.«

James klickte auf das nächste Bild. Wieder waren Maddison und Morat zu sehen, diesmal standen sie mit einem Dutzend Männern und Frauen vor einem Kirchenportal und lächelten in die Kamera.

»Die Universität Glasgow«, murmelte James. »Habe mir schon gedacht, dass die Uni das Verbindungsglied ist.«

Sie schauten die übrigen Fotos durch, fanden aber nichts Interessantes mehr.

»Sehen wir uns mal die Textdatei an, die Stella geschickt hat«, sagte James.

»Oh je«, rief Sheila, »da ist beim Abspeichern wohl etwas schiefgegangen. Sieht aus wie Steuerzeichen oder so was. Kein Wunder, dass er das gelöscht hat.«

James schüttelte den Kopf. »Nein wirklich, sich so wenig Mühe zu geben. Das ist doch ein Witz!«

»Was meinen Sie?«

»William hat den Text kodiert, aber so simpel, dass es schon fast lächerlich ist. Das hätte er besser gekonnt.« James markierte den gesamten Text, gab die Schriftart Times New Roman ein, und mit einem Klick verwandelten sich die seltsamen Zeichen in lesbare Schrift. Sheila pfiff durch die Zähne. Das, was sie jetzt vor sich hatten, waren Tagebucheinträge. Sheila suchte in ihrer Handtasche nach ihrer Lesebrille, während James sich an den Ladeninhaber wendete. »Kann man hier etwas ausdrucken?«

Der Mann zuckte die Schultern. »Tut mir leid. Der Drucker ist kaputt.«

Sheila kramte in ihrer Handtasche und zog ihre Lesebrille und einen USB-Stick hervor. »Ich werde die Dateien schnell kopieren. Trotzdem sollten wir den Text gleich hier lesen, James, es sind ja nur ein paar Seiten.«

»Ungern.«

»Was ist los?« Sheila sah ihn prüfend an. James wich ihrem Blick aus. »Verstehe. Sie möchten Williams Tagebuch in dieser unpersönlichen Atmosphäre nicht lesen, stimmt's?«

»Ich will Williams Tagebuch überhaupt nicht lesen. Weder hier noch sonst wo. Es geht mich nichts an.«

»Kommen Sie schon, James, William war Ihr Freund.«

»Gerade deshalb. Es ist zu persönlich.«

Sie setzte sich die Lesebrille auf und rückte näher an den Bildschirm. »Wissen Sie was, James? Ich lese das mal eben durch. Mir macht das nichts aus. Wahrscheinlich steht da sowieso nichts Aufregendes.« Sie zwinkerte ihm zu. »Es sei denn, ich erfahre so nebenbei auch pikante Details aus Ihrer gemeinsamen Sturm- und Drangzeit!«

James verzog das Gesicht und erhob sich. »Viel Vergnügen. Ich warte draußen.«

James zündete sich die vierte Zigarette an, als Sheila vor die Tür trat. Er sah sofort, dass sie geweint hatte. »Mein Gott«, sagte er bestürzt, »erzählen Sie!«

»Ich weiß nicht, ob Sie das wirklich hören wollen«, sagte Sheila. Sie nahm das Taschentuch, das er ihr anbot, und schniefte hinein. Schließlich sagte sie leise: »Er hat seine Frau getötet.«

James erstarrte. Die Zigarette glitt ihm aus den Fingern, und er trat sie heftig aus. »Das ist doch absurd! Das hätte William nie getan! Sie müssen sich irren.« Er hielt inne und wartete darauf, dass Sheila etwas sagte. Aber sie stopfte nur stumm das Taschentuch in ihre Handtasche und brauchte eine Ewigkeit dazu.

»Glauben Sie mir, Sheila«, fuhr er fort, »ich halte nicht viel von der Ehe, aber diese Ehe war weiß Gott eine, die im Himmel geschlossen worden ist. William war verrückt nach Heather, er hat seinen Job für sie hingeschmissen, sein Leben komplett geändert, und ich habe weder vorher noch nachher zwei Menschen gesehen, die so füreinander geschaffen waren. William hätte alles für sie getan.«

»Ja«, sagte Sheila leise. »Eben darum. Seine Frau war unheilbar krank und vollkommen auf fremde Hilfe angewiesen. Am

Ende hielt er es nicht mehr aus. Es hat William fast zerrissen, mit ansehen zu müssen, wie Heather langsam zugrunde ging. Sie dämmerte die meiste Zeit dahin, wurde künstlich ernährt, und selbst wenn sie zwischendurch klare Momente hatte, konnte sie nicht mehr sprechen. Nur noch weinen. Da verschaffte er sich mithilfe von seinem Freund Thomas Maddison die nötigen Medikamente und ...«

James wendete sich ab und starrte in die Wolken.

»Sie wussten es nicht?«, fragte Sheila nach einer Weile.

»Wie?«

»Sie hatten keine Ahnung von Heathers Zustand?«

»Nein. – Nicht, dass es so schlimm war. William erwähnte wohl, dass sie Parkinson hatte, aber wenn ich mich nach Heather erkundigt habe, sagte er immer, es ginge ihr den Umständen entsprechend gut, und wechselte das Thema.« Und ich habe nie nachgefragt, ergänzte James in Gedanken. Ich wollte es nicht genauer wissen, und das wusste William. Wir haben uns immer nur in meiner Welt getroffen, die früher auch seine war. Williams Welt, seine Familie, das war kein Thema.

»James?« Sheila legte ihm ihre Hand auf den Unterarm. »Alles in Ordnung?«

Er zog seinen Arm weg. »Ja.«

»Das lässt alles in einem anderen Licht erscheinen, nicht wahr?«, überlegte sie. »Thomas Maddison hat wahrscheinlich nicht nur William mit Medikamenten zur Sterbehilfe versorgt. Diese Frau im Pub hat Ihnen doch gesagt, sie habe gesehen, wie Maddison der Frau, mit der er sich traf, ein Päckchen überreichte. Da werden Medikamente drin gewesen sein. Und das Geld, das die Frau ihm zusteckte, war nicht dafür gedacht, die Restaurantrechnung zu begleichen, sondern war die Bezahlung für die todbringende Ware. Als alter Freund wird Maddison von William natürlich kein Geld verlangt haben. Aber es wäre möglich, dass er das Ganze in größerem Rahmen betrieb. Das würde auch seine Geheimnistuerei erklären. Dass er sich dieser Frau gegenüber als Mr Sniper vorgestellt hat. Und die Sache mit dem Taxi. Dass er es immer außer Sichtweite von Eaglehurst bestellt hat. Und dass er die anderen hat glauben lassen, er sei dement. Die Narrenkappe war die perfekte Tarnung. Niemand hätte je Verdacht geschöpft, wenn er Maddison an seltsamen Orten gesehen hätte. Es war ganz normal, dass er fortging und niemand wusste, wohin.«

James blickte auf seine Armbanduhr. »In zehn Minuten sind wir mit unserem Taxifahrer verabredet.«

Sie machten sich schweigend auf den Weg, jeder in seine eigenen Gedanken versunken.

»Jedenfalls wird das Bild langsam rund«, sagte Sheila voller Optimismus, als sie in der Fußgängerzone angekommen waren.

»Wieso langsam?«, fragte James missmutig. »Für mich ist die Sache rund genug. Der Chemieprofessor hat William geholfen, seine Frau von ihrem Leiden zu erlösen. Damit haben wir auch eine Erklärung dafür, warum William nach Eaglehurst ging: Wahrscheinlich sah er nach Heathers Tod keinen Sinn mehr in seinem Leben. Er wollte sich das Leben nehmen, aber seine Familie nicht damit belasten. In Eaglehurst aber war sein alter Freund Thomas Maddison, der ihm helfen konnte.«

»Na gut, das wäre eine Erklärung«, sagte Sheila. »Aber warum starb Maddison?«

»Vielleicht war das wirklich Zufall, oder er hat tatsächlich einen Fehler bei der Einnahme seiner Medikamente gemacht.«

»Aber was hat Thomas Maddison überhaupt nach Eaglehurst geführt? Warum ausgerechnet Eaglehurst? Warum ist er nicht in Schottland geblieben? Warum ist er so weit weggezogen?«

James zuckte die Schultern. »Was weiß ich, vielleicht wegen des Klimas.«

»Aber würden Sie sich ausgerechnet in Hastings niederlassen, James?« Sheila wartete nicht auf seine Antwort. »Genau«, fuhr sie fort, »ich auch nicht. Na ja, Sie kennen mich, ich würde nie aus London wegziehen, aber selbst wenn ich müsste, ginge ich als Rentner ganz bestimmt nicht nach Hastings. Für Rentner ist Brighton ideal. Oder meinetwegen eines dieser kleinen Nester in Kent, wie Hythe. Und die nächste Frage wäre: Warum hat er sich in Eaglehurst einquartiert, in einem Altenheim? Er war noch gut in der Lage, sich selbst zu versorgen. Nein, ich glaube, er hat ganz bewusst ein Altenheim gewählt. Überlegen Sie doch mal: Wenn Sie den Sinn Ihrer alten Tage darin sehen würden, für möglichst viele Menschen den Todesengel zu spielen, wäre dann nicht ein Altenheim das Paradies? Überdies hat ihm die Nähe zu Dover und Folkestone erlaubt, seine Medikamente auch ins Ausland zu vertreiben.«

»Ach Sheila, das ist doch jetzt alles völlig egal. Was immer Maddison bewogen hat, nach Hastings zu gehen, was immer er getan oder nicht getan hat, er ist tot. Beide sind tot. Lassen wir den beiden ihren Frieden. Es führt zu nichts, weiter nachzugraben.«

Sheila blieb stehen. »Sie wollen jetzt aufgeben? Das kann doch nicht Ihr Ernst sein, James. Mein Gefühl sagt mir, dass mehr dahintersteckt.«

»Und *mein* Gefühl sagt mir, dass ich gleich, nachdem wir zurückgekehrt sind, meine Sachen packen werde.«

Entschlossen schob James mit seinem Rollator weiter die Fußgängerzone entlang. Es hatte angefangen zu regnen. Sheila holte einen Schirm aus ihrer Handtasche, spannte ihn auf und hielt ihn über James.

»Lassen Sie das«, sagte er unwirsch.

»Wollen Sie sich eine Lungenentzündung einfangen?«

»Das ist meine Sache.«

Auf dem Parkplatz des Supermarktes angekommen, machte James Halt. An ihrem Taxi wienerte ein Mann von der Auto-Putzkolonne der Firma McBride herum. Der Taxifahrer war noch nicht in Sicht.

»James, warum sind Sie so sauer?«

»Hören Sie auf, mit dieser penetranten Psychotherapeutenstimme auf mich einzureden. Die Sache ist vorbei, das ist alles.«

»Warum sind Sie so sauer?«, wiederholte sie ungerührt. »William hat sich nicht von Ihnen verabschiedet, bevor er sein Leben beendete. Ist es das? Sie sind gekränkt, weil Sie vor vollendete Tatsachen gestellt wurden.«

»Blödsinn. William und ich hatten nicht diese Art von Freundschaft. Wir haben uns nicht gegenseitig das Herz ausgeschüttet wie beste Freundinnen.«

»Haben Sie schon mal eine Therapie gemacht, James?«

Er sah sie entgeistert an. »Was?«

»Ich aber. Und ich habe etwas Wichtiges dabei gelernt: Geh dorthin, wohin du eigentlich nicht gehen willst. Geh dorthin, wo es weh tut. Dort sitzt der Knoten, den du lösen musst.«

»William hat Selbstmord begangen, Maddison ist wahrscheinlich aus Schusseligkeit Opfer seiner eigenen Giftpanscherei geworden. Das ist alles. Und wo ist da der Knoten?«

»Wer hat denn Katie niedergeschlagen?«

»Wahrscheinlich niemand. Ich denke, sie ist tatsächlich über ihre eigenen Füße gestolpert.«

»Und wer hat den Zettel mit dem Limerick auf Ihr Bett gelegt?«

James lachte bitter auf. »Das würde ich Rupert zutrauen. Er hat sich schließlich schon die ganze Zeit über mich lustig gemacht.«

»Und das Minus auf dem Eaglehurst-Konto? Wie erklären Sie sich das?«

James zuckte die Schultern. »Instandsetzungsarbeiten am Haus, eine neue Heizungsanlage …«

»Ach, James. Das glauben Sie doch alles selbst nicht, oder? Und die Möwe ist am Ende wirklich von dem kleinen Jungen auf dem Dreirad überfahren worden?«

»Nein«, sagte James geduldig. »Die Kügelchen waren wirklich giftig, das war doch das Zeug, das William im Klavier versteckt hielt und mit dem er sich umgebracht hat.«

Der Taxifahrer näherte sich im Laufschritt von der anderen Seite des Parkplatzes und winkte ihnen überschwänglich zu.

»Okay«, sagte Sheila, »zugegeben, da haben Sie recht. Aber was ist mit dem Taxifahrer? Was ist, wenn der Taxifahrer die Wahrheit gesagt hat? Wenn uns in Dover wirklich ein Auto verfolgt hat?«

»Wenn, wenn, wenn.«

»Genau. Wenn, wenn, wenn. Es gibt einfach zu viele Fragezeichen, um jetzt einfach aufzugeben. Außerdem ist das gar nicht Ihre Art, James.«

James sah sie an, öffnete den Mund und schloss ihn wieder. Er schob ein paar Meter weiter und hielt wieder an. »Also gut, Sie Nervensäge. Vielleicht haben Sie recht.«

»Was sagten Sie gerade, James?«

»Nervensäge.«

»Nein, das, was danach kam«, sagte Sheila lächelnd.

»Weiß ich nicht mehr.«

Als sie zum Taxi gingen, schlug sich Sheila an den Kopf. »Ich habe den Wintergarten ganz vergessen!«

»Wir machen einen Umweg über Hampstead und setzen Sie dort ab«, schlug James vor. »Der Taxifahrer wird sich über das Extrageld freuen.«

Sheila winkte ab. »Nicht nötig. Dieser junge Mann aus der Nachbarschaft ist sehr hilfsbereit. Ich werde ihn einfach bitten, noch ein paar Tage länger nach den Pflanzen zu schauen. Das macht er gern.«

»Heißt das etwa, Sie beabsichtigen, sich nun ebenfalls in Eaglehurst einzuquartieren?« James war alarmiert.

Sie nahm ihr Handy aus der Tasche. »Steigen Sie schon mal ein!«

»Tun die Leute eigentlich immer, was Sie sagen?«, fragte James, als Sheila sich nach dem kurzen Gespräch selbstzufrieden wie eine raubsatte Katze neben ihn auf die Rückbank setzte.

Sie sah ihn an nachdenklich an. »Es gibt Ausnahmen.«

Kapitel 17

»Was schätzen Sie«, fragte James den Taxifahrer, »wie lange werden wir bis Hastings brauchen?«

»Spätestens um fünf sind wir da.« Der junge Mann grinste Sheila und James im Rückspiegel an. »Es sei denn natürlich, Sie wollen, dass ich ein bisschen *Need for speed* spiele.«

»*Need for* was?«, fragte Sheila verständnislos.

»*Need for speed*«, raunte James ihr zu. »Unser junger Freund bildet sich offenbar in seiner Freizeit mit Spielkonsolen-Autorennen fort.« Er wendete sich an den Taxifahrer. »Apropos *Need for Speed.* Sagen Sie, wollten Sie uns eigentlich nur auf den Arm nehmen, als Sie in Hastings plötzlich Vollgas gegeben haben und in die Tiefgarage gefahren sind? Mussten Sie nur zur Toilette, oder war da tatsächlich ein Auto, das uns gefolgt ist? Seien Sie bitte ehrlich, es ist wirklich sehr, sehr wichtig.«

»Da war wirklich ein Auto«, beteuerte der Taxifahrer. »Echt jetzt. Vorher hab ich gedacht, dass Sie ein bisschen paranoid sind, Verfolgungswahn und so, aber dann hab ich den schwarzen Wagen im Rückspiegel gesehen und gedacht, Mann, da ist doch was dran. Ehrlich gesagt, ich find Eaglehurst sowieso irgendwie unheimlich.«

»Ach ja?«, fragte James interessiert. »Inwiefern?«

Der Taxifahrer zuckte mit den Schultern. »Na ja, ist wahrscheinlich Einbildung. Keine Ahnung. Immer wenn ich da reingehe, komme ich mir vor, als wenn ich meinen ersten Tag im neuen Job hätte. Man hat ständig Angst, was falsch zu machen, und dabei das Gefühl, dass alle zu einem hingucken.«

»Ja«, sagte Sheila nachdenklich. »Dieses Gefühl, beobachtet zu werden. Ich hatte es auch, als wir neulich in der Halle saßen. Und auch, als ich Sie heute Morgen abgeholt habe, James.«

»Haben Sie denn was rausgefunden im ›Eight Bells‹?«, fragte der junge Mann.

»Ja und nein«, sagte James.

»Wie?«

»Stellen Sie sich vor, Sie sind in einem Raum eingeschlossen, und es gibt ein paar Türen«, erklärte Sheila. »Sie probieren die erste aus, sie ist abgeschlossen. Bei der nächsten haben Sie Glück, sie lässt sich öffnen, und Sie denken: Prima, ich hab den Ausgang gefunden. Aber alles, was Sie sehen, ist ein weiterer Raum mit vielen Türen. Und so weiter.«

»Aha«, sagte der Taxifahrer. »Sie tappen also im Dunkeln.«

»Nein, wir müssen einfach noch ein paar Türen ausprobieren.« Sheila unterdrückte ein Gähnen. »Diese Nacht im Conquest Hospital steckt mir noch in den Knochen. Ständig piepste ein Gerät auf dem Flur, und von Ausschlafen konnte keine Rede sein.«

»Versuchen Sie, sich auszuruhen«, riet James. »Wer weiß, was dieser Tag noch für Überraschungen bereit hält.«

Sie nickte, lehnte sich zurück und schloss die Augen.

»Sheila?«, sagte er nach einer Weile.

»Mh.«

»Was ich noch sagen wollte … Danke.«

»Schon gut. – James?«

»Ja?«

»Sprechen Sie mich nicht noch mal an.«

»Habe ich Sie geweckt?«

»Mh.«

»Pardon. Schlafen Sie gut.«

Der Taxifahrer grinste, als er wenig später beim Blick in den Rückspiegel seine schlafenden Fahrgäste sah. Doch während Sheila in Tiefschlaf gefallen war und laut schnarchte, hielt James nur die Augen geschlossen und dachte an William. Sich feige davonzustehlen, das passte so ganz und gar nicht zu William. Jedenfalls nicht zu dem William, den er gekannt hatte. Aber offensichtlich hatte er einiges nicht mitbekommen, was seinen besten Freund anging.

Mrs White saß am Empfang und lächelte mit routinierter Herzlichkeit, als James und Sheila eine knappe Stunde später die Eingangshalle betraten.

»Wir haben uns schon Sorgen um Sie gemacht, Mr Gerald!«

James lächelte charmant. »Oh, wie liebenswürdig von Ihnen, Mrs White. Aber ganz unnötig. Darf ich Ihnen eine liebe alte Freundin von mir vorstellen: Mrs Humphrey. Ich habe ihr ein wenig die Stadt gezeigt. Sie spielt mit dem Gedanken, sich in Hastings niederzulassen, und ich habe versucht, sie für Eaglehurst zu gewinnen.« Er wendete sich Sheila zu, die mit ihren schlafroten Wangen, den zerdrückten Locken und dem Abdruck des Anschnallgurtes, der quer über ihre rechte Wange verlief, noch etwas derangiert wirkte. »Nicht wahr, Sheila, wie ich gesagt habe. Ein herrliches Gebäude, erstklassige Lage am Meer, und dazu eine sehr warme Atmosphäre. Sie würden sich gut aufgehoben fühlen. Und wenn Sie erst einmal das berühmte Frühstück von Mrs Simmons gekostet haben, kommt gar nichts anderes mehr für Sie infrage.«

Mrs White kam hinter dem Tresen hervor und streckte die Hand aus, die Sheila automatisch ergriff. »So, Sie möchten sich hier umsehen?« Sheila war zu perplex, um zu antworten, und nickte nur, während Mrs White ihre Hand in feuchter

Umklammerung hielt. »Aber gerne, Mrs Humphrey«, fuhr Mrs White fort, »wir freuen uns immer über Familienzuwachs.« Sie lachte über ihren eigenen Scherz.

»Apropos Familie«, sagte James, »wie geht es Ihrer Tochter heute? Hat sie sich von dem kleinen Unfall erholt?«

»Ja, danke, es geht ihr wieder ausgezeichnet.« James fiel auf, dass sich Mrs Whites Hand bei diesen Worten fest um das Taschentuch krampfte, das sie in ihrer Linken hielt.

»Mrs Humphrey will alles über Eaglehurst wissen«, sagte James, »und ich frage mich, ob Sie eventuell einen Augenblick Zeit für uns hätten?«

»Natürlich«, sagte Mrs White. Sie deutete auf die Sitzgruppe in der Halle. »Nehmen Sie doch Platz!«

James hüstelte. »Hier? Es ist doch ein wenig – wie soll ich sagen – öffentlich in der Halle. Und ehrlich gesagt sind wir auch ein wenig durstig nach unserem Stadtbummel.«

»Oh, ich verstehe, entschuldigen Sie, wie gedankenlos von mir. Am besten, Mr Gerald, Sie gehen mit Mrs Humphrey schon in den Salon und bestellen Getränke, natürlich aufs Haus. Ich bin in einer Minute bei Ihnen. Ich muss nur noch schnell etwas am Computer abspeichern, dann komme ich und stehe Ihnen gern zur Verfügung.«

»Es hätte nicht geschadet, wenn Sie mich vorher eingeweiht hätten, was Sie vorhaben«, zischte Sheila, als sie zum Salon gingen.

»Sie schienen mir noch nicht sehr aufnahmefähig. Ich habe selten jemanden erlebt, der einen so tiefen Schlaf hat wie Sie. Neben Ihnen hätte eine Bombe hochgehen können, und Sie hätten es nicht gemerkt.«

Sie schaute ihn alarmiert an. »Habe ich etwa geschnarcht?«

»Nein, absolut nicht.« James hatte genug Lebenserfahrung,

um zu wissen, wann es besser war, einer Frau die Wahrheit zu verheimlichen. »Hören Sie, Sheila. Ich muss noch einmal an den Laptop von Mrs White. Während Sie schliefen, hat Inspektor Ruthersford angerufen. Ich hatte doch etwas von dem Bildschirm abfotografiert. Der Bursche, der den Film entwickeln sollte, hat Mist gebaut und die Aufnahmen ruiniert. Ich muss also noch mal an den Computer, und ich möchte, dass Sie Mrs White so lange in Schach halten.«

»Und wenn Sie jemand sieht?«

»Dann lasse ich mir schon etwas einfallen.«

Sie erreichten den Salon. Sheila legte ihm die Hand auf den Arm. »Ich übernehme das, James. Mich kennt hier keiner. Wenn jemand fragt, behaupte ich, die neue Aushilfe zu sein.«

»Aber …«

»Achtung, da kommt sie schon.«

»Was darf ich für Sie bestellen?«, fragte Mrs White. »Einen Tee oder lieber etwas Erfrischendes?«

»Ein Wasser, bitte«, sagte James.

»Gerne. Und für Sie, Mrs Humphrey?«

»Für mich Tee, ohne Milch, nur mit Zucker, bitte«, sagte Sheila kaum hörbar und machte ein Leidensgesicht. »Ich habe mir den Magen verdorben, ein Tee wird guttun.«

»Sie fühlen sich nicht wohl?«, fragte Mrs White mitfühlend und wendete sich an James. »Haben Sie nicht einen Termin bei Dr. Goat? Da kann Mrs Humphrey doch gleich mitkommen.«

James blickte auf seine Armbanduhr. »Gewiss, in etwa zehn Minuten.«

»Entschuldigen Sie mich bitte kurz«, sagte Sheila und erhob sich, »wo finde ich die Toiletten?« Sie stand wie vor Schmerz gekrümmt und wirkte dabei sehr überzeugend.

»Gleich in der Halle«, sagte Mrs White.

»Die Arme«, seufzte James.

»Ja«, sagte Mrs White. »Hoffen wir, dass es ihr bald besser geht.«

Sie erhob sich, und James befürchtete schon, dass sie Sheila folgen würde, aber sie ging Richtung Küche, um die Getränke zu bestellen.

»Katie wird den Tee und das Wasser bringen«, sagte sie, als sie sich wieder hinsetzte. James konnte ihre Hände nicht sehen, aber er hörte, wie sie das Papiertaschentuch unter dem Tisch in kleine Fetzen riss.

»Gibt es heute eine besondere Veranstaltung?«, fragte er im Plauderton und deutete auf Miss Hunt und den Pfleger, die am anderen Ende des Raums damit beschäftigt waren, eine große Girlande an der Decke anzubringen. Mrs White nickte. »Ja, heute Abend findet der große Eaglehurst-Ball statt. Unsere Leutchen hier lieben ihn. Und Sie haben Glück, Mr Gerald, für heute Abend konnte ich Teddy Oaks verpflichten, einen ganz hervorragenden Elvis-Imitator.«

»Oh«, sagte James, »wie wunderbar.« Er entschied sich für einen Frontalangriff. »Mrs White, der Herr, der am Tag meiner Ankunft beim Bingo gestorben ist. Ich habe gehört, dass ihn viele für verrückt hielten. Sie auch?«

»Verrückt ist ein hartes Wort. Sagen wir – vergesslich.«

»Nein«, sagte James und ließ sie nicht aus den Augen, »ich denke, er war nicht einmal das. Er war so klar im Kopf wie Sie und ich, auch wenn man darüber, was er zuletzt als seine Lebensaufgabe betrachtete, geteilter Meinung sein kann, nicht wahr?«

»Was meinen Sie damit?«

»Wissen Sie das wirklich nicht?«

»Nein.«

»Wussten Sie nicht, dass er Medikamente zur Sterbehilfe vertrieben hat?«

Mrs White lachte auf. »Wie bitte? Das ist doch absurd. Mr Maddison war ein sehr liebenswürdiger, aber geistig verwirrter älterer Herr. Ich mochte ihn sehr, er war ein Gentleman der alten Schule. Und ich bedaure, dass er so früh von uns gegangen ist.« Sie machte eine Pause und suchte nach den richtigen Worten. »Mr Gerald, ich kann mir vorstellen, dass Sie sehr schockiert sind über das, was vorgestern passiert ist. Und es wäre nur zu verständlich, wenn Sie sich von den Spekulationen rund um diesen Vorfall haben anstecken lassen. Unglaublich, was ich alles schon zu hören bekommen habe! Es liegt zwar in der Natur der Sache, dass von Zeit zu Zeit einer unserer Bewohner von uns geht, das durchschnittliche Alter unserer Leutchen beträgt immerhin achtundsiebzig Jahre. Aber Mr Maddisons Tod beim Bingo war doch … sehr spektakulär, und viele werden noch wochenlang über nichts anderes reden und die wildesten Vermutungen anstellen. Die Menschen fühlen sich, das darf ich wohl sagen, bei uns gut umsorgt. Aber bei aller Mühe, die wir uns geben, es fehlt doch zuweilen die Abwechslung. Deshalb ist Mr Maddisons Tod *die* Sensation in Eaglehurst. So sind unsere Leutchen nun mal.« Sie sah ihm eindringlich in die Augen. »Aber Sie, Mr Gerald, Sie sind doch vom Fach. Ich meine, es hat sich inzwischen herumgesprochen, was Sie früher gemacht haben. Sie werden sich doch nicht durch dieses Gerede beeinflussen lassen. Sie sind jemand, der sich an Tatsachen orientiert.«

Sie wurden durch Katie unterbrochen, die den Tee brachte.

»Danke, Kind«, beeilte sich Mrs White zu sagen, »stell das Tablett einfach hier ab, ich mache das schon.«

Mit einem leichten Klirren stellte Katie das Tablett auf den Tisch.

»Apropos Tatsachen, was macht Ihre Beule am Kopf?«, erkundigte sich James.

»Wieder okay.« Katies Gesicht war wie immer blass, ihre dunklen Augen waren mit dickem schwarzem Kajal betont, und an einem Lederband, das um ihren Hals geschlungen war, hing ein umgekehrtes Kreuz. Nur der Piercingschmuck an den Augenbrauen fehlte, stattdessen waren winzige Löcher zu sehen. Sie trug einen dünnen schwarzen Pullover, unter dem sich der helle BH abzeichnete, einen kurzen, rot karierten Rock und darunter schwarze Netzstrümpfe. Die schlanken Beine steckten in schwarzen Springerstiefeln. Offensichtlich hatte sich die resolute Mrs White in Sachen Kleiderordnung bei ihrer pubertierenden Tochter nicht durchsetzen können. Das übrige Pflegepersonal von Eaglehurst trug sportlich-gepflegte Freizeitkleidung, wie sie in einen Golfclub passen würde.

»Alles bestens«, sagte Mrs White lächelnd. »Sie hat einen guten Schutzengel gehabt.«

James beachtete sie nicht und wendete sich an die Tochter. »Haben Sie eine Ahnung, wer es war?«

Katies große dunkle Augen weiteten sich. »Was?«

»Wer Sie niedergeschlagen hat«, präzisierte James.

Katie wich seinem Blick aus.

»Niedergeschlagen, so ein Unsinn«, sagte Mrs White schnell. »Als Mutter reagiert man natürlich erst einmal hysterisch. Da liegt das eigene Kind am Boden, und man dreht durch. Dabei hätte ich es gleich wissen müssen. Sehen Sie sich diese Schuhe an. Kein Wunder, wenn man damit über die eigenen Füße stolpert. Nicht wahr, Spätzchen?«

Katie verdrehte genervt die Augen. »Du machst es schon wieder!«

»Was denn?«

»Ach, vergiss es.« Katie drehte sich ohne ein weiteres Wort um und stampfte davon.

Mrs White sah ihr nach. »Schwieriges Alter«, sagte sie. »Es

ist, als würden wir nicht mehr dieselbe Sprache sprechen. Ich weiß nicht, was ich jetzt schon wieder falsch gemacht habe.«

»Vielleicht sollten Sie sie nicht mehr mit ›Spätzchen‹ anreden«, bemerkte James.

Mrs White zuckte mit den Schultern. »Ach, es gibt tausend Sachen, die ich nicht mehr sagen darf, und ich denke, am liebsten wäre es ihr, überhaupt nicht mehr mit mir zu reden. Alles, was ich sage, ist plötzlich falsch oder sie kriegt es in den falschen Hals.« Sie senkte ihre Stimme zu einem Flüstern. »Mr Gerald, ich wäre Ihnen sehr dankbar, wenn Sie niemandem davon erzählen – ich meine, dass ich im ersten Moment dachte, jemand hätte Katie niedergeschlagen. Es ist mir absolut unangenehm. Aber ich war schockiert. Mir blieb das Herz stehen, als ich sie auf dem Boden liegen sah und sie sich nicht rührte. Sie ist doch alles, was ich habe. Und jetzt ist Katie wütend auf mich, weil ich so hysterisch war. Sie findet mich peinlich. Und es war ja auch dumm von mir, ich meine, sagen Sie selbst, wer sollte so etwas tun?«

»Ja«, sagte James liebenswürdig. »Ich selbst konnte mir auch nicht vorstellen, dass jemand Katie ein Leid antun wollte. Er räusperte sich und senkte die Stimme ebenfalls. »Obwohl mir von mehreren Seiten Vermutungen zu Ohren gekommen sind, wer dafür eventuell doch infrage käme.«

Mrs White seufzte. »Ja, ich kann mir denken, auf wen sich diese Vermutungen beziehen.«

»Tatsächlich?«

»Natürlich. Edith Hideous.«

»Bingo.« James lächelte. »Und wissen Sie auch, wer diese Vermutung geäußert hat?«

»Da käme fast jeder in Betracht. Besonders das Pflegepersonal. Mrs Edith Hideous gehört nicht zu den Leuten, denen daran liegt, beliebt zu sein.« Mrs White sah auf ihre Armbanduhr. »Ich sollte vielleicht einmal nach Ihrer Bekannten schauen, ob alles in Ordnung ist.«

»Nein«, sagte James schnell, »das ist normal bei Mrs Humphrey. Sie braucht – meistens recht lange.«

Mrs White blickte amüsiert auf. »Na, Sie scheinen sie gut zu kennen.«

»Wir sind immerhin alte Kollegen.«

»Büro-Ehen sind die haltbarsten, heißt es.«

»Büro-Ehe, so weit würde ich nicht gehen. Einfach gute Kollegen.«

Sheila kam zurück. Sie hatte ihre Leidensmine abgelegt.

»Alles in Ordnung?«, erkundigte sich Mrs White.

»Bestens, danke.« Sheila wirkte erleichtert.

Mrs White schenkte ihr eine Tasse Tee ein. »Dann schießen Sie los. Was wollen Sie wissen? Oder soll ich einfach anfangen und Ihnen etwas über Eaglehurst erzählen?«

Sheila nahm die Tasse entgegen und lehnte sich entspannt zurück. »Ja, das wäre wunderbar!«

Mrs White nickte erfreut. Man merkte, Eaglehurst war ihr Lieblingsthema. Sie holte weit aus, schilderte ihren eigenen Werdegang von der Altenpflegerin zur Leiterin eines städtischen Altenheims und wie sie durch eine Erbschaft die Chance bekommen hatte, ein privates Seniorenheim nach ihren eigenen Vorstellungen aufzubauen. Sie erzählte von den schwierigen Verkaufsverhandlungen mit der Stadtverwaltung von Hastings, die ihr das heruntergekommene, aber denkmalgeschützte »Empire« schließlich zu einem niedrigen Kaufpreis überlassen hatte. Von den zeitraubenden, nervenzehrenden und teuren Renovierungsarbeiten, von der feierlichen Einweihung, die sie als den schönsten Tag in ihrem Leben bezeichnete. Von den Schwierigkeiten, gutes Personal zu bekommen, ihrer privaten Weiterbildung in Buchhaltung und davon, dass sie sich immer mehr zur

Leiterin eines mittelständischen Betriebs entwickelte. »Aber im Herzen bin ich Altenpflegerin geblieben«, schloss sie ihre Ausführungen. »Machen wir uns nichts vor, viele Seniorenheime sind nur Verwahrstätten, Unternehmen, bei denen die Kosten-Nutzen-Rechnung an erster Stelle steht und für die die Bewohner nur Geldquellen sind, die so lange angezapft werden, bis sie versiegt sind. Aber ich stehe persönlich dafür, dass Eaglehurst anders ist und bleibt, ein lebenswerter Ort, an dem Menschen für Menschen da sind. Wie in einer großen Familie.«

Mrs White erzählte einige Anekdoten aus dem Alltag, die veranschaulichen sollten, wie familiär es in Eaglehurst zuging. Sie machten aber auch deutlich, wer das Sagen im Haus hatte: Mrs White. Sie übernahm Vater- und Mutterrolle zugleich, während dem Personal die Rolle der älteren, helfenden Geschwister zufiel. Die Bewohner von Eaglehurst waren die Kleinkinder, denen man mit liebevoller Herablassung begegnete. Diese Haltung hatte James schon bei seiner Ankunft gestört. Trotzdem war er beeindruckt von Mrs Whites Begeisterung für die Sache. Menschen, die ein Ziel haben, hatten ihn immer schon beeindruckt.

Sheila stellte noch ein paar praktische Fragen zu Themen wie Unterbringung, Tagesablauf, gesundheitliche Versorgung und Freizeitangebote, die Mrs White ausführlich beantwortete. Zum Schluss fragte Sheila, ob sie sich im Haus umschauen dürfe.

»Selbstverständlich, ich sage Miss Hunt Bescheid, sie wird Ihnen alles zeigen. Wenn Sie mögen, bleiben Sie zum Abendessen, es würde mich freuen.«

Sheila bedankte sich, und Mrs White drückte ihr zum Abschied die Hand.

James sah auf die Uhr. »Dr. Goat müsste eigentlich schon längst hier sein. Sie wollten ihn doch kennenlernen, Sheila?«

»Natürlich, aber was machen wir mit Miss Hunt? Sie dürfte schon auf dem Weg zu uns sein.«

»Kein Problem, für sie habe ich eine kleine Beschäftigung. Haben Sie die Dateien gefunden?«

»Ich denke schon. Ich habe alles kopiert.«

»Hat Sie jemand dabei gesehen?«

»Ein älterer Herr kam herein. Ich hatte mir schon eine Erklärung zurechtgelegt, aber er sah mich nur an, sagte ›Hallo, Mrs White, wie geht's?‹, und marschierte gleich die Treppe rauf. Sagen Sie, James, sehe ich Mrs White irgendwie ähnlich?«

»Nein«, beeilte er sich zu versichern, »absolut nicht. Da dürfte es sich um ein visuelles Vorurteil gehandelt haben.«

»Um was?«

»Ein visuelles Vorurteil. Der Mann hat Mrs White beim Hereinkommen so oft dort sitzen sehen, dass sich ihr Bild selbst durch die aktuelle Information, die seine Sehnerven ans Gehirn schickten, nicht aus seinem Kopf vertreiben ließ.«

Sheila lachte. »Na ja, James, ich weiß nicht. Oder der Mann hatte seine Brille vergessen.«

»Auch möglich.«

Als Miss Hunt kam, reichte James ihr ein Rezept. »Würden Sie mir einen großen Gefallen tun, Miss Hunt, und mir mein Asthma-Spray aus der Apotheke besorgen? Ich weiß natürlich, dass es nicht zu Ihren Aufgaben gehört, Besorgungen zu machen, aber es ist wirklich dringend, ich habe mein altes Spray verloren. Und nachts brauche ich es unbedingt.«

Miss Hunt schenkte James ein herzliches Lächeln. »Das mache ich gerne für Sie, Mr Gerald.«

»Niedliche Zähne«, stellte James fest, als Miss Hunt außer Hörweite war. »Erinnert an ein Eichhörnchen, nicht wahr?«

»Ich weiß nicht, was Sie an Ratten mit Puschelschwanz so niedlich finden«, bemerkte Sheila.

»Ich dachte, Sie sind tierlieb?«, fragte James amüsiert.

Sheila öffnete den Mund, um zu antworten, als Dr. Goat energiegeladen auf sie zuschritt.

»Entschuldigen Sie bitte die Verspätung«, sagte er, »ich bin aufgehalten worden.«

»Aber ich bitte Sie, kein Problem«, entgegnete James. »Ich bin Rentner, da kommt es nicht mehr so drauf an, nicht wahr. Darf ich Ihnen Mrs Humphrey vorstellen? Eine gute Bekannte von mir. Sie möchte eventuell ebenfalls nach Eaglehurst ziehen.«

Dr. Goat reichte ihr die Hand. »Schön, Sie kennenzulernen. So, so, Mr Gerald gefällt es also so gut hier, dass er Werbung für Eaglehurst macht. Wo kommen Sie denn her? Wohnen Sie in Hastings?«

»Nein«, erwiderte Sheila. »Bis jetzt wohne ich in London. Hampstead, genauer gesagt.«

Dr. Goat war erstaunt. »Hampstead? Und da wollen Sie umziehen? Ausgerechnet nach Hastings?«

Sheila nickte nur unbeholfen. James war froh darüber, da ihre Erklärung höchstwahrscheinlich alles andere als überzeugend geklungen hätte. »Zu teuer«, kam er ihr zur Hilfe. »London ist ein teures Pflaster, wissen Sie. Besonders, wenn man alt wird und auf Hilfe angewiesen ist. Die wirklich guten seniorengerechten Wohnungen sind schier unbezahlbar in London.«

Dr. Goat nickte. »Verstehe. Aber unter uns: Eaglehurst ist auch nicht gerade billig.«

»Aber doch sein Geld wert?«, fragte Sheila.

»Natürlich, das auf jeden Fall. Ich betreue noch zwei weitere Seniorenheime, und glauben Sie mir, das ist ein himmelweiter Unterschied. Mrs White spricht ja immer von Eaglehurst als ihrer Familie. Das mag übertrieben klingen, aber es ist etwas Wahres dran. Die anderen Einrichtungen lassen dem Einzelnen wenig Raum. Es ist wie der Unterschied zwischen Krankenhaus und Hotel. Vielleicht liegt es daran, dass dieser Komplex früher tatsächlich ein Hotel war. Aber vor allem liegt es an der Leitung. Mrs White ist eine außergewöhnliche Person, und Eaglehurst ist ihr Baby.«

»Sie geraten ja richtig ins Schwärmen«, stellte Sheila fest.

Dr. Goat lächelte. »Als Arzt hat man gewöhnlich mit Menschen zu tun, deren Lebensenergie auf die eine oder andere Art geschwächt ist. Die ein Problem haben. Mrs White aber ist eine unglaublich starke, vitale Persönlichkeit. Sie hat eine Vision, sie hatte die Energie, sie zu verwirklichen, und voilà: Das Ergebnis ist Eaglehurst. So etwas bewundere ich.« Er sah auf die Uhr. »Aber ich bin eigentlich nicht hierhergekommen, um Werbung für Eaglehurst zu machen.«

James lächelte. »Nicht wahr, es geht vielmehr um meine geschwächte Lebensenergie.«

Dr. Goat überging die kleine Spitze. »Ich habe ein kleines Sprechzimmer hier im Erdgeschoss. Wollen wir dorthin gehen?«

James und Sheila nickten.

»Sie bleiben besser so lange hier«, sagte Dr. Goat freundlich, aber bestimmt zu Sheila. »Eine homöopathische Erstanamnese ist eine sehr private Angelegenheit.«

»Aber«, sagte Sheila und sah James hilfesuchend an.

»Dr. Goat hat recht«, sagte James und zwinkerte ihr zu. »Auch wenn ich Sie natürlich gern zum Händchenhalten dabeihätte, Sheila, aber ich schaffe das schon allein. Sie könnten schon hochgehen in mein Apartment, an meinen Computer. Sie wollten doch noch etwas recherchieren.«

»Na schön, wie Sie wollen«, sagte Sheila aufgebracht. Als Dr. Goat bereits in der Tür stand, raunte sie ihm ins Ohr: »Lassen Sie sich bloß keine Spritze oder so was von dem geben!«

»Sie können nicht anders, oder?«, fragte er. Sie sah ihn wütend an, dann drehte sie sich um und marschierte vor ihm zur Tür. Sheilas Gemütszustand konnte man auch von hinten genau erkennen, das hatte er immer schon bemerkenswert gefunden. Wenn sie, so wie jetzt, wütend war, dann versteifte sich ihr ganzer Körper, sie machte kurze Schritte und setzte die Füße so kräftig auf, dass ihre Schritte wie eine einzige Anklage auf dem Marmorboden widerhallten.

Sie war schon an der Treppe, als ihr noch etwas einfiel. Widerwillig kam sie zu ihm zurück. »Das Passwort«, raunte sie ihm zu. Brauche ich eins für Ihren Computer?«

Die Frage brachte ihn für einen Augenblick aus der Fassung. Er hatte nicht damit gerechnet, dass er ihr einmal sein Passwort verraten müsste.

»Nun stellen Sie sich nicht so an«, sagte sie, sein Zögern missdeutend. »Sie können das Passwort doch nachher gleich wieder ändern.«

Er flüsterte ihr das Passwort zu. »Alles klar«, nickte sie und stieg rasch, zwei Stufen auf einmal nehmend, die Treppe hoch. James wusste, auch ohne ihr Gesicht zu sehen, dass sie rot geworden war.

Kapitel 18

Das Sprechzimmer von Dr. Goat lag im Erdgeschoss am Ende eines langen Ganges. An der Wand standen zwei dunkelbraune Ohrensessel mit abgewetzter Sitzfläche, dazwischen ein moderner Wasserspender mit Pappbechern zur Selbstbedienung. Auf einem kleinen Tischchen lagen Homöopathie-Zeitschriften und Informationsbroschüren zu allerlei Krankheiten aus.

»Halten Sie hier regelmäßig Sprechstunden ab?«, fragte James.

»Jeden Morgen zwischen acht und neun«, erklärte Dr. Goat. »Bevor ich meine Praxis aufmache. Es sind aber nicht die wirklich Kranken, die hierherkommen. Ich verstehe die Sprechstunde als Service für die Patienten, falls sie Rückfragen haben oder wenn Therapiepläne genauer besprochen werden müssen. Bei den wirklich Kranken mache ich selbstverständlich Haus- bzw. Zimmerbesuche. Und richtige Untersuchungen finden in der Praxis statt, da gibt es das Labor und die Ultraschall- und Röntgengeräte.« Dr. Goat schloss die Tür auf, schnupperte und eilte zum Fenster, um es weit aufzureißen. »Sosehr ich sie bewundere, aber Mrs White ist in manchen Dingen leider unglaublich stur«, sagte er verärgert. »Ich habe ihr schon hundertmal gesagt, dass Hygiene nichts damit zu tun hat, die Luft mit Desinfektionsmittel zu verpesten. Aber sie lässt nach wie vor die Reinigungsfirma damit herumsprühen. Es wird einem richtig übel davon.«

»Ihre Devise ist wahrscheinlich: Viel hilft viel, nicht wahr?«

»Einstein hatte völlig recht, als er sagte, die menschliche Dummheit sei grenzenlos.« Dr. Goat war immer noch verärgert. Er deutete auf den Sessel, der gegenüber von seinem Schreitisch stand, nahm selbst dahinter Platz und klappte seinen Laptop auf.

»Lassen Sie uns beginnen, Mr Gerald. Ich brauche zunächst ein paar allgemeine Angaben. Wie alt sind Sie?«

»Siebzig.«

Dr. Goats Finger flogen über die Tastatur, während er James' Angaben eintippte. Natürlich beherrscht er das Zehnfingersystem, dachte James.

»Haben oder hatten Sie irgendwelche Krankheiten?«

»Nein.«

»Gar nichts?« Dr. Goat sah ihn mit einer Mischung aus Zweifel und Faszination über seinen Laptop hinweg an. »In siebzig Jahren immer gesund?«

»Ich hatte ein paarmal eine Erkältung, vielleicht auch eine Magen-Darm-Infektion. Manchmal Kopfschmerzen, einen Schulterdurchschuss, aber nichts Ernstes.«

»Eine Schussverletzung bezeichnen Sie als nichts Ernstes? Wie ist es dazu gekommen?«

»Durch den Beruf. Ich war beim SIS.«

Dr. Goat nickte nachdenklich. »Verstehe. Das erklärt auch Ihre gute Konstitution. Die nehmen nicht jeden, oder?«

»Bewerber mit Übergewicht oder Plattfüßen werden wahrscheinlich aussortiert, da könnten Sie recht haben.«

»Und wie sieht es inzwischen aus bei Ihnen? Immer noch keine chronischen Krankheiten?«

»Nein.«

»Diabetes? Bluthochdruck? Allergien? Arteriosklerose?«

»Nein, tut mir leid.«

»Alles noch gut beweglich? Keine Morgensteife?«

»Wenn Sie die Gelenke meinen, ich kann nicht klagen.«

»Was ist mir den Zähnen? Sind das noch Ihre eigenen?«

»Alle bis auf einen, den ich sozusagen für die Krone geopfert habe.« James deutete auf einen vorderen Eckzahn oben links. »Dieser Zahn hier.«

Dr. Goat beugte sich interessiert nach vorn. »Wie ist das passiert? Bei einem dienstlichen Einsatz?«

James winkte ab. »Ach, das ist eine komplizierte Geschichte, das würde Ihr Zeitfenster sprengen.«

»Sonst noch irgendwelche Körperteile oder Organe, die verlustig gegangen sind?«, scherzte Dr. Goat.

»Nein. Das heißt, zählen Fingernägel auch? Wie Sie sehen, sind alle zehn wieder tadellos nachgewachsen.«

»Ihnen wurden alle Fingernägel entfernt?«, fragte Dr. Goat verwundert. »Ein Unfall?«

»Nein. Sie wurden abgequetscht, einer nach dem anderen«, erklärte James.

Dr. Goat räusperte er sich. »Das muss schmerzhaft gewesen sein.«

»Das war Zweck der Sache.«

Dr. Goat starrte ihn nachdenklich an, dann tippte er etwas in seinen PC.

»Wie lange rauchen Sie schon?«

»Seit dem Tod meiner Eltern.«

»Und das war wann?«

»Als ich dreizehn war.«

»Und jetzt macht die Lunge nicht mehr mit, kein Wunder. Wie war das für Sie, als Ihre Eltern starben?«

»Nicht schön.«

»Woran sind sie gestorben?«

»Verkehrsunfall.«

»Was haben Sie da gefühlt?«

James sah zur Decke. »Was denken Sie wohl. Das ist fast sechzig Jahre her. Lassen Sie uns zum Heute kommen.«

»Na gut. Erzählen Sie mir von Ihren aktuellen Beschwerden.«

»Im letzten Herbst habe ich mir eine Bronchitis zugezogen, woraufhin mein Hausarzt mich überredete, ins Krankenhaus zu gehen. Aber dort wurde alles nur noch schlimmer. Schließlich hatte ich multiresistente Keime im ganzen Körper. Ich wurde so krank, dass ich wochenlang ans Bett gefesselt war. Im Vergleich dazu kann ich heute schon wieder Bäume ausreißen, aber meine Lungen sind immer noch sehr angegriffen, und nachts, besonders bei feuchtkaltem Wetter, brauche ich ein Spray zur Erweiterung der Bronchien.«

»Asthma, so, so.« Der Triumph in Dr. Goats Stimme war nicht zu überhören.

»Nein, ich sagte, dass ich ab und zu ein entsprechendes Spray brauche.«

»Sie würden sich nicht als Asthmatiker bezeichnen wollen?«

»Es ist nur vorübergehend.«

»Na gut.« Dr. Goat tippte eine Weile konzentriert.

»Gestern Nacht, diese Sache mit Mr Peabody, kommt das häufiger vor?«

»Was meinen Sie?«

»Dass Sie sich betrinken.«

»Mr Peabody war betrunken, nicht ich.«

Dr. Goat zog die Augenbrauen hoch. »Sie waren nüchtern?«

»Nüchtern nicht, aber keineswegs betrunken. Ich betrinke mich nie in Gesellschaft.«

»Sie würden sich also als sehr beherrscht bezeichnen?«

»Wenn Sie so wollen, ja.«

»Zeigen Sie mir bitte Ihre Hände.«

James streckte Dr. Goat seine Hände entgegen, der sie mit

beiden Händen umfasste. »Ihre Hände sind warm«, bemerkte er. »Ist das meistens so?«

»Ich achte nicht darauf.«

Dr. Goat drückte an James' Händen herum, wendete sie und betrachtete die Linien der Handinnenfläche.

»Was untersuchen Sie?«, lächelte James. »Meine Lebenslinie?«

»Machen Sie sich ruhig lustig, Mr Gerald. Sie tragen keinen Ring, ich nehme also an, Sie sind nicht verheiratet?«

»Stimmt.«

»Waren Sie früher einmal verheiratet?«

»Nein.«

»Warum nicht?«

»Ich hatte nicht das Bedürfnis.«

»Nicht die Richtige getroffen?«

»Ich denke, es verpufft zu viel Lebensenergie bei den unvermeidlichen Reibungen zwischen Ehepartnern.«

Dr. Goat zog die Augenbrauen hoch. »Ich glaube nicht, dass viele Menschen das so sehen würden.«

»Sie also nicht?«

»Vergessen Sie nicht, Mr. Gerald, Reibung erzeugt nicht zuletzt auch Wärme.«

»Sieh an, ein heimlicher Romantiker.«

Dr. Goat lachte. »Aus Ihrem Mund hört sich das an wie eine Krankheit. Aber zurück zu Ihnen. Wenn es Ihnen schlecht geht, möchten Sie dann allein sein oder in Gesellschaft anderer Menschen?«

»Was glauben Sie wohl?«

»Schon klar.«

Dr. Goat tippte vor sich hin, sah James an, tippte weiter, dann schien er plötzlich eine Erleuchtung zu haben, rief »Phosphorus!«, als sei es das Klarste von der Welt, stand auf und öffnete die Tür des Wandschranks hinter ihm. Hunderte von kleinen braunen Fläschchen wurden sichtbar, Fläschchen wie die mit den Kügelchen, mit denen James am Morgen die Möwe vergiftet hatte.

»Machen Sie den Mund auf!«, befahl Dr. Goat.

»Was ist das?«

»Phosphorus, C 30.« Es ist Ihr Konstitutionsmittel, da bin ich mir fast sicher.«

»Fast? Und wenn nicht? Falle ich dann tot um?«

Dr. Goat lachte auf. »Erst einmal: Ich liege selten daneben. Davon abgesehen kann ich Sie beruhigen. Selbst wenn es nicht das richtige Mittel für Sie sein sollte, wenn Sie tot umfallen, liegt es garantiert nicht daran.«

»Na, das ist ein Trost.«

»Seien Sie unbesorgt: Wenn es der falsche Wirkstoff ist, dann merken Sie gar nichts. Allerdings kann es zur sogenannten Erstverschlimmerung kommen.«

»Das klingt nicht gut.«

Dr. Goat seufzte. »Mein Vater war auch Arzt. Er erzählt oft von früher, von den paradiesischen Zeiten, als die Patienten ihrem Doktor noch unbedingtes Vertrauen entgegenbrachten. Der moderne Patient aber bringt sein Internet-Wissen mit, alles wird kritisch hinterfragt, und die Diagnose hat er auch schon parat. Am Ende hält er sich zwar nicht an das, was der Arzt vorschreibt, aber raten Sie mal, wer hinterher schuld ist. Also, nun haben Sie mal ein kleines bisschen Vertrauen, dass ich weiß, was ich tue, Mr Gerald.«

»Jeder Job scheint seine Probleme mit sich zu bringen«, erwiderte James. »Vertrauen in andere Menschen zu setzen gehört nicht gerade zu den Stärken meines Berufsstandes.«

Dr. Goats Lachen platzte wie eine Kaugummiblase aus ihm heraus und gab einen kurzen Blick auf den liebenswürdigen, albernen Jungen frei, der er einmal war, bevor die Effizienz die Oberhand gewonnen hatte.

»Na schön«, sagte James und machte den Mund auf. Dr. Goat streute vorsichtig drei Kügelchen auf James' Zunge. »Die sind übrigens geschüttelt, nicht gerührt«, sagte er und grinste jungenhaft. Dann wurde er wieder ernst. »Im Mund zergehen lassen, nicht kauen oder runterschlucken«, befahl er. »Ich gebe Ihnen noch ein Fläschchen mit einigen Kügelchen mit, Sie nehmen nach fünfzehn und nach dreißig Minuten jeweils drei Kügelchen und berichten mir morgen, wie sie gewirkt haben. Alles klar?«

James nickte. Er zog das kleine Fläschchen mit dem Möwengift aus der Tasche. »Sehen Sie einmal, dieses Medikament habe ich im Flügel gefunden.«

Dr. Goat sah ihn verständnislos an. Er hatte offensichtlich keine Beziehung zu Musik. »Im Flügel?«

»In dem Klavier, das unten im Salon steht«, erklärte James. »Ich habe heute Morgen darauf gespielt, und in einem Fach des Klaviers war dieses Fläschchen verborgen. Wahrscheinlich hat William Morat es dort hineingetan. Er hat, wie ich gehört habe, immer auf dem Flügel gespielt.«

Dr. Goat nickte nachdenklich und streckte die Hand aus. »Zeigen Sie mal her.« James übergab ihm das Fläschchen, und Dr. Goat studierte das Etikett. »Das ist seltsam«, sagte er. »Das ist tatsächlich eines der Fläschchen, die ich verschreibe, aber von mir hat er es nicht. Er war nicht bei mir in homöopathischer Behandlung.« Er schüttelte missbilligend den Kopf. »Wahrscheinlich hat er es von jemand anderem, der gesagt hat, Junge, das hat bei mir super gewirkt, versuch es doch auch mal. Gerade bei homöopathischer Medizin ist es aber nicht so, dass das, was beim einen wirkt, auch beim anderen wirkt. Doch man redet sich den Mund fusselig, manche sind immer schlauer als der

Arzt. Wie gesagt, die menschliche Dummheit ist grenzenlos.« Er stellte das Fläschchen zu den anderen in den Medizinschrank.«

»Geben Sie es mir bitte zurück, Dr. Goat«, sagte James, das Fläschchen nicht aus den Augen lassend.

»Warum? Es nützt Ihnen nicht die Bohne.«

»Trotzdem.«

»Wie Sie wollen«, sagte Dr. Goat kurz angebunden und sah auf seine Armbanduhr. »Kommen Sie dann am besten morgen früh in die Sprechstunde.«

»Dr. Goat, eine Frage noch. Was halten Sie von Sterbehilfe?«

Der Arzt sah ihm in die Augen. »Wie meinen Sie das?«

»Was halten Sie von aktiver Sterbehilfe?«

»Ich bin Arzt, was soll die Frage. Natürlich lehne ich sie ab.«

»Sie lehnen es also ab, das Leiden eines Patienten zu beenden, der dem sicheren Tod entgegengeht und sich selbst nicht helfen kann?«

»Ich würde selbstverständlich helfen, das ist mein Beruf, aber wie Sie wahrscheinlich wissen, zielt die ärztliche Hilfe in solchen Fällen auf Schmerztherapie ab. Wir versuchen, das Leiden so gering wie möglich zu halten. Dass hohe Dosierungen von Morphinen auch de facto mit einer gewissen Verkürzung der Lebenszeit einhergehen können, ist ein Effekt, der toleriert wird. Mehr jedoch kommt nicht infrage.«

»Sie haben eine klare Meinung dazu.«

»Sonst könnte ich meinen Beruf nicht ausüben. Weshalb die Frage?«

»Teilt Mrs White eigentlich Ihre Auffassung?«, antwortete James mit einer Gegenfrage. »Oder halten Sie es für möglich, dass Mrs White eine andere Meinung über Sterbehilfe hat?«

»Was zum Teufel wollen Sie damit andeuten? Mein Gott, Mr Gerald, seitdem Sie hier sind, machen Sie die arme Mrs

White ganz nervös. Dass dieser unsympathische Inspektor schon wieder hier aufgetaucht ist, das haben wir wohl auch Ihnen zu verdanken, oder nicht? Er scheint ja ein alter Freund von Ihnen zu sein.«

Langsam ging es James auf die Nerven, dass jeder hier anzunehmen schien, Rupert und er seien die besten Freunde. »Wieso sagten Sie, dass Ruthersford *schon wieder* hier aufgetaucht ist? War er vorher schon einmal hier?«

»Ja. Es ist über ein Jahr her. Eine ärgerliche Sache. Eine Bewohnerin war gestorben, und ich hatte auf dem Totenschein als Todesursache ›Leberversagen‹ angegeben. Was ich damals noch nicht wusste, war, dass das automatisch eine Obduktion zur Folge hat. Und dann kam dieser penetrante Kerl und behandelte Mrs White, als hätte sie höchstpersönlich die arme Mrs Bennett auf dem Gewissen. Dabei hat Mrs White sich gerade um diese Frau besonders aufopfernd gekümmert. Sie nannte sie Tante Madge, sie war eine alte Freundin ihrer Mutter, die ihr sehr nahe stand. Als Mrs White gehört hatte, dass Mrs Bennett, die schwer krebskrank war, in ein staatliches Pflegeheim kommen sollte – ihre Rente reichte nicht aus, um sich etwas Anständiges zu leisten –, hat sie sofort alles in die Wege geleitet, um sie nach Eaglehurst zu holen. Glauben Sie mir, ich hätte ›Plötzlichen Herztod‹ angekreuzt, wenn ich geahnt hätte, welche Folgen mein Kreuz auf dem Totenschein haben würde.«

»Was haben die Ermittlungen von Inspektor Ruthersford damals ergeben?«

Dr. Goat zuckte die Schultern. »Natürlich nichts. Das war mir gleich klar. Aber Sie können sich vorstellen, wie schrecklich das Ganze für Mrs White war. Wenn sich solch ein Verdacht herumgesprochen hätte, sie hätte einpacken können. Vielleicht verstehen Sie jetzt, warum es mich stört, wenn Sie so herumbohren.«

James reichte ihm die Hand. »Ja, jetzt ist mir einiges klarer geworden. Ich danke Ihnen für Ihre Offenheit.«

»Vergessen Sie Ihre Medizin nicht!«

Kapitel 19

Als er sein Apartment betrat, saß Sheila, genau wie er vermutet hatte, bereits am Computer.

»Haben Sie etwas gefunden?«

Sheila schüttelte den Kopf. »Es gibt eine Menge Abrechnungen und Kalkulationen, aber soweit ich sehen kann, ist alles in Ordnung. Nichts Auffälliges jedenfalls. Sehen Sie selbst.«

»Nein, ich glaube Ihnen«, sagte James und setzte sich in seinen Sessel am Fenster. »Stört es Sie, wenn ich mir eine Zigarre anzünde?«

»Warum so höflich, James. Würden Sie es denn lassen, wenn es mich stören würde?«

James nahm sich eine Zigarre aus der Packung. »Natürlich. Aber es hat Sie früher nie gestört, wenn ich in Ihrem Büro geraucht habe, nicht wahr?«

»Natürlich hat es mich gestört, wenn ich beim Tippen vor Qualm kaum noch meine eigenen Finger sehen konnte.«

»Ich dachte immer, Sie mögen es irgendwie.«

»Ach, James, ich mochte es, wenn Sie zwischendurch in mein Büro gekommen sind. Es war immer schön, mit Ihnen zu plaudern. Aber ehrlich, die dicke Luft und den Gestank in den Kleidern hinterher, das habe ich nicht unbedingt gebraucht.«

Er sah sie irritiert an. »Warum haben Sie nie etwas gesagt?«

Sie gab keine Antwort.

James legte die Zigarre wieder in die Schachtel zurück. »Rauchen ist momentan eh Gift für mich.« Er sah auf die Uhr und kramte das Phosphorus-Fläschchen hervor. »Apropos Gift. Zeit für meine nächsten Pillen.«

»Was ist das?«, fragte sie.

»Meine Wunderdroge vom Globuli-Guru. Phosphorus, was immer das ist.«

Sheila schnellte von ihrem Schreibtischstuhl hoch, lief zu ihm und schnappte ihm das Fläschchen aus der Hand. »Sind Sie von allen guten Geistern verlassen?«

»Wenn er mich hätte vergiften wollen, hätte Dr. Goat es schon getan, nicht wahr. Die erste Dosis hat er mir nämlich gleich an Ort und Stelle verpasst.«

Sheila war fassungslos. »Soll das heißen, Sie haben schon was davon genommen?«

»Phosphorus, C 30. Sie sind doch die Spezialistin von uns beiden, wie wirkt denn das?«

»Wie konnten Sie sich nur diesem Scharlatan ausliefern! Heute Morgen vergiften Sie eine Möwe mit diesen Kügelchen, und jetzt schlucken Sie sie selbst.«

»Es waren nicht dieselben Kügelchen.« James zog das andere braune Fläschchen aus der Taschen seines Jacketts.

»Woher wollen Sie das wissen?«

»Instinkt. Menschenkenntnis. Nennen Sie es, wie Sie wollen. Jedenfalls hat Dr. Goat nichts mit der Sache zu tun, und jetzt, da er die günstige Gelegenheit ungenutzt verstreichen ließ, mich um die Ecke zu bringen, sind hoffentlich auch Sie überzeugt davon.«

Sheila verschränkte die Arme vor der Brust. Zwischen ihren Augenbrauen erschienen zwei unschöne Zornesfalten. »Ich kenne Sie zu gut. Sie verlassen sich doch nicht nur auf Ihren Instinkt. Sagen Sie mir, was Sie wissen, sonst bleibe ich keinen Augenblick länger hier. Ich habe es satt, dass Sie mich im Dunkeln herumtappen lassen und wie Ihr Hündchen behandeln, das Ihnen überall hinterherrennt, aber keinen blassen Schimmer hat, was als Nächstes passiert.«

Eine ganze Weile hörte man nichts, bis auf den gedämpften Verkehrslärm. James erwiderte Sheilas durchdringenden Blick, und ihm wurde klar, dass es ihr ernst war. Normalerweise fiel es ihm leicht, mit einer witzigen Bemerkung die Lachfältchen an ihren Augen wieder hervorzulocken. Aber so leicht würde es diesmal nicht sein.

»In Ordnung«, setzte er an.

»Nein, nichts ist in Ordnung. Sie behandeln mich von oben herab, James.«

»Nein«, beschwichtigte er, »das verstehen Sie völlig falsch.«

»Ach, *ich* verstehe es falsch? Dann liegt der Fehler wohl bei *mir*, entschuldigen Sie vielmals.«

»Nein, Sheila, *Sie* haben natürlich überhaupt nichts falsch gemacht.«

»Vielen Dank. Aber ich weiß schon, *Sie* natürlich auch nicht. Sie machen ja nie einen Fehler. Es ist ein Missverständnis.«

Die Zornesfalten waren nicht verschwunden, im Gegenteil. James atmete einmal tief durch. »Entschuldigen Sie bitte, Sheila. Sie haben vollkommen recht. Es tut mir leid.«

Sie sah ihn mit großen Augen an, und ihr Gesicht wirkte im Staunen so glatt und weich wie das eines jungen Mädchens. »Sie haben sich noch nie entschuldigt.«

»Ich ... schätze es sehr, dass Sie hier sind. Ich schätze ... *Sie* sehr, Sheila.« Er lächelte unbeholfen. »Sogar mein Passwort habe ich nach Ihnen benannt, nicht wahr?«

Sheila wendete sich verlegen ab, ging zum Laptop zurück und klappte den Deckel zu. »Was jetzt? Der Computer von Mrs White hat uns nicht weitergebracht.«

»Oh doch«, sagte James, »dass Sie nichts mehr gefunden

haben, passt nämlich wunderbar ins Bild. Ich gehe davon aus, dass Katie neulich wirklich niedergeschlagen wurde, und zwar von jemandem, der Mrs White drohen wollte. Der Täter wollte Katie keineswegs töten, aber er wollte Mrs White damit sagen: Wenn du etwas ausplauderst oder die Polizei einschaltest, wird deine Tochter dran glauben.«

»Sie denken, dass Mrs White erpresst wird?«

»Ich bin sogar überzeugt davon. Ich habe an diesem Abend, als Mrs White nach oben gegangen war, um Ihre Tasche aus meinem Apartment zu holen, nicht viel Zeit gehabt, aber ich habe genau gesehen, dass seit etwa einem Jahr die Abgänge vom Konto größer waren als die Einnahmen. Vor einem Jahr sind plötzlich die Abbuchungen in die Höhe geschnellt, und es ist natürlich die Frage, woran das lag. Bis dahin schien Eaglehurst ein gesundes Unternehmen zu sein. Am Morgen, nachdem Katie zusammengeschlagen wurde, hieß es dann plötzlich, es sei ein Unfall gewesen. Warum hat Mrs White über Nacht ihre Meinung geändert? Anscheinend war ihr klar geworden, oder vielleicht auch klar gemacht worden, dass dieser Anschlag nicht primär Katie gegolten hatte, sondern vielmehr ihr selbst. Dieser Anschlag war eine Drohung: Halt den Mund, sonst passiert deiner Tochter etwas. Sie sollte es mit der Angst zu tun bekommen, und das hat auch funktioniert. Sie hat daraufhin sogar verdächtige Dateien in ihrem Computer gelöscht.«

Sheila strich mit ihrem linken Zeigefinger nachdenklich über den glatten Deckel des Laptops. »Oh mein Gott, James. War der Chemiker ihr Komplize? Ist Eaglehurst eine Todesfalle für alte Leute? Haben Mrs White und Maddison reihenweise Patienten über den Jordan geschickt?«

James schüttelte den Kopf. »Nicht ganz. Ich denke, was Mr Maddison betrifft, haben Sie teilweise recht. Ich glaube, Mrs White und Maddison haben ein Mal gemeinsame Sache gemacht. Aber nicht aus niederen Motiven, sondern um Sterbehilfe bei einer alten Freundin von Mrs Whites Mutter zu leisten, die ihr sehr nahe stand. Die alte Frau hatte Krebs im Endstadium, und Mrs White hat sie, obwohl die Dame so gut wie mittellos war, nach Eaglehurst geholt und sich um sie gekümmert. Es mag sein, dass sie sich in diesem Fall zu einem illegalen Schritt bewegen ließ, um dieser Frau, an der ihr sehr viel lag, zu helfen. Diese Hintergründe habe ich soeben von Dr. Goat erfahren.«

Sheila sah ihn erstaunt an. »Er weiß davon? Hängt Dr. Goat auch da mit drin?«

»Nein, im Gegenteil, er hält es für ausgeschlossen, dass Mrs White so etwas tun würde. Er hat eine hohe Meinung von ihr, nun ja, jedenfalls was ihr berufliches Engagement betrifft. Aber er erzählte, dass er vor einem Jahr, als die Frau starb, Leberversagen als Todesursache auf dem Totenschein angekreuzt hatte. Das zog automatisch eine Obduktion nach sich, und Inspektor Ruthersford hat hier ermittelt. Allerdings ohne Ergebnis. Ich denke, irgendjemand hat damals mitbekommen, was wirklich passiert ist, und Mrs White erpresst.«

»Ja, denn wenn die Sache mit der Sterbehilfe rausgekommen wäre, hätte Mrs White ihr Seniorenheim natürlich dichtmachen können«, sagte Sheila. »Und wie, denken Sie, passen Morat und Maddison ins Bild?«

James kramte in Gedanken versunken eine Zigarre aus der Kiste, zündete sie an und zog ein paarmal kräftig, bis sie brannte. »Diese Frage habe ich mir auch schon gestellt. Wie es aussieht, ist Mr Maddison erst nach dem Tod dieser Frau, die Mrs White Tante Madge nannte, hierhergekommen. Wahrscheinlich hatte Mrs White die Medikamente zur Sterbehilfe von Maddison bekommen. Als sie dann erpresst wurde, hat sie ihn um Hilfe gebeten. Maddison kam nach Eaglehurst, um zu helfen, und fühlte sich so wohl, dass er blieb. Was die Erpressung anging, kam er aber nicht weiter. Deshalb bat er seinen alten Freund William um Rat, denn er wusste, dass der früher beim SIS war.« James lächelte versonnen. »Ich kann mir vorstellen, wie sehr sich William über diesen Hilferuf von Maddison gefreut hat. Er saß traurig und deprimiert zu Hause, und plötzlich hatte er wieder eine Aufgabe. Eine spannende noch dazu. Ein Abenteuer.«

»William hat also nicht Selbstmord begangen?«

James schüttelte den Kopf. »Nein, da bin ich inzwischen sicher. Und ich bin froh darüber. Wissen Sie, ich hatte ein schlechtes Gewissen wegen dem Brief – der mit dem Limerick, der mich erst nach seinem Tod erreichte. Ich dachte, vielleicht war das ein versteckter Hilferuf, vielleicht war der Tiger ein Bild für die Depression, die ihn verschlang, und wenn ich früher reagiert hätte, dann wäre er möglicherweise noch am Leben.«

»Du meine Güte«, sagte Sheila. »Sehen Sie, James, wie wichtig es war, weiterzumachen.«

»Ja. Und wahrscheinlich hat William mich deshalb gebeten, ihn anzurufen, weil er mir erzählen wollte, dass er auf seine alten Tage wieder in seine frühere Rolle geschlüpft war und einen Fall gelöst hatte. Er war stolz darauf und wollte das Erlebte mit mir teilen, so wie wir uns früher immer gegenseitig von unseren Abenteuern berichtet haben. Armer William. Er hatte keine Ahnung, dass es sein letztes Abenteuer sein würde. Er hat den Täter offensichtlich unterschätzt.

»Oder *die Täterin*«, sagte Sheila. Es sei denn, Sie wissen mehr als ich, nämlich dass es ein Mann war?«

»Oder *die Täterin*«, bestätigte James. Er sah auf seine brennende Zigarre, drückte sie schnell aus und blickte Sheila schuldbewusst an.

Sie winkte ab. »Ist schon gut.«

»Aber wir beide werden das, was William angefangen hat, vollenden«, sagte er entschlossen.

»Und wie?«

»Vielleicht«, sagte James geheimnisvoll, »muss ich das Mäuschen spielen, um unseren Tiger in die Falle zu locken.«

Sheila pustete sich eine Locke aus der Stirn. »Großartig, und am Ende sind Sie genauso mausetot wie William und Madison. Den Täter oder die Täterin zu unterschätzen wäre das Dümmste, was Sie jetzt tun könnten. Er oder sie will doch nur, dass Sie mit ihm Katz und Maus spielen.«

»Nein, wir haben einen Vorteil gegenüber William und Madison.«

»Und der wäre?«

»Er oder sie ist inzwischen sehr, sehr nervös. Wer nervös ist, macht Fehler und kommt aus seiner Deckung heraus. Katie niederzuschlagen war ganz offenbar eine kurzfristig geplante Aktion, und es war reines Glück, dass er oder sie nicht dabei entdeckt wurde. Dasselbe gilt für die Autoverfolgungsjagd.«

Sheila fasste sich an die Stirn. »James, mir ist gerade etwas eingefallen. Warum sind wir nicht früher daraufgekommen? Der Täter hat uns im Auto verfolgt. Damit scheiden die alten Leute, die hier wohnen, als Täter aus. Keiner hier besitzt ein Auto, oder?«

James nickte nachdenklich. »Zumindest unwahrscheinlich. Was aber nicht automatisch heißen muss, dass er oder sie nicht doch noch fahren könnte, wenn es darauf ankommt. Unser Tiger scheint ja sehr vielseitig zu sein. Aber wer weiß, ob die Geschichte unseres Taxifahrers wirklich stimmt. Ich bin mir immer noch nicht sicher, ob der junge Mann sich nicht nur einen kleinen Scherz mit uns erlaubt hat.« Er sah auf die Uhr. »Kommen Sie, Sheila, lassen Sie uns erst einmal etwas essen. Da Mrs White so liebenswürdig war, Sie zum Abendessen einzuladen, sollten Sie sich die Gelegenheit nicht entgehen lassen. Wir setzen uns zu Peabody und den Schwestern Hideous an den Tisch, unterhalten uns über Limericks und sehen, was passiert.«

»Ist mir sehr recht«, sagte Sheila. »Ich habe schon wieder Hunger.«

Kapitel 20

»Wenn Sie erst das Frühstück von Mrs Simmons probiert haben, entscheiden Sie sich sofort für Eaglehurst«, sagte James zu Sheila, während Mrs Simmons eine Teekanne auf dem Tisch abstellte.

Mrs Simmons strahlte. »Danke für das Kompliment, Mr Gerald. Kommt Ihr Freund, Mr Rutherford, eigentlich morgen auch wieder zum Frühstück?«

»Wer weiß«, sagte James liebenswürdig. »Wenn er es irgendwie einrichten kann, bestimmt. Er liebt Ihr Frühstück.«

Mrs Simmons wurde rot vor Freude. »Ja, schön, wenn es jemand zu schätzen weiß, dass man sich in der Küche Mühe gibt«, sagte sie mit einem Seitenblick auf Peabody.

»Dass Sie Ihr Frühstück verschmäht haben, wird sie Ihnen so schnell nicht verzeihen, Julius«, sagte James, nachdem Mrs Simmons zum nächsten Tisch gegangen war.

»Ihr Freund Rutherford scheint dafür einen umso besseren Eindruck auf Mrs Simmons gemacht zu haben«, bemerkte Peabody.

James zog sein Phosphorus-Fläschchen aus der Jacketttasche und gab drei Kügelchen auf seinen Teelöffel.

»Mit Verlaub, Sie machen das falsch«, sagte Eleonora. »Sie dürfen die Kügelchen nicht auf den Löffel streuen. Der Kontakt mit dem Metall ist nicht gut, wissen Sie?«

»Ach was.«

»Ja, wirklich«, beharrte Eleonora. »Geben Sie sie in die Hand, oder direkt in den Mund. Sonst wirken sie nicht.«

»Nächstes Mal«, sagte James und schluckte die Kügelchen.

Edith lachte amüsiert. »So wird das nie etwas, James!«

»Was hat Ihnen Dr. Goat denn verschrieben?«, fragte Eleonora interessiert.

James überreichte ihr das Fläschchen und griff nach der Teekanne. »Mein von Dr. Goat verschriebenes Konstitutionsmittel. Phosphorus. Wenn ich es dreimal am Tag einnehme, kann ich bald wieder über Tische und Bänke springen, Sie werden sehen. Wem darf ich einschenken?«

Eleonora las das Etikett. »Phosphorus?«, rief sie überrascht. »Das hätte ich nicht gedacht!«

»Was meinen Sie?«

»Dass Sie ein Phosphorus-Typ sind. Sie wirken auf mich eher wie Nux Vomica. Oder vielleicht wie Sulfur, so …«

»Eleonora, hör *bitte* damit auf«, sagte Edith genervt und reichte James ihre Teetasse, damit er ihr einschenken konnte. »Das ist doch Hokuspokus.«

Eleonora sah ihre Schwester empört an, sagte aber nichts mehr. Die beiden sind wie Feuer und Wasser, dachte James. Er sah Eleonoras Maskottchen, die neben ihrem Teller lagen, Kopf an Kopf. Die magnetischen Ziegen waren genau wie die Schwestern. Ständig stießen sie mit den Köpfen zusammen.

»Mrs Simmons kann es kaum erwarten, Ihren Kollegen wiederzusehen, diesen Ruthersford«, wechselte Mr Peabody das Thema.

»Ja«, sagte Edith, immer noch entnervt, »wie sie ihn anhimmelt. Inspektor hier, Inspektor da. Peinlich. Ich sage ja immer, jeder legt seinen Wert selbst fest.«

»Wir sollten nicht zu hart urteilen«, warf Eleonora sanft ein. »Schließlich ist Mr Ruthersford ein sehr attraktiver Mann.«

»Sie finden Mr Ruthersford attraktiv?« James sah sie ungläubig an.

»Na ja, er hat so eine männliche Ausstrahlung«, sagte Eleonora verlegen. »Und er ist jung«, setzte sie hinzu. »Ich meine, im Vergleich zu uns. Wir sind doch alle alt.«

»Sie doch nicht, Eleonora!«, widersprach Peabody heftig.

Edith verdrehte die Augen.

»Stimmt«, sagte James und zwinkerte Eleonora zu, »niemand würde Ihnen schon Urenkel zutrauen.« Edith warf ihrer Schwester einen Blick zu, den James nicht deuten konnte, und Eleonora griff verlegen zu den Ziegen und spielte mit ihnen.

»Ja, an den Kindern sieht man, wie die Zeit vergeht«, bemerkte Peabody munter. »Apropos wie die Zeit vergeht: In zwei Stunden ist es schon so weit, ich hoffe, Sie kommen alle zum Ball?«

»Ball?«, fragte Sheila. »Hier in Eaglehurst?« Sie hatte offensichtlich ähnliche Mühe wie James, die beiden Wörter miteinander in Verbindung zu bringen.

Peabody nickte. »Ja, ja, gewiss, haben Sie nicht das große Ankündigungsplakat in der Halle gelesen? Es ist der Höhepunkt des Monats. Jeden ersten Sonntag im Monat wird der Salon hergerichtet, eine richtige Tanzkapelle spielt auf, und manchmal gibt es dazu noch eine Show. Mrs White lässt sich immer etwas Besonderes einfallen. Letztes Mal zum Beispiel war ein Zauberer da …«

»Da hat fast nichts geklappt«, fiel Edith ihm ins Wort. »Es war peinlich, zuzusehen.«

»Also wirklich, Edith«, sagte Eleonora. »So schlimm war es nicht. Den meisten ist das gar nicht aufgefallen.«

»Die meisten hier kriegen eben gar nichts mehr mit«, gab Edith zurück.

»Wann geht's denn los heute Abend?«, erkundigte sich Sheila.

»Um punkt acht«, sagte Edith sachlich. »Und um halb zwölf ist Schluss. Dann gehen hier die Lichter aus.«

»Schade, das hätte ich zu gern miterlebt, aber ich habe hier in Hastings für heute kein Hotel mehr gebucht«, sagte Sheila, und James hatte das Gefühl, dass sie es ernst meinte, wenn auch aus eher ethnologischem Interesse.

»Warum bleiben Sie nicht hier, das müsste doch möglich sein«, überlegte Mr Peabody. »Ein oder zwei Apartments sind immer frei. Ich denke, Mrs White wird Ihnen gern eines davon für die Nacht herrichten lassen. Schließlich haben Sie vor, eventuell hierherzuziehen.«

»Ja«, sagte James, »das ist eine ausgezeichnete Idee!«

»Mr Gerald, warum essen Sie nichts? Haben Sie keinen Hunger?«, fragte Peabody mit einem Blick auf James' leeren Teller.

»Doch, und wie«, sagte James mit unbewegtem Gesicht, »aber ehrlich gesagt habe ich Angst, vergiftet zu werden, so wie Mr Maddison.«

Der Satz tat seine Wirkung. Peabody, Eleonora und Edith, sogar Sheila: Alle sahen ihn mit großen Augen an. »Was wollen Sie damit sagen?«, fragte Edith scharf.

»Gar nichts. War nur ein dummer Scherz«, sagte James lächelnd und griff nach einem Gurkensandwich.

Keiner lachte. James biss einmal ab, kaute ein wenig und tupfte sich den Mund mit der Serviette ab. Die Augen der anderen waren immer noch auf ihn gerichtet.

»Waren Sie eigentlich auch Mitglied im Eaglehurst'schen Limerick-Club, Julius?«, fragte James in die Stille hinein.

»Nein, ich hatte nicht die Ehre. Ich kann das auch gar nicht.«

»Tatsächlich?«

Peabody zeigte seine langen Zähne. »Leider habe ich überhaupt kein Talent als Dichter. Anders als die Damen hier.«

James zog den Zettel mit dem Limerick aus seiner Tasche und

reichte ihn Edith Hideous. »Sehen Sie mal, was halten Sie von diesem Limerick?«

»Ist der von Ihnen?« Edith kramte ihre Lesebrille aus der Tasche ihrer Strickjacke.

»Nein«, sagte James, »mir geht es genau wie Julius, ich habe kein Talent zum Dichten.«

»Lies vor!«, forderte Eleonora ihre Schwester auf.

Edith setzte ihre Lesebrille auf und las laut: *Who is the cat, who is the mouse, beware of the trap and try to find out.*

»Sehr schön«, sagte Peabody anerkennend.

»Ach was, grauenvoll«, meinte Edith. Sie reichte den Zettel an ihre Schwester weiter. Eleonora las den Reim noch einmal, dann schüttelte sie den Kopf. »Also, jedenfalls ist es kein Limerick. Sie wissen doch, Limericks haben immer fünf Zeilen, und das Reimschema ist A A B B A. Was wir hier haben, ist ein Vierzeiler mit dem Reimschema A B A B.«

»Interessant«, sagte James. »Woher kennen Sie beide sich eigentlich so gut mit Limericks aus?«

»Meine Schwester und ich machen das schon seit unserer Kindheit«, antwortete Eleonora. »Und ich fürchte, wir haben die beiden Herren mit unserer Vorliebe für das Schreiben von Limericks angesteckt. Es ist überaus vergnüglich, wissen Sie.«

»Gutes Gehirntraining«, ergänzte Edith. »Wir können aus dem Stegreif zu jedem Anlass einen Limerick dichten.«

»Geben Sie uns eine Kostprobe«, bat Sheila. Miss Hunt, die mit einem Tablett frischer Gurkensandwiches am Tisch vorbeikam, hielt inne. »Sie dichten Limericks? Da würde ich gern mithören!«

»Ja, bitte«, sagte Julius, »tun Sie uns den Gefallen, meine Liebe! Sie könnten doch einen Limerick über uns dichten!«

»Oder über die bezaubernde Miss Hunt«, ergänzte James,

wofür er von Miss Hunt mit einem koketten Lächeln beschenkt wurde. Sheila und Edith sahen ihn deutlich unfreundlicher an.

Eleonora stieß ihre Schwester an. »Mach du!«

Edith seufzte. »Immer ich. Na gut.« Sie wendete sich widerstrebend an Miss Hunt. »Woher stammen Sie eigentlich?«

»St-Margarete's-at-Cliffe.«

»Das ist in Kent, oder?«

»Ja, nördlich von Dover.«

»Hm. Ja, ich glaube, da fällt mir was ein. Warten Sie, ich hab's gleich:

There was a young lady from Kent
Who thought death an unlikely event
»Not so«, I told her,
»Whilst we may grow older,
The chance is one hundred percent.«

»Bravo!« Mr Peabody klatschte begeistert in die Hände. Alle außer Miss Hunt lachten.

Miss Hunt tauschte den leeren Sandwichteller gegen einen vollen aus, dann schob sie ihr Servierwägelchen ohne ein weiteres Wort zum nächsten Tisch.

»Das war nicht nett von dir«, bemerkte Eleonora und wischte sich die Lachtränen aus den Augenwinkeln. »Das arme Ding. Ich weiß nicht, was du gegen sie hast.«

Edith griff nach einem Gurkensandwich. »Selbst schuld, wenn sie sich überall einmischt.«

Während des restlichen Essens wurde über Belangloses geredet. James achtete darauf, interessiert zu wirken und plauderte unkonzentriert mit, über das Wetter, über Pferderennen, die jüngste Grippewelle, die Frage, ob Haustiere in Eaglehurst erlaubt sein sollten, und er lachte über die Witze, die Julius zwischendurch zum Besten gab. Aber auf einer anderen Ebene legte er die Puzzleteile zusammen, die er bis jetzt gesammelt hatte.

»Und, James, welcher Typ sind Sie?« Edith sah ihn mit ihren großen Hornissenaugen erwartungsvoll an.

»Wie meinen Sie das?«

»Hunde- oder Katzentyp?«, kam Sheila ihm zur Hilfe. »Wir hatten gerade festgestellt, dass die Schwestern Hideous lieber Katzen und Mr Peabody und ich lieber Hunde mögen. Welcher Typ sind Sie?«

»Ich mag weder Hunde noch Katzen besonders, um offen zu sein.«

»Aber mit Menschen geht's?«, bemerkte Sheila.

James lächelte charmant. »Ich mag Menschen. Auch wenn ich mir nicht unbedingt einen anschaffen würde.«

Alle außer Sheila lachten, und James lachte mit, wobei er es vermied, Sheila anzusehen. Als das Gelächter ausklang, wurde er von einem Hustenanfall geschüttelt, der erst nachließ, als Sheila ihm eine Weile auf den Rücken geklopft hatte und auch die Gespräche an den Nachbartischen verstummt waren.

»Entschuldigung«, brachte er mühsam hervor, »meine Lungen bringen mich noch um.«

»Nein, das Rauchen«, schnaubte Sheila. »Warum hören Sie nicht endlich damit auf. Sie wissen genau, das ist Gift für Sie. Ihre Unvernunft grenzt an Dummheit. Und wenn Sie keine Luft mehr kriegen, sprayen Sie sich dieses Asthma-Zeugs in den Hals und denken, alles ist wieder in Ordnung. Wenn Sie so weitermachen, dauert es nicht mehr lange, bis auch das nicht mehr funktioniert.«

James sah in die betroffenen Gesichter der Tischgesellschaft und war zufrieden. Sein Hustenanfall und Sheilas Ausbruch hatten dem unbeschwerten Smalltalk ein Ende bereitet. Peabody versuchte zwar, die dunklen Wolken von Krankheit und Tod, die über dem Tisch hingen, mit einigen Anekdoten zu vertreiben, aber das Gespräch wollte nicht mehr recht in Gang kommen. Schließlich schienen alle erleichtert, als James sich erhob und verkündete, sich bis zum Ball in seinem Zimmer ausruhen zu wollen.

»Sie haben Ihre Sache großartig gemacht«, bemerkte James zufrieden zu Sheila, als sie aus dem Speisesaal hinausgingen.

»Wie?«

»Gerade *weil* Sie nicht eingeweiht waren.«

»Das war nur Show?« Sheila sprach gefährlich leise.

James nickte. »Nicht böse sein. Kommen Sie, lassen Sie uns einen kurzen Spaziergang machen, bevor wir hochgehen. Die Wände haben Ohren.

Kapitel 21

Es war schon dunkel, als sie auf die Straße traten, und ein scharfer Wind blies ihnen kalten Sprühnebel entgegen.

»Heraus damit, James, bevor wir uns hier draußen noch den Tod holen: Was sollte das Theater?«

James lächelte. »Ich war gut, oder?«

»Sie sollten zur Royal Shakespeare Company gehen.«

Sie überquerten die Straße und gingen die Promenade hinunter. »Ich habe einen Verdacht«, sagte er.

»Ich auch«, gab Sheila zurück. Ihr Gesicht wirkte triumphierend. Sie genoss es, James den Wind aus den Segeln zu nehmen. »Einen sehr konkreten.«

»So?«

»Miss Hunt.«

James blieb stehen. »Wie kommen Sie darauf?«

»Nennen Sie es Intuition, nennen Sie es Menschenkenntnis«, ahmte sie seine Stimme nach.

»Und das Motiv?«

»Erpressung. Mrs White hat sich von Maddison Medizin besorgt, um ihrer Tante das Sterben zu erleichtern. Niemand hätte etwas gemerkt, wenn nicht Dr. Goat dieses Kreuzchen auf dem Totenschein gemacht hätte und die Polizei ins Spiel gekommen wäre. Aber während sich das Ganze für die Polizei schnell als Irrtum herausstellte, hat Miss Hunt zwei und zwei zusammengezählt. Wahrscheinlich war ihr anonymer Erpressungsversuch zuerst nichts weiter als das, ein Versuch, und sie hatte in Wirklichkeit gar nichts Konkretes in der Hand gegen ihre Arbeitgeberin. Aber es hat funktioniert.« Sheila kramte ihre gelb gepunktete Haube aus der Manteltasche und setzte sie auf. »Der Erfolg gab ihr recht. Aber leider ist Miss Hunt wie die meisten Erpresser«, fuhr sie fort. »Statt zufrieden zu sein, dass es geklappt hat, kriegte sie den Hals nicht voll. Miss Hunt verlangte immer mehr, und ich denke, Mrs White hat sich in ihrer Not irgendwann an Maddison gewendet. Der wusste auch nicht weiter und hat seinen alten Freund William angerufen. William hat mit Sicherheit schnell herausgefunden, wer hinter der Erpressung steckte, aber er hat seine Gegnerin unterschätzt. Nicht er, sondern Miss Hunt mit ihren niedlichen Nagetierzähnen war der gefährliche Tiger.« Sie machte eine kleine Pause, um die Wirkung ihrer Worte auf James zu genießen. »Der arme alte Maddison«, fuhr sie dann fort. »Ich kann mir gut vorstellen, dass ihn Panik überfiel, als William tot war. Er wusste nicht, ob es sich um Mord oder um einen natürlichen Tod handelte. Wenn es Mord war, so konnte er nur hoffen, dass er nicht als Nächstes selbst dran war.«

»War er aber«, stellte James lapidar fest.

»Denken Sie, Mrs White kannte den wahren Hintergrund von Williams Aufenthalt in Eaglehurst?«, fragte Sheila.

James schüttelte den Kopf. »Das hätte William nicht gewollt.«

Sheila nickte. »Stimmt. Je weniger Mitwisser, desto besser. Ich denke, für Mrs White war William ein ganz normaler Bewohner. Und als er starb, ging sie von einem natürlichen Todesfall aus und hat sich nichts weiter dabei gedacht.«

»Aber es war etwas anderes, als Maddison auf so dramatische Weise starb«, sagte James. »Da hat sie es mit Sicherheit mit der Angst zu tun bekommen.«

»Ja«, unterbrach Sheila ihn, »und das war natürlich auch Miss Hunt klar. Sie musste befürchten, dass Mrs White jetzt in Panik geriet und die Polizei einschaltete. Erpressung ist eine Sache, Mord eine andere. Deshalb musste Miss Hunt den Druck auf Mrs White erhöhen.«

»Der Anschlag auf ihre Tochter«, ergänzte James.

»Sie kann einem fast leidtun«, sagte Sheila.

»Wer?«

»Mrs White natürlich.«

»Nein, mir tut sie nicht besonders leid«, bemerkte James. »Dafür kreist sie viel zu sehr um sich selbst. Aber sagen Sie, Sheila, wie passt der Zettel mit dem Limerick in Ihre Theorie? Oder vielmehr der Limerick, der gar keiner ist? Warum lag der auf meinem Bett?«

»Durch den Zettel bin ich überhaupt auf Miss Hunt gekommen«, sagte Sheila. »Derjenige, der etwas ›findet‹, kann es ebenso gut selbst dorthin gelegt haben, oder? Der Zettel sollte den Verdacht auf den Limerick-Club lenken, also auf die Schwestern Hideous. Aber jetzt erzählen Sie mir endlich, was es mit Ihrem Anfall auf sich hatte.«

»Ich habe ein Experiment vorbereitet«, entgegnete James. »Geben wir Miss Hunt die Gelegenheit, mich loszuwerden.«

Kapitel 22

Es klopfte zweimal leise an der Tür.

»Herein!«, rief James.

»Störe ich?« Eleonora steckte den Kopf zur Tür herein.

»Nein, kommen Sie ruhig herein«, sagte er überrascht.

»Ich bin auch sofort wieder weg.« Eleonora trat zu James ans Bett. »Ich wollte Ihnen nur schnell Ihre Medizin bringen. Sie haben sie auf dem Tisch vergessen.« James nahm das Phosphorus-Fläschchen lächelnd entgegen. »Danke, das ist nett.«

Sie sah ihn mitfühlend an. »Ich habe mir Sorgen um Sie gemacht. Geht es Ihnen wieder besser?«

»Ja, viel besser.«

»Dann kommen Sie auch zum Ball?« Eleonora wirkte verlegen. »Es wäre schön«, fuhr sie hastig fort. »Wegen meiner Schwester. Dann hätte sie mehr Gesellschaft. Es ist so, ich habe ein schlechtes Gewissen wegen Mr Peabody und mir. Edith muss sich manchmal als drittes Rad am Wagen fühlen. Natürlich ist sie das nicht, aber ich glaube, sie ist unglücklich deswegen. Außerdem – Edith mag Sie.«

»Ach ja?« James zog erstaunt die Augenbrauen hoch. »Hat sie Ihnen das gesagt?«

Eleonora lächelte. »Nein, aber ich kenne sie. Sagen wir also bis gleich?«

»Mal sehen, wie ich mich fühle.«

»Wirken die Kügelchen schon?«

James zuckte die Schultern. »Ehrlich gesagt nein.«

»Nehmen Sie noch mal welche«, riet Eleonora mit Überzeugung. »Aber diesmal ohne Metalllöffel!«

Kurze Zeit später klopfte es erneut. Diesmal war es Miss Hunt. »Was macht der Husten, Mr Gerald?«

»Danke, es geht. Das Asthma-Spray, haben Sie es bekommen?«

Miss Hunt nickte und kam näher. »Natürlich. Ich habe es Ihnen in Ihr Nachttischchen gelegt. Ich wollte es Ihnen nicht vor den anderen überreichen.« Sie griff in die Schublade, nahm das Pumpspray aus der Verpackung und reichte es James. »Brauchen Sie es jetzt gleich?«

»Momentan nicht, aber es ist eine Beruhigung, wenn ich es habe.« James nahm das Spray und tauschte es unter der Bettdecke gegen ein altes, leergepumptes aus.

»Wenn Sie bitte so freundlich wären, mein Kissen aufzuschütteln?«

»Gerne.«

»Kann ich sonst noch etwas für Sie tun, Mr Gerald?«

»Ja. Leisten Sie mir ein wenig Gesellschaft.«

»Gerne.« Miss Hunt zog sich einen Stuhl heran.

»Sie wissen, warum ich hier bin, nicht wahr?« James sah forschend in ihre blauen Augen.

»Na ja«, setzte sie an, »weil, ich meine, wie die meisten hier, wenn man älter wird und viele Dinge einem nicht mehr so leicht von der Hand …«

»Nein«, unterbrach James sie, »es gibt einen anderen Grund. Es hat mit William Morat zu tun, dem Mann, der in Ihren Armen gestorben ist. Er war mein Freund. Ich bin hier, um aufzuklären, warum er sterben musste.«

Miss Hunt öffnete den Mund. »Ja, aber …« Sie beendete den Satz nicht, sah ihn verwirrt an.

»Und ich habe inzwischen herausgefunden«, fuhr James fort, »dass nicht nur William ermordet wurde, sondern auch Thomas Maddison, und dass Katie White neulich nicht über ihre eigenen Füße gestolpert ist. Denn eines durfte nicht passieren: Mrs White durfte nicht plaudern. Sonst wäre alles vergeblich gewesen.«

»Wie? Ich verstehe nicht …«

»Mrs White wird wegen Sterbehilfe erpresst. Seit einem Jahr schon.«

Miss Hunt machte große Augen. »Was?«

»Wer ist die Katze, wer ist die Maus«, sagte James langsam.

»Gib acht auf die Falle und find es heraus«, vervollständigte Miss Hunt das Gedicht.

»Sie können es auswendig?«

Miss Hunt nickte. »Na ja, es sind ja nur zwei Zeilen.«

»Es ist übrigens nicht von mir«, sagte James.

»Nicht?« Miss Hunt sah ihn mit leeren Augen an. »Von wem denn?«

Er begann zu husten.

»Sie sollten Ihr Spray nehmen, Mr Gerald.«

»Ja«, sagte James. Er atmete tief ein, während er auf den Inhalator drückte. Er keuchte, das Asthma-Spray fiel ihm aus der Hand. »Es ist, als würde ich ertrinken«, brachte er mühsam heraus.

Miss Hunt bückte sich, hob das Asthma-Spray vom Boden auf und hielt es James vor den Mund. »Tief einatmen!«, befahl sie und drückte ab. Dann sah sie James prüfend an. »Drei, vier Minuten Geduld, bis es wirkt, Mr Gerald. Sie dürfen sich nicht aufregen.«

James rang weiter nach Luft. »Ich … weiß Bescheid.«

»Nicht reden, Mr Gerald!« Miss Hunts Stimme klang besorgt. James keuchte.

»Bleiben Sie ruhig, Mr Gerald, ich hole Hilfe!« Miss Hunt eilte zur Tür hinaus. Sheila kroch aus dem Schrank.

»Was machen Sie denn, gehen Sie wieder rein!« James fuchtelte mit beiden Händen. »Schnell, bevor sie zurückkommt!«

»Ich denke nicht daran«, sagte Sheila. »Außerdem, glauben Sie wirklich, sie kommt zurück? Wenn Sie ersticken, wird es aussehen, als hätten Sie einen Asthma-Anfall gehabt. Es ist mal wieder der perfekte Mord, keiner wird Verdacht schöpfen. Nur schade, dass sie nicht alles zugegeben hat, jetzt, da sie sich sicher war, dass Sie es niemandem mehr erzählen würden. Aber sie ist auch so überführt, wenn das Spray untersucht wird, das sie Ihnen gegeben hat.«

Im nächsten Augenblick hörten sie aufgeregte Stimmen, schnelle Schritte näherten sich der Tür. Sheila und James sahen sich an. Es war zu spät für Sheila, sich wieder im Schrank zu verstecken.

Dr. Goat riss die Tür auf, hinter ihm stürzten Miss Hunt und Mrs White ins Zimmer. »Was machen Sie für Sachen«, murmelte Dr. Goat kopfschüttelnd. Er schaute auf das Asthma-Spray. »Wie geht es Ihnen? Immer noch akute Luftnot?«

James schüttelte den Kopf. »Danke, es geht wieder besser. Es hat diesmal einfach etwas länger gebraucht, bis es wirkte, nicht wahr. Das kommt wahrscheinlich von Ihren Phosphorus-Kügelchen.«

Dr. Goat lachte auf. »Schon wieder zu Scherzen aufgelegt. Nichts da, das kommt von Ihrem Starrsinn. Wenn Sie nicht aufhören mit dem Rauchen, gebe ich Ihnen kein halbes Jahr mehr. Und das ist kein Scherz, Mr Gerald.«

»Gott sei Dank«, sagte Mrs White. Sie nahm James' linke Hand in ihre beiden Hände. Ausnahmsweise waren sie nicht feucht, sondern eiskalt. »Sie haben mir einen schönen Schrecken eingejagt.«

»Tut mir leid«, sagte James. »Und Sie haben sich umsonst bemüht, Dr. Goat.«

»Besser einmal umsonst als einmal zu spät. Ich gebe Ihnen trotzdem noch eine Kortisonspritze, damit Sie diese Nacht Ruhe haben.« Dr. Goat öffnete seinen Arztkoffer.

»Nein, auf keinen Fall«, sagte James. »Es geht wieder, wirklich.«

Dr. Goat zuckte die Schultern. »Dann nicht. Aber hüten Sie sich davor, mich heute Nacht aus dem Bett zu klingeln.«

»Schon gut.«

Mrs White bemerkte Sheilas Anwesenheit erst jetzt. »Ich dachte, Sie sind nach dem Abendessen zurück nach London gefahren?«

»Könnte ich eventuell heute Nacht hierbleiben?«, fragte Sheila. »Die Herrschaften, mit denen wir das Dinner eingenommen haben, schwärmten von dem Ball, der heute Abend stattfindet.«

»Selbstverständlich«, sagte Mrs White, »gegenüber ist ein freies Apartment.« Sie wendete sich an Miss Hunt. »Ist das Apartment von Mr Maddison schon fertig?«

Miss Hunt nickte. »Ich müsste nur rasch das Bett frisch überziehen.«

Als der Arzt, Mrs White und Miss Hunt das Zimmer verlassen hatten, sahen James und Sheila sich an.

»Großartig, ich werde diese Nacht im Bett des toten Mr Maddison schlafen«, stellte Sheila fest. »Da war ja das Bett im Krankenhaus noch besser.«

James erhob sich, trat ans Fenster und schaute auf die vorbeiziehenden Lichtkegel der Autoscheinwerfer in der Dunkelheit.

»Was denken Sie?«, fragte Sheila.

»Dass ich froh bin, dass Miss Hunts blaue Augen wirklich so unschuldig sind, wie sie aussehen.«

»War ja klar«, sagte sie gedehnt. »Wir hätten es wissen müssen. Hübsche Mädchen, die Sie noch dazu anhimmeln, die können nicht böse sein. Aber was jetzt? Diese Tür führt offensichtlich auch nicht weiter.«

James zuckte mit den Schultern. »Manchmal muss eine Tür sich schließen, damit eine andere sich öffnen kann.« Er drehte sich zu Sheila um. »Wann haben wir beide eigentlich das letzte Mal zusammen getanzt?«

»Noch nie.«

»Das sollten wir heute Abend ändern.«

»Ach je, der Ball. Ich habe nichts anzuziehen.«

»Sie sind doch angezogen.«

Sheila seufzte. »Sie hätten auch etwas Netteres sagen können. So etwas in der Richtung, dass das, was ich anhabe, für den Ball völlig okay ist.«

»Aber das hätten Sie mir nicht geglaubt.«

»Doch, hätte ich.«

»Sie sehen fantastisch aus, Sheila. Egal, was Sie anhaben.«

»Jetzt glaube ich Ihnen natürlich nicht mehr.«

»Aber es stimmt! Sie werden die unangefochtene Ballkönigin sein. Nicht zuletzt sind Sie gut zehn Jahre jünger als der durchschnittliche Eaglehurst-Bewohner, und …

»Ach, hören Sie auf, James.«

Kapitel 23

Peabody hatte nicht zu viel versprochen. Der Salon war festlich mit Girlanden geschmückt, die Bar hielt zu diesem besonderen Anlass echte Flaschen und nicht nur Attrappen bereit, und am anderen Ende des Saals hatte man eine kleine Bühne aufgebaut, auf der ein Alleinunterhalter in glitzerndem schwarzem Anzug Lieder von Elvis sang. Das Neonlicht war ausgeschaltet, auf den Tischen spendeten Kerzen ein warmes Licht. Von der Bar aus wurde eine Discokugel angestrahlt, die sich langsam drehte und deren reflektierende Spiegelplättchen Hunderte von kleinen Lichtpunkten durch den Salon wandern ließen. Die Angestellten trugen Abendgarderobe und bedienten die Gäste mit Getränken und Snacks. An diesem Abend wäre man kaum auf die Idee gekommen, in einem Altenheim zu sein. Eaglehurst war wieder ein Hotel, wenn auch nicht mehr so mondän wie einst.

»James!« Julius Peabody erhob sich von seinem Tisch neben der Bühne und winkte heftig. »Kommen Sie, hier sind noch zwei Plätze!«

James und Sheila gingen zu dem Tisch, an dem außer Mr Peabody und den Schwestern Hideous noch ein weiterer Herr saß, der sich als Robert Southeron vorstellte. Die Herren hatten sich, ebenso wie die Schwestern Hideous, schick gemacht. Peabody trug zwar keinen schwarzen Anzug, aber ein weißes Hemd mit einer etwas unmodernen Krawatte und dazu ein dunkelgraues Jackett. Eleonora trug ein paillettenbesetztes altrosa Kleid und eine Perlenkette, Edith ein dunkelgrünes Kostüm. Mr Southeron hatte einen schwarzen Anzug gewählt.

»Entschuldigen Sie meine Garderobe«, sagte Sheila, als James und sie Platz genommen hatten, »ich hatte nicht damit gerechnet, heute einen Ball zu besuchen, und habe nichts Passendes eingepackt.«

»Wieso?«, sagte Mr Southeron galant. »Sie sehen bezaubernd aus. Darf ich Ihnen ein Glas Wein einschenken?«

»Wer fragt, gibt nicht gern«, sagte Mr Peabody, nahm kurzerhand die Flasche Weißwein aus dem Kühler, die in der Mitte des Tisches stand, und schenkte Sheila und James randvoll ein. James' Berechnung nach musste es sich bereits um die zweite Flasche handeln, denn alle vier hatten ein gut gefülltes Weinglas vor sich stehen. Julius' Wangen und auch die von Eleonora und Mr Southeron waren bereits gut durchblutet. Nur Edith schien der Wein nicht zu Kopf gestiegen zu sein, sie wirkte völlig nüchtern und machte insgesamt den Eindruck einer Mutter, die ihrem Kind zuliebe eine Zirkusvorstellung besucht und sich langweilt.

»Cheers!«, sagte Peabody. Alle erhoben die Gläser. James schnupperte, ließ etwas Wein in den Mund fließen und schluckte widerstrebend. »Bertie Everett«, stellte Sheila fest und setzte ihr Glas wieder ab. Er grinste. Seit der geizige Bertie aus der Buchhaltung den Kollegen anlässlich der Geburt seines Kindes den billigsten, sauersten Wein spendiert hatte, den es in ganz England zu kaufen gab, war »Bertie Everett« bei ihnen der Code für billiges Gesöff.

»Klingt wie ein Privatscherz«, sagte Edith. »Darf man mitlachen?«

»Ach, eine lange Geschichte«, winkte Sheila ab. »Aber sagen Sie, sollte nicht eigentlich eine Tanzkapelle aufspielen?«

»Nächstes Mal wieder«, sagte Mr Southeron. »Heute kommen Sie dafür in den Genuss des Elvis von Eaglehurst. Diese Elvis-Nummer zieht er nämlich nur hier ab, Mrs White liebt sie.«

»Ich auch«, sagte Eleonora enthusiastisch. »Und man kann herrlich tanzen dazu.« Sie sah James mit ihrem blumigen Mädchenblick an, als wäre sie eine junge Debütantin, die es kaum erwarten kann, vom Mann ihrer Träume aufgefordert zu werden. Mr Peabody legte ihr eine Hand auf den Arm. »Und das werden wir auch tun, meine Liebe.«

James betrachtete das verlebte Gesicht des Elvis-Imitators. Er fragte sich, ob dieser traurige Eindruck trotz oder wegen der glitzernden Aufmachung zustande kam, und versuchte sich vorzustellen, wie er wohl ohne die viele Schminke, das Haartoupet und den lächerlichen Anzug aussähe. Er kam zu dem Schluss, dass er es dann mit so etwas wie der männlichen Version von Mrs White zu tun hätte, und lächelte.

»Einen Sixpence für Ihre Gedanken«, sagte Sheila.

»Ich habe mir versucht vorzustellen, wie der Eaglehurst-Elvis im normalen Leben aussieht«, sagte James.

»Das kann ich Ihnen sagen«, meinte Mr Southeron. »Das ist Teddy Oaks. Früher hatte er einen stinknormalen Bürojob bei einer Versicherung. Dann haben die Stellen abgebaut, und er stand nach zwanzig Jahren plötzlich ohne Job da. Andere hätten vielleicht aufgegeben, aber nicht Teddy Oaks. Ich hab nichts zu verlieren, hat er sich gesagt, hat seine alte Gitarre hervorgeholt und angefangen, in der Gegend herumzutingeln. Inzwischen kann er ganz gut davon leben, sagt er. Aber wenn er abgeschminkt ist, erkennen Sie ihn nicht wieder. Der absolute Durchschnittstyp. Man würde ihn auf der Straße sofort zurückgrüßen, einfach weil man das Gefühl hat, dieses Gesicht schon hundertmal gesehen zu haben, und es einem peinlich ist, dass einem der Name dazu nicht einfällt.«

»Kostümiert ist er jedenfalls unverwechselbar«, stellte Sheila fest. »Und diese Elvis-Nummer scheint ihm selbst Spaß zu machen.«

»Das ist ja die Hauptsache«, bemerkte Edith spitz.

Katie kam mit einer neuen Flasche Wein an den Tisch. In dieser Umgebung, in der viele sich in ein festliches Schwarz gekleidet hatten, fiel Katie kaum aus dem Rahmen. Sie trug einen schwarzen, schlabberigen Pullover mit weiten Ärmeln, die bis über die Handgelenke reichten, schwarze Leggings und darüber einen kurzen dunkelgrauen Rock. Die üblichen Schnürstiefel hatte sie durch schwarze Ballerinas ersetzt. James konnte sich die für beide Seiten ermüdenden Diskussionen zwischen Mutter und Tochter vorstellen, bis Katie sich zu diesem Zugeständnis bereiterklärt hatte.

»Die Sonne geht auf!«, rief Peabody und zwinkerte Katie vertraulich zu. »Ich habe doch gewusst, dass Sie uns nicht im Stich lassen. Was für einen edlen Tropfen haben Sie uns denn diesmal mitgebracht?«

»Denselben wie vorher«, sagte Katie ohne zu lächeln und mühte sich weiter mit dem Weinöffner ab.

»Geben Sie mal her«, sagte Mr Southeron. »Ich mach das schon, Kindchen.«

»Nein«, sagte Katie trotzig, »ich hab's gleich. Sie lief rot an vor Anstrengung, schließlich gab der Korken nach, und Katies linker Arm schnellte mit Korkenzieher und Korken in die Höhe. Der Ärmel ihres Pullis rutschte dabei hoch und gab den Blick auf die schneeweiße Haut ihres Arms frei. James starrte auf die Armbeuge, die mit kleinen roten Punkten übersät war. Katie bemerkte seinen Blick, ließ den Arm schnell sinken, sodass der Ärmel wieder bis über die Handgelenke rutschte, schenkte wortlos ein und ging weiter zum nächsten Tisch.

»Wollen wir das Tanzbein schwingen?« Julius' Frage war natürlich an Eleonora gerichtet. Galant führte er sie zur Mitte der Tanzfläche, wo sich schon zwei Paare zum langsamen Walzer von *Are you lonesome tonight* wiegten.

James beugte sich zu Sheila und reichte ihr die Hand.

»Tanzen?«, fragte sie ungläubig. »Können Sie das denn schon wieder?«

»Kein Problem, wenn Sie dabei die Rolle meines Rollators übernehmen.«

»Galant wie immer«, sagte Sheila und erhob sich lächelnd, »aber die Chance zu führen lasse ich mir natürlich nicht entgehen!«

Mr Southeron und Edith blieben sitzen. Beide hielten sich an ihren Weingläsern fest und machten nicht den Eindruck, als hätten sie viel Lust auf Körperkontakt. Die Tanzfläche füllte sich allmählich. Wegen des allgemeinen Mangels an tanzfähigen Herren wiegten sich zunehmend auch Frauenpaare im langsamen Takt der Musik. Der Elvis von Eaglehurst kannte seine Kundschaft, er stimmte nun die langsame Rumba von *It's now or never* an.

»Tanzen wir zur Bar«, raunte James Sheila zu, als sie die Tanzfläche erreicht hatten. »Wir müssen mit Mrs White über ihre Tochter reden.«

Mrs White stand wie eine stolze Statue an der Bar und beobachtete das Geschehen im Saal. Sie wirkte größer als sonst, was an dem himbeerfarbenen Abendkleid lag, das ihren Körper in langen, weiten Bahnen umfloss, und an der Fülle von locker über den Schultern drapierten hellgrünen Schals, deren Enden wie erschöpfte Schlangen auf ihrem üppigen Busen ruhten. »Ist es nicht großartig?«, sagte sie stolz. »Ich genieße diese Abende genauso wie unsere Leutchen hier!«

»Mrs White«, sagte James ernst, »wir müssen mit Ihnen reden.«

»Jetzt?« Mrs White zog unwillig die Augenbrauen zusammen.

»Es ist dringend.« Er senkte die Stimme. »Wir wissen, dass Sie erpresst werden.«

»Ist das Ihre neueste Theorie? Langsam wird mir das zu bunt, Mr Gerald.«

»Mrs White, das ist keine Theorie, wir wissen es genau, und wir wollen Ihnen helfen. Wo können wir in Ruhe reden?«

Mrs Whites Blick wanderte unsicher zwischen James und Sheila hin und her. Dann fiel er auf ihre Tochter, die sich in der anderen Ecke des Saals mit der nächsten Weinflasche abmühte. »Sehen Sie sich das an«, sagte sie gedankenverloren. »Sie ist so ungeschickt. War sie als Kind schon und ist es immer noch.«

»Steigen Sie auf Schraubverschlüsse um«, sagte James. »Dann hat sie es leichter.«

»Was?« Mrs White war empört. »Dann denken doch alle, der Wein ist billig.«

»Mrs White«, sagte Sheila, »wir wollen Ihnen helfen.«

Mrs White sah auf die Uhr. »Wenn es nicht zu lange dauert. In einer dreiviertel Stunde wird die Eisbombe serviert, da muss ich wieder hier sein. Gehen wir in mein Büro.«

»Nein«, sagte James bestimmt. »Gehen wir lieber an die frische Luft, da sind wir ungestört.«

»Na gut«, sagte Mrs White, »aber warten Sie, ich ziehe mir schnell etwas über, sonst hole ich mir den Tod bei der Kälte draußen.«

»Aller guten Dinge sind drei«, sagte Sheila, als sie ihren Mantel vom Garderobenhaken nahm.

»Wie bitte?«

»Das ist unser dritter Spaziergang auf der blöden Promenade heute.«

»Ich verspreche Ihnen, es wird der letzte sein.«

Kapitel 24

Das Wetter war noch unfreundlicher geworden. Weit und breit war keine Menschenseele zu sehen. Der Wind blies unvermindert kalt, die vorbeifahrenden Autos ließen das Pfützenwasser des letzten Regengusses in hohem Bogen aufspritzen und machten die Hälfte des Bürgersteigs unpassierbar. Über dem Meer zuckten Blitze.

James verlor keine Zeit. Er fühlte ein Kratzen im Hals und wusste, dass ihm dieser Spaziergang alles andere als guttat. Aber er musste sicher gehen, dass niemand sie belauschte.

»Mrs White, wir wissen, dass Sie vor etwa einem Jahr einen Fehler begangen haben, als Sie einer alten, todkranken Frau Sterbehilfe geleistet haben. Ich weiß, dass Sie aus Mitleid gehandelt haben, und ich weiß auch, dass Mr Maddison Ihnen höchstwahrscheinlich dabei geholfen hat. Die Polizei war damals hier, um der Sache nachzugehen.«

Mrs White zog eine Zigarettenschachtel aus der Handtasche und suchte hektisch nach einem Feuerzeug. James gab ihr Feuer. Sie beugte sich zu ihm, nahm einen tiefen Zug, der die Spitze ihrer Zigarette gelb aufleuchten ließ, und dann, mit angespanntem Gesicht, noch zwei kürzere. »Ach, das meinen Sie. Meine Güte, das Ganze war doch ein Irrtum. Sprechen Sie mit Inspektor Ruthersford, der wird Ihnen dasselbe sagen.«

»Davon bin ich überzeugt. Aber nur, weil Sie seitdem eine Menge Geld bezahlen. Irgendjemand weiß, was wirklich geschehen ist, und erpresst Sie. Sie haben in Ihrer Not Maddison um Hilfe gebeten, und der wiederum hat einen alten Freund von mir, Mr Morat, um Hilfe gebeten. Jetzt sind beide tot, und auf Ihre Tochter wurde ein Anschlag verübt. Dieser Anschlag galt nicht Katie, Mrs White, dieser Anschlag galt Ihnen, und das wissen Sie ganz genau. Es war eine Drohung. Sie sollen den Mund halten. Aber wenn Sie weiterhin schweigen, wird alles nur noch schlimmer. Wer weiß, wie viel Leid es noch geben wird, wenn Sie dem nicht endlich ein Ende bereiten. Dazu gehört Mut, Mrs White, aber den müssen Sie jetzt aufbringen.«

»Nein!« Mrs White schrie fast. »Das haben Sie sich alles ausgedacht. Katie ist ganz einfach gestolpert, nichts weiter. Ich kann nichts für Ihre kranken Fantasien, Mr Gerald.«

James zeigte ihr den Zettel mit dem Limerick. »Das lag auf meinem Bett. Das habe ich nicht erfunden.«

Mrs White schwieg.

»Mrs White, seit wann ist Ihre Tochter drogensüchtig?«

Mrs White sah starr geradeaus. »Meine Tochter drogensüchtig? Lächerlich.«

»Wir haben Einspritzstellen an ihren Armen gesehen«, sagte Sheila.

»Ist mir nicht aufgefallen«, sagte Mrs White. »Vielleicht hat sie ein Ekzem oder Pubertätsakne oder so was.«

»Ist Ihnen nicht aufgefallen?«, fragte Sheila verständnislos.

»Herrgott noch mal, sie redet ja kaum mit mir. Denken Sie, ich würde irgendetwas anderes von ihr zu sehen bekommen als ihr mürrisches Gesicht beim Frühstück? Wenn sie sich überhaupt mal blicken lässt.«

»Seit wann ist ihr Verhältnis zu Ihrer Tochter so?«

Mrs White zuckte die Schultern. »Ich weiß nicht. Seit sie aus dem Internat geflogen ist. Aber vorher war es auch nicht viel besser. Keine Ahnung, was in diesem Kopf vor sich geht. Immer ist sie dagegen, immer läuft sie in diesen Grufti-Klamotten herum, nur um mich zu ärgern. Aber so sind Teenager nun mal.«

»Warum ist sie aus dem Internat entlassen worden?«, fragte James.

»Faulheit. Schlicht und einfach Faulheit. Während ich mich hier abarbeitete, kam das Fräulein nicht aus dem Bett und hatte es nicht nötig, zu lernen. Es gab ein paar Tadel, aber dann wurde es der Internatsleitung zu bunt, und meine Tochter musste gehen. Mrs White ließ die Zigarette aufs Pflaster fallen und trat sie heftig aus. »Diese Schulen brauchen Disziplin, sonst funktioniert es nicht. Katie wird es noch leidtun, dass sie sich diese Chance kaputt gemacht hat. Die Absolventen haben eine Zukunft, es ist eine ausgezeichnete Einrichtung. Ich war so glücklich, dass ich einen Platz für sie bekommen hatte. Zusätzlich zu den üblichen Fächern gibt es jede Menge Freizeitangebote, und sie bringen den Kindern gesellschaftliche Verantwortung bei. Jedes Jahr gibt es zum Beispiel ein Projekt in Zusammenarbeit mit Amnesty International. Katie hätte es schaffen können. Sie ist intelligent genug, aber sie will einfach nicht. Immer ist sie dagegen, nur um dagegen zu sein. Ich begreife dieses Kind nicht.«

»Seit wann ist Katie wieder bei Ihnen?«

»Seit einem Jahr. Zuerst ist sie hier noch zur Schule gegangen, besser gesagt nicht gegangen. Das habe ich aber erst nach ein paar Wochen herausgefunden. Als mich der Direktor anrief und mir mitteilte, dass Katie schon seit drei Wochen nicht mehr in der Schule war, habe ich gesagt, jetzt ist Schluss. Seitdem arbeitet sie in Eaglehurst. Das passt ihr zwar auch nicht, aber irgendetwas muss ein junger Mensch schließlich tun, man kann nicht nur rumhängen. Sie hat zwei gesunde Hände, und ich sehe verdammt noch mal nicht ein, dass sie ihr Leben verschläft. Manchmal denke ich, wenn ich Eaglehurst nicht hätte, würde ich verrückt mit dem Kind.«

James wählte seine Worte vorsichtig. »Mrs White, ist Ihnen je ein Verdacht gekommen, wer Sie erpressen könnte?«

Mrs White schüttelte den Kopf. »Wie oft soll ich es noch sagen, Mr Gerald: Ich werde nicht erpresst. Und ich wüsste auch nicht, womit. Hier hat alles seine Ordnung, und die Sache mit Mrs Bennett hat sich damals schnell aufgeklärt.«

»Es gab größere Abbuchungen von Ihrem Konto«, sagte James. »Eaglehurst hat finanzielle Probleme.«

»Woher wollen Sie das wissen?« Mrs White blieb stehen und sah ihn an.

»Ich habe einen Blick auf Ihren Laptop geworfen.«

»Wie können Sie es wagen!«

»Ist Ihnen nie in den Sinn gekommen, dass Ihre eigene Tochter Sie erpresst?« James sagte es ganz ruhig, beinahe beiläufig, aber er sah genau, wie alle Farbe aus Mrs Whites Gesicht wich.

»Ihre Tochter ist drogenabhängig, Mrs White. Das ist ungesund, aber vor allem ist es teuer. Es gibt nur wenige Menschen, die es sich leisten können, dabei nicht kriminell zu werden oder sich zu prostituieren. Ich denke, Ihre Tochter hat einen für eine Drogenabhängige verhältnismäßig cleveren Weg gewählt, um an Geld zu kommen.«

»Wissen Sie überhaupt, was Sie da sagen?« Mrs Whites Stimme zitterte. »Sie ist mein einziges Kind. Wir sind eine große Familie in Eaglehurst. Einer steht für den anderen ein.«

»Lieber Himmel«, unterbrach James sie. »Fragen Sie Ihre Tochter doch mal, wie sie dieses Eaglehurst-Familiengetue findet.«

»Sie mag schwierig sein, aber das sind die Kinder doch alle in ihrem Alter«, sagte Mrs White heftig. Was Sie mir da an den Kopf werfen, ist ungeheuerlich, und das lasse ich mir nicht gefallen. Meine Tochter ist weder drogensüchtig, noch würde sie je auf den Gedanken kommen, mir zu schaden. Jetzt sind Sie endgültig übergeschnappt, Mr Gerald. Gute Nacht.«

»Nur eines noch«, sagte James. Mrs White blieb widerwillig stehen. »Was?«

»Sie hatten recht«, sagte James. »An dem Abend, als Sie Ihre Tochter bewusstlos in meinem Zimmer gefunden haben …«

»Sie ist über ihre eigenen Füße gestolpert«, unterbrach Mrs White ihn ungehalten. »Wie oft soll ich das noch sagen. Es gab niemanden, der sie niedergeschlagen hat.«

»Eben«, sagte James. »Genau das meine ich. Es stimmt. Es gab niemanden, der Ihre Tochter niedergeschlagen hat. Aber sie ist auch nicht über ihre eigenen Füße gestolpert, sondern es war eine schauspielerische Glanzleistung von Katie. Und wir sind alle darauf hereingefallen. Auch Sie, Mrs White. Denn natürlich haben Sie geglaubt, dass Katie niedergeschlagen wurde. Ich habe es doch selbst gesehen, Sie waren außer sich. Und wissen Sie was? Genau das war Katies Absicht. Sie wusste, dass Sie Verdacht geschöpft hatten und Mr Maddisons Tod mit der Erpressung in Verbindung brachten. Sie waren verunsichert und spielten mit dem Gedanken, sich an die Polizei zu wenden. Erpressung war eine Sache, aber jetzt wurde es wirklich bedrohlich. So war es doch, nicht wahr? Aber dann wurde Katie, wie sie glaubten, niedergeschlagen, und Sie haben diese Botschaft genau so verstanden, wie sie gemeint war: als Drohung. Wenn Sie sich an die Polizei wendeten, dann würde es Ihrer Tochter an den Kragen gehen. Was Sie allerdings nicht ahnten, war, dass es Ihre eigene Tochter war, die Sie hereingelegt hatte. Sie brauchte nichts weiter zu tun, als sich ohnmächtig zu stellen und von Ihnen oder von einer beliebigen anderen Person finden zu lassen. Simpel, aber ziemlich ausgefuchst.«

»Das ist totaler Schwachsinn«, sagte Mrs White. »Das brauche ich mir nicht weiter anzuhören. Gute Nacht zusammen.«

Sie schlug den Kragen ihres Mantels hoch und eilte zurück nach Eaglehurst.

»Eine überzeugende Vorstellung«, sagte Sheila.

»Nicht wahr? Jetzt tut sie mir übrigens doch leid. Verschlossen wie eine Auster. Sie muss große Angst haben.«

»Oder sie glaubt, was sie sagt.«

»Denken Sie das etwa?«

Sheila schüttelte nachdenklich den Kopf. »Aber ich kann mir auch nicht vorstellen, dass ein Teenager imstande ist, die eigene Mutter so hereinzulegen.«

»Vergessen Sie nicht die Morde an Maddison und William.«

Sheila sah ihn entsetzt an. »Nein, das ist unmöglich. Sie ist erst fünfzehn!«

»Eben. Sie hätte eine Mutter gebraucht, die nicht nur um sich selbst und ihr Altenheim kreist.«

»Meinen Sie etwa, Mrs White ist selbst schuld, dass Ihre Tochter drogensüchtig geworden ist und sich zu einem Monster entwickelt hat?«

James winkte ab. »Ich bin kein Experte, was Kinder betrifft. Ich will nur sagen, dass Menschen, die große Ziele haben, oft ihre direkte Umgebung vernachlässigen. Und dass Menschen, die unter großem Druck stehen, zu allem Möglichen fähig sind.«

Eine Weile gingen sie schweigend nebeneinander her.

»Deprimierend«, sagte Sheila. »Ein fünfzehnjähriges Mädchen, das seine Mutter erpresst und kaltblütig zwei Männer vergiftet.«

»Wäre es kein junges Mädchen, sondern ein alter Mann, es wäre genauso traurig, nicht wahr?«

»Ehrlich gesagt: nein. Und tun Sie nicht so, als ob Ihnen das nichts ausmacht, James. Dieses Mädchen ist noch ein Kind.«

Der Angriff kam plötzlich und ohne Vorwarnung. James nahm einen Luftzug schräg hinter seinem Rücken wahr und duckte sich instinktiv zur Seite. Das war sein Glück, denn so zerschmetterte der Baseballschläger nicht an seinem Kopf, sondern streifte ihn nur. Trotzdem raubte der Schlag ihm fast das Bewusstsein, und sein Kopf begann zu dröhnen. Halt suchend umkrampfte er die Griffe seines Rollators, doch die vermummte Gestalt kickte blitzschnell dagegen. Scheppernd fiel die Gehhilfe um. Er versuchte, an seine unter dem Jackett verborgene Pistole zu gelangen, und zerrte am Mantel, dass die Knöpfe absprangen. Doch da traf ihn der Baseballschläger auch schon hart in die Seite, und er ging japsend zu Boden. Ein weiterer Schlag traf Sheila, die lautlos neben ihm niedersank. James sah die schmale Blutspur, die aus ihrem Ohr rann. Das Dröhnen in seinem Kopf wurde unerträglich. Der Kerl würde so lange auf sie einprügeln, bis sie beide tot waren. Doch die Wut gab ihm neue Kraft. Als der Angreifer erneut zuschlug, gelang es James, sich im letzten Moment zur Seite zu rollen. Sein rechter Arm schmerzte dabei so höllisch, dass er beinahe das Bewusstsein verlor. Beim nächsten Versuch wurde die vermummte Gestalt vom Scheinwerferkegel eines Autos angeleuchtet. Sofort ließ der Angreifer den Baseballschläger sinken und bückte sich, so als wolle er zwei alten Leuten, die hingefallen waren, auf die Beine helfen. Der Wagen hielt neben ihnen an, das Fenster auf der Fahrerseite wurde heruntergekurbelt, und eine männliche Stimme fragte: »Brauchen Sie Hilfe?« Bevor James antworten konnte, holte der Angreifer aus und zerschlug die Heckscheibe des Autos. Der Autofahrer gab Vollgas und jagte mit quietschenden Reifen davon. James war klar, was der Angreifer damit bezweckte: Er wollte sein Vorhaben unter allen Umständen zu Ende führen. Zwar würde der Autofahrer die Polizei alarmieren, aber bevor die kam, wären Sheila und er längst tot und der Täter geflüchtet. James nutzte den kurzen Moment der Ablenkung, streckte den unverletzten linken Arm aus und zog den Rollator zu sich. Mit einer Hand über den Schläger streichend trat der Vermummte auf James zu – wie eine Spinne, die ihre Beute im Netz gefangen weiß. James hielt die Luft an, schloss die Augen und drückte mit der linken Hand so fest er konnte auf alle Knöpfe seines Rollators. Es zischte laut, James hörte einen dumpfen Aufschrei, und der Baseballschläger fiel neben ihm zu Boden. Hustend und würgend verschwand der Angreifer in der Dunkelheit.

James kroch zu Sheila hinüber, die reglos auf der Seite lag, und fühlte nach ihrem Puls. Er war vorhanden, wenn auch schwach. Sie atmete. Er streichelte ihr über die kalte Wange. Sie war nass von Blut. »Sheila, lassen Sie mich jetzt nicht allein!«, sagte er leise. »Was soll denn aus mir werden ohne Sie! Sheila, Sie haben uns beiden das Leben gerettet. Das Spray im Rollator war eine grandiose Idee. Das Gas hat ihn fertig gemacht. Sheila, machen Sie jetzt bloß nicht schlapp, hören Sie. Der Krankenwagen kommt jeden Augenblick. Ich weiß, ich weiß, Sie wollen natürlich nicht ins Krankenhaus, aber was sein muss, muss sein. Und wenn es Sie beruhigt, ich komme diesmal mit. Die flicken uns schon wieder zusammen, und dann geht es zurück nach Hampstead. Bald ist Frühling, und wir genießen vom Parliament Hill aus den herrlichen Blick auf London. Hatten Sie nicht neulich erwähnt, dass Sie lange nicht mehr im Victoria & Albert Museum waren? Das wäre doch für zwei Alte wie uns was, ein Tag im V & A. Nächsten Sonntag, oder vielleicht lieber übernächsten Sonntag. Denken Sie auch an Ihre Pflanzen. Die brauchen Sie, dieser junge Bursche von gegenüber kann sich nicht ewig um sie kümmern. Auch nachbarschaftliche Gutmütigkeit hat ihre Grenzen, nicht wahr?« Es schien eine Ewigkeit zu dauern, bis endlich der Rettungswagen kam. James redete so lange auf sie ein und streichelte ihre Wange, bis Sanitäter sie umringten.

Kapitel 25

James fluchte leise. Nicht wegen der Schmerzen, sondern weil seine Verletzungen ihn außer Gefecht setzten. Nach der medizinischen Erstversorgung war auch er ins Conquest Hospital eingeliefert worden. Wie er vermutet hatte, war sein Arm gebrochen. Die Schmerzen beim Atmen rührten von zwei angebrochenen Rippen.

»Sagen Sie mir, was ist mit Mrs Humphrey?«, fragte er angespannt. »Ist es schlimm?«

»Machen Sie sich keine Sorgen«, sagte der Arzt.

»Das ist keine Antwort«, sagte James. »Wie schwer ist sie verletzt?«

»Gehirnerschütterung. Die Computertomografie ist ohne Befund, aber wir müssen abwarten, ob es nicht doch noch zu einer Gehirnblutung kommt. Nach einer massiven Einwirkung auf den Kopf passiert das manchmal. Aber malen wir den Teufel nicht an die Wand. Sie schläft jetzt. Genau wie Sie es gleich tun werden.«

»Wieso?« James sah den Arzt alarmiert an.

»Ich habe Ihnen ein Sedativum gespritzt«, sagte der Arzt mit Gönnermine. »Damit Sie in Ruhe schlafen können.«

»Verdammt!«, rief James. »Machen Sie das rückgängig! Sofort! Ich darf jetzt nicht einschlafen! Ich muss noch etwas erledigen! Es ist wichtig!«

»Sie sind überfallen worden, stehen unter Schock und brauchen jetzt Schlaf. Morgen ist auch noch ein Tag«, sagte der Arzt und gähnte.

»Was ist mit dem Kerl, der uns überfallen hat? Haben sie ihn?«

»Keine Ahnung.«

»Ich muss wenigstens noch jemanden anrufen. Geben Sie mir bitte mein Telefon! Es ist in der Manteltasche, sie liegt da vorn auf dem Stuhl.«

»Na gut.« Der Arzt durchsuchte die Manteltasche.

»Bitte beeilen Sie sich!«, sagte James, der fühlte, wie er müde wurde.

»Immer mit der Ruhe. Soll ich eine Nummer für Sie wählen?«

»Ja.« James fiel ein, dass er die Nummer von Eaglehurst nicht auswendig wusste und sie auch nicht in seinem Handy eingespeichert war. »Nein, lassen Sie sich über die Auskunft mit der Seniorenresidenz Eaglehurst verbinden.« Er fühlte, wie seine Augen schwer wurden. »Geben Sie mir bitte ein Mittel gegen diese Müdigkeit. Dieser Anruf ist sehr wichtig!«, sagte er.

Der Arzt, der die Nummer der Auskunft bereits gewählt hatte, gab ihm ein Zeichen, dass er durchgekommen war. »Guten Abend, verbinden Sie mich bitte direkt mit der Seniorenresidenz Eaglehurst in Hastings.« Er reichte James den Hörer.

»Na endlich«, murmelte James. Während es wieder und wieder klingelte, wurden James' Augen schwerer. Er dachte an die langen Zähne von Peabody, der wiehernd lachte, die grünen Schals, die plötzlich lebendig wurden und sich um den Hals von Mrs White schlängelten, und an die roten Punkte auf dem blassen Arm von Katie. Die Stimme von Mrs White riss ihn aus seinen Gedanken, in die sich die ersten Traumbilder gemischt hatten. »Guten Tag und herzlich willkommen. Sie sind verbunden mit der Seniorenresidenz Eaglehurst. Helfen mit Herz und Hand – das ist unser Leitspruch. Leider können Sie uns momentan nicht persönlich erreichen. Doch wenn Sie uns nach dem Signalton Ihren Namen und Ihre Telefonnummer hinterlassen, rufen wir Sie gern zurück. Danke.«

»Mrs White, es ist wichtig, hören Sie zu …« Wieder tauchten Traumbilder auf, diesmal wiegten sich die magnetischen Ziegen Kopf an Kopf zum langsamen Walzer von *Are you lonesome tonight*. Das Piepsen des Anrufbeantworters brachte ihn wieder zurück in die Wirklichkeit. Er zwang sich, die Augen wieder aufzureißen und sich auf das zu konzentrieren, was er noch sagen musste. »Katie …«, stieß er hervor, »sperren Sie sie ein, lassen Sie sie nicht aus den Augen heute Nacht, hören Sie? Es ist wichtig …«

Das Handy fiel ihm aus der Hand. Er wollte danach greifen, aber seine Augenlider senkten sich, er war machtlos dagegen. Er fror, und das Letzte, was er wahrnahm, war, wie jemand die Decke bis zu seinem Kinn hochzog.

Als er aufwachte, sah er das Gesicht von Mrs White über sich. Er schloss die Augen. Dann öffnete er sie wieder. Mrs White blickte ihn böse an.

»Wie viel Uhr ist es?«, fragte er heiser. Sein Mund war trocken.

»Bald zehn.«

»Das verdammte Schlafmittel.« James versuchte sich aufzurichten. »Wie geht es Sheila?«

»Ihrer Bekannten? Den Umständen entsprechend gut, sagte man mir. Mr Gerald, wie konnten Sie das nur tun?«

»Was?«

»Meine Tochter von der Polizei abholen lassen, als wäre sie eine Verbrecherin.«

»Was sagen Sie?«

»Tun Sie nicht so erstaunt! Sie haben doch die Polizei verständigt, oder etwa nicht?«

James antwortete nicht. Er erinnerte sich wieder an das, was er gestern unbedingt noch hatte sagen wollen, bevor ihn das Sedativum in den Tiefschlaf versetzt hatte.

»Diese Schande, Mr Gerald, warum tun Sie mir so etwas an!« In Mrs Whites Augen standen Tränen. »Die Beamten kamen mitten während des Balls. Mrs Simmons brachte gerade die Eisbombe mit den Wunderkerzen rein, und direkt hinter ihr marschierten diese beiden Polizisten und nahmen meine Tochter vor aller Augen fest wie eine Schwerverbrecherin. Es war so entsetzlich peinlich. Ich habe mich in Grund und Boden geschämt.«

»Verdammt!« James dachte nach. Sein Kopf schmerzte, aber es war nicht mehr so schlimm wie gestern. »Mrs White«, sagte er, während er sich mühsam aufsetzte, »nehmen Sie bitte meine Sachen aus dem Schrank und legen Sie sie hier aufs Bett. Während ich mich anziehe, holen Sie mir bitte eine Packung Zigaretten.«

»Ich fasse es nicht!«, rief Mrs White aufgebracht. »Ich erzähle Ihnen, dass meine Tochter verhaftet wurde, und Sie denken nur ans Rauchen!« Mrs White holte seine Sachen aus dem Schrank und warf sie ihm aufs Bett.

James nahm ein paar Münzen aus seiner Brieftasche und reichte sie ihr.

»Chesterfield. Wenn Sie zurück sind, bin ich fertig angezogen. Das kann nur ein Missverständnis sein. Wir fahren zur Polizei. Es wird sich alles aufklären, machen Sie sich keine Sorgen.«

»Ich mache mir keine Sorgen«, sagte Mrs White und nahm das Geld. »Ich bin wütend!«

Als sie weg war, nahm James sein Handy, tippte eine Nummer und hoffte, dass David Grenville persönlich am Apparat war.

»James!«, meldete David sich. »Wie geht es dir, alter Freund? Was macht dein Mordfall?«

»Kannst du reden?«, fragte James.

»Ich sitze hier mit ein paar Freunden im Club. Worum geht es denn?«

»Tante Alberta.«

Es gab eine Pause. James hörte, wie David ein Glas abstellte. »Hör mal, James, wenn das ein Scherz sein soll …«

»Kein Scherz. Das würde sich keiner von uns erlauben, nicht wahr?«

»Gut, ich rufe gleich zurück.«

»Mach schnell, ich habe maximal fünf Minuten Zeit.«

David hatte schon aufgelegt. James begann sich anzuziehen, was ihm mit dem eingegipsten rechten Arm und den schmerzenden Rippen schwerfiel. Als er mühsam sein Hemd zuknöpfte, rief David zurück.

»Hör zu, ein fünfzehnjähriges Mädchen sitzt in Hastings in Untersuchungshaft, sie muss da raus, und zwar möglichst schnell und legal. Hast du Verbindungen nach Hastings? Kennst du jemanden bei der Polizei oder in der Staatsanwaltschaft?«

»Weswegen sitzt sie in U-Haft?«

»Drogen.«

David lachte. »Himmel, James, Tante Alberta ist unser Code dafür, dass es um Leben und Tod geht. Und du kommst mir mit so was.«

»Es geht um Leben und Tod«, sagte James. »Das Mädchen schwebt in Lebensgefahr. Ich erkläre es dir später. Kannst du das für mich arrangieren? Jetzt sofort?«

»Wie heißt das Mädchen?«

»Katie White. Und sie sollen sie durchchecken nach Drogen, das ist wichtig! Jede Minute zählt!«

»Das kostet dich eine Runde Golf, bei der ich gewinne.«

»Alles, was du willst. Aber mach es sofort! Ich fahre jetzt mit der Mutter des Mädchens ins Polizeipräsidium zu Inspektor Ruthersford. Ruf mich dort an!«

James fuhr fort, sich anzuziehen, und Mrs White kam gerade rechtzeitig, um ihm in den Mantel helfen zu können. »Meine Tochter ist im Gefängnis, und Sie schicken mich zum Zigarettenholen!«

James gab keine Antwort.

Im Taxi sprachen sie nicht miteinander. Mrs White hatte vorn neben dem Fahrer Platz genommen und starrte aus dem Seitenfenster, James trommelte nervös mit den Fingern der linken Hand auf der Zigarettenpackung herum. Er fragte sich, warum er das Offensichtliche nicht gesehen hatte. Sheila hatte die Intuition gehabt, die ihn auf die richtige Spur hätte führen können. Er hoffte, dass es nicht schon zu spät war.

Kapitel 26

Rupert Ruthersford zog erstaunt die Augenbrauen hoch, als James am Arm von Mrs White in sein Büro trat.

»James, was machst du für Sachen!«

»Du hast davon gehört?«

»Natürlich. Du weißt doch, schlechte Nachrichten verbreiten sich wie von selbst.«

»Das ist wahr. Aber Unkraut vergeht nicht.«

Rupert wies auf den Stuhl, der vor seinem Schreibtisch stand. »Wie wahr, alter Junge. Setz dich. Ich bin froh, dass du schon wieder auf den Beinen bist. Du bist keine dreißig mehr.« Er wendete sich an Mrs White. »Aber Sie päppeln ihn wieder auf, stimmt's?«

»Hm.« Mrs White lächelte frostig.

James nickte Mrs White zu. »Wären Sie bitte so liebenswürdig, einen Moment draußen zu warten? Ich möchte vertraulich mit Mr Ruthersford reden.«

Mrs White zögerte einen Moment, dann nickte sie widerstrebend und ging zur Tür hinaus.

Rupert zündete sich eine Zigarette an.

»Glatter Bruch?«, fragte er und deutete auf den Gipsarm.

James nickte und nahm sich ebenfalls eine Zigarette. »Hast du Feuer?«

Rupert gab ihm grinsend Feuer. »Hast wohl im Krankenhaus nicht rauchen dürfen, was?«

James inhalierte tief. »Habt ihr schon eine Spur?«

Rupert schüttelte bedauernd den Kopf. »Wir haben hier viel mit solchen Jugendlichen zu tun. Meistens Arbeitslose, Junkies, frustrierte Typen, die nichts leisten, nichts können außer Bier trinken und Gewaltvideos glotzen. Und irgendwann vermummen sie sich und prügeln auf wehrlose Leute ein.«

»Ja, wo soll das noch hinführen«, sagte James und nahm einen tiefen Zug. Er musste husten.

»Das Rauchen bringt dich noch um«, sagte Rupert.

»Kümmere du dich lieber um deine eigene Gesundheit«, gab James zurück. »Du siehst überarbeitet aus.«

»Findest du?«

»Deine Augen sind gerötet. Sieht schlimm aus.«

»Ach, das. Neue Kontaktlinsen.«

»Du trägst Kontaktlinsen? Wusste ich gar nicht.«

Rupert zuckte die Schultern. »Hänge ich auch nicht an die große Glocke.«

James reichte Rupert einen Zettel.

»Was ist das?«

»Lies.«

Rupert lächelte und faltete den Zettel auseinander. »Ein Limerick. Hat der ominöse Limerick-Dichter etwa schon wieder zugeschlagen?«

James schüttelte den Kopf. »Lies einfach.«

»Etwa von dir? Bist du jetzt auch unter die Dichter gegangen?« Rupert schüttelte den Kopf, dann las er laut vor:

There was an old man who said: Damn!
It appears my whole life is a sham,
My outward depiction,
Is merely a fiction,
Not really the man that I am.

»Was fällt dir daran auf?«, fragte James.

»Nichts. Ein Limerick eben. Was soll das, James?«

James zog einen zweiten Zettel aus der Tasche. »Dann versuchen wir es mal so: Was fällt dir an diesen Zeilen auf: *Who is the cat, who is the mouse, beware of the trap and try to find out.* Diese Zeilen lagen nach unserer Unterredung vorgestern auf meinem Bett.«

Rupert zog an seiner Zigarette und blies kleine Rauchkringel in die Luft. »Du scheinst eine Verehrerin im Eaglehurst'schen Limerick-Club zu haben.«

»Nein, eben nicht. Das hier ist kein Limerick. Ein Limerick hat fünf Zeilen, das Reimschema ist A A B B A. Derjenige, der das hier auf mein Bett gelegt hat, kannte sich nicht besonders gut aus und wollte nur die Spur auf den Limerick-Club lenken. Ist ihm auch beinahe gelungen, nicht wahr?«

Rupert zog spöttisch die Augenbrauen hoch und seufzte. »Du hast deine lächerliche Mordtheorie offensichtlich immer noch nicht aufgegeben, mein Freund.«

»Ich habe etwas dagegen, wenn du das sagst.«

»Dass deine Mordtheorie lächerlich ist? Aber das ist sie.«

»Nein. Das meine ich nicht, sondern wenn du sagst: mein Freund. Es mag dir seltsam erscheinen, aber jemand, der versucht hat, mich umzubringen, gehört definitiv nicht zu meinen Freunden.«

Er sah Rupert in die Augen. Rupert erwiderte seinen Blick mit ausdrucksloser Miene. Es war so still im Zimmer, dass man das Knistern der beiden brennenden Zigaretten hören konnte.

»Und falls du mit dem Gedanken spielst, deinen Versuch von gestern Abend hier und jetzt zu wiederholen, möchte ich dich daran erinnern, dass Mrs White draußen vor der Tür steht.«

Rupert nahm einen tiefen Zug. »Du bist vollkommen durchgeknallt.«

»Wer ist die Katze, wer ist die Maus. Etwas Besseres ist dir nicht eingefallen?«, sagte James. »Du bist nicht nur zu beschränkt, um einen echten Limerick zu schreiben, sondern auch zu dumm, um das zu merken.«

»Was die Dummheit angeht, will ich dir den Rang nicht streitig machen, James. Rührend, wie du in diesem Altenheim herumtatterst. Wie hast du es bloß geschafft, deinen Job bis zur Rente zu behalten?«

»Du gibst es also zu.«

»Ich gebe gar nichts zu. Du bist ein übergeschnappter Greis, der sich an senilen Projektionen seiner eigenen, bösartigen Fantasien festbeißt.«

James tippte auf seinen Gipsarm. »Das hier ist keine Fantasie.«

Rupert legte den Kopf schief. »Muss ein fieses Geräusch sein, wenn so ein Knochen bricht. Ach, wo wir gerade davon sprechen, wie geht es eigentlich Sheila? Sie liegt noch im Krankenhaus, habe ich gehört. Doch hoffentlich nichts Ernstes? Wäre schade um das alte Suppenhuhn.«

»Du widerst mich an.«

Ruthersford lachte und erhob sich. »Entschuldige, dass ich lache, James.« Er ging um den Schreibtisch und blieb dicht vor James stehen. »Eine Seele von Mensch, unsere Doppelnull. Du erlaubst?« James biss die Zähne zusammen, während Rupert ihn unsanft nach Wanzen absuchte und dabei mit sicherem Gespür keine der empfindlichen Stellen ausließ, die er bei dem Angriff am Vorabend davongetragen hatte.

»Hast du nie daran gedacht, dass Katie sich ihrer Mutter anvertrauen oder die Polizei einschalten könnte?«, fragte James.

Rupert grinste. »Ich *bin* die Polizei. Mrs White ist noch dümmer als du. Und Katie ist ein Junkie. Das war sie bereits, als sie mich ansprach, das kleine Luder, und ihre eigene Mutter in die Pfanne hauen wollte. Wir hatten den Fall Bennett schon zu den Akten gelegt, aber dann tauchte plötzlich Katie in meinem Büro auf und behauptete, sie wisse genau, dass ihre Mutter die alte Frau ins Jenseits geschickt habe. Wir haben uns lange unterhalten, und je länger wir uns unterhielten, desto klarer wurde mir, welchen Goldschatz ich da vor mir hatte. Ich wurde ihr Vertrauter, ich hörte ihr zu, schenkte ihr Aufmerksamkeit und Verständnis. Ich machte sie bekannt mit den exquisiteren Drogen, und je abhängiger sie davon wurde, desto mehr war sie bereit, das zu tun, was ich von ihr wollte. Mrs White zahlte zunächst willig, aber als der gute alte William auftauchte, wurde die Sache kompliziert. Als ich den Namen William Morat hörte, klingelten bei mir natürlich die Alarmglocken. Welch eine Erlösung, als er starb.«

»Und welche Überraschung, nicht wahr?«, sagte James mit zusammengebissenen Zähnen.

»Du kannst es mir glauben oder nicht, aber es war Zufall, dass er starb. Und dieser Maddison auch. Über Morats Tod war ich natürlich äußerst erfreut, aber der Tod von Maddison war ein Verlust. Durch ihn kam ich doch an all die anderen Geldquellen. Maddison selbst habe ich natürlich nicht erpresst, da wäre nicht viel zu holen gewesen. Dieser bescheuerte Idealist hat sich ein todsicheres Geschäft aufgebaut, und was hat er daraus gemacht? Nichts. Er hat meist nicht mal Geld von seinen Kunden genommen. Aber ich dafür. Viele waren bereit, Schweigegeld zu zahlen, damit nicht bekannt wurde, dass sie beim Tod der lieben Verwandten nachgeholfen hatten. Na ja, viel war es nie, ich habe keine übertriebenen Forderungen gestellt. Weißt du, das ist das Geheimnis erfolgreicher Geschäfte: Man darf den Bogen nicht überspannen, man muss ein Gefühl für die Kundschaft entwickeln und im Grunde ein netter Kerl bleiben.« Rupert seufzte. »Allerdings wurde auch das in letzter

Zeit schwieriger. Maddison, der alte Fuchs, wurde immer vorsichtiger. Er hatte wohl Verdacht geschöpft wegen der Überwachungskameras. Und mit seinem Tod versiegte diese Geldquelle ganz. Blieb nur noch Mrs White.«

»Du hast William und Maddison nicht ermordet? Das glaubst du doch selbst nicht«, sagte James.

»Glaube, was du willst. Der Einzige, den ich ausschalten wollte, warst du. Als du auftauchtest, war mir klar, dass du nicht locker lassen würdest. Du bist wie ein Hund, der einen Knochen nicht wieder hergeben will, das wusste ich noch von früher. Aber es war nicht so leicht, wie ich dachte.«

»Was sollte dieser lächerliche Limerick auf meinem Bett? Du konntest wohl nicht widerstehen, mir den Fehdehandschuh hinzuwerfen.«

Rupert lächelte. »Es hat funktioniert und dich gründlich abgelenkt, das musst du zugeben. Mein Plan war, deinen Verdacht auf die verrückten alten Schachteln mit dem Limerick-Tick zu lenken. Wenigstens so lange, bis ich dich ausgeschaltet hätte.«

»Der Film aus meiner Kamera«, sagte James. »Du hast ihn vernichtet, nicht wahr?«

»Natürlich. Als du mir den Film gabst, James, wusste ich, dass du wahrscheinlich auf die regelmäßigen Abbuchungen gestoßen warst. Man braucht nicht viel Fantasie, um daraus auf Erpressung zu schließen. Ich wusste, du würdest dranbleiben und als Nächstes mit Mrs White reden. Also musste sie eingeschüchtert werden, damit sie weiter den Mund hielt. Deshalb simulierte Katie, dass sie niedergeschlagen wurde.«

»Moment mal«, sagte James langsam, »ich habe dir den Film doch erst am nächsten Morgen gegeben, als du zum Frühstück kamst. Die Sache mit Katie war aber am Abend zuvor passiert.«

»Ach je, James.« Rupert sah zur Decke. »Was bist du naiv geworden. Ich zeig dir mal etwas, pass auf.«

Ruthersford betätigte eine Fernbedienung. Beinahe lautlos öffneten sich die Jalousien eines großen Rollschranks und gaben den Blick auf mehr als zwanzig Monitore frei. Auf einem erkannte James die Halle, auf einem anderen den Salon, auf einem weiteren sein eigenes Zimmer.

»Das ist unglaublich. Du hast Eaglehurst überwacht.« Ruthersford nickte. »Und zwar völlig legal. Wenn ich gewollt hätte, ich hätte dir sogar beim Scheißen zusehen können.«

»Du bist krank, Rupert.«

»Ach ja? Und ich dachte, *du* wärest krank. Du kommst ja noch nicht mal mehr ohne deinen Rollator von der Stelle. *Ich* bin topfit und freue mich auf die Zukunft. Denn ich bin mittlerweile ziemlich, sagen wir, wohlhabend. Es ist so leicht, Geld zu machen, wenn man ein bisschen querdenkt. Bevor Maddison vorsichtiger wurde, habe ich von vielen Leuten Geld erhalten, die ihren Lieben den Übergang ins Jenseits erleichtert haben. Eigentlich habe ich ihnen damit einen Gefallen getan, denn mit dem Schweigegeld haben sie sich nicht nur Straffreiheit erkauft, sondern auch ihr schlechtes Gewissen beruhigt. Bald werde ich hier meinen Abschied feiern und in einem Land leben, in dem es Spaß macht, reich zu sein. Ein Haus am Meer habe ich schon, das Flugticket auch. Ich werde hübsche Mädchen an meiner Seite haben. Ich werde, nachdem ich mein Leben für die Allgemeinheit aufs Spiel gesetzt habe, nicht wie du von einer bescheidenen Rente leben, schlechte Anzüge tragen und mit meinem Rollator über Altenheimflure schlurfen müssen, die nach Desinfektionsmittel und alten Leuten stinken. Seitdem ich beschlossen habe, mir das zu nehmen, was mir zusteht, geht es mir richtig gut, James. Ich bin voller Energie. Ich bin kein feiger Straßenköter, der dankbar ist, ein paar Brocken zugeworfen zu bekommen. Ich bin ein großer weißer Hai. Und ich schlafe gut in der Nacht. Jeder erschafft sich selbst.«

»Ich trage keine schlechten Anzüge.«

Rupert grinste. »Meinetwegen. Behalte einen Rest Würde.«

»Also hast du vorgestern Abend am Bildschirm beobachtet, dass ich am Computer von Mrs White war.«

»Genau. Ich musste damit rechnen, dass du Mrs White sofort darauf ansprichst und dass sie dir daraufhin ihr Herz ausschüttet. Es hieß also schnell handeln. Ich rief Katie auf ihrem Handy an und befahl ihr, sich auf der Stelle bewusstlos zu stellen, so, als hätte sie jemand niedergeschlagen. Es gab keine Zeit für Erklärungen, sie sollte einfach tun, was ich ihr sagte.«

»Und sie hat es gemacht«, sagte James.

Rupert zog die Augenbrauen hoch. »Selbstverständlich. Am nächsten Morgen, nach unserem gemeinsamen Frühstück, James, erinnerst du dich? Du wolltest mit ihr sprechen, aber das kam natürlich überhaupt nicht infrage. Stattdessen habe ich ihr klargemacht, worum es ging. Sie hat ihre Sache gut gemacht. Auch Mrs White verhielt sich ganz wie erwartet. Sie hat den vermeintlichen Überfall auf ihre Tochter als Warnung verstanden, und um von sich abzulenken, hat sie die Version verbreitet, Katie sei über ihre eigenen Füße gestolpert. So war alles in bester Ordnung.«

»Wenn ich nicht gewesen wäre«, sagte James.

»Wie wahr, wie wahr, James. Ich wollte dich umbringen, von dem Moment an, in dem du am Laptop von Mrs White warst. Aber es war schwieriger, als ich dachte. Ich kam heimlich in der Nacht, als alles ruhig war. Ich hatte auf der Überwachungskamera gesehen, dass du in deinem Sessel eingeschlafen warst. Aber als ich dein Zimmer betrat, warst du nicht mehr da. Nachdem ich eine halbe Stunde gewartet hatte, habe ich im Erdgeschoss nach dir gesucht. Schließlich nahm ich an, dass du noch einmal zu Sheila ins Krankenhaus gefahren bist. Aber auch dort fand ich dich nicht. Da beschloss ich, das Unternehmen auf den nächsten Tag zu verschieben.«

James lächelte. »Ich war im Salon, an der Bar. Mit Mr Peabody.«

»Aber da hatte ich doch nachgesehen«, sagte Rupert. »Es war alles dunkel und ruhig.«

»Ich weiß«, sagte James. »Ich hörte, dass jemand runterkam, sah einen Schatten in der Tür, aber weil ich nicht entdeckt werden wollte, verhielt ich mich still.«

»Dein Glück. Und am nächsten Morgen, nachdem ich mit Katie gesprochen hatte, sah ich, wie du mit Sheila zur Promenade gingst. Aber dort waren zu viele Menschen. Dann bin ich euch zu McDonald's gefolgt und habe vor der Tür gewartet. Leider seid ihr beim Rauskommen gleich in ein Taxi gestiegen und plötzlich verschwunden, obwohl ich versucht habe, euch dicht auf den Fersen zu bleiben. Wohin seid ihr gefahren?«

»Nach Dover. Wir waren Maddison auf der Spur. Er hat sich oft nach Dover fahren lassen, um sich mit Leuten zu treffen, die Medikamente zur Sterbehilfe von ihm kaufen wollten. Er war sehr vorsichtig.« James deutete auf die Monitore. »Er hatte etwas gegen Kameraüberwachung.«

Rupert nickte. »Stimmt. Er hat sicherlich von den Erpressungen gewusst, auch wenn ich versucht habe, seine Kunden einzuschüchtern, damit sie es für sich behalten. Der eine oder andere wird ihn trotzdem gewarnt haben.«

»Selbst wenn du mich getötet hättest«, sagte James, »da wäre immer noch das Mädchen gewesen.«

»So, wie die Dinge sich entwickelt haben, hast du leider recht«, sagte Rupert. »Bis vor einer Woche war sie keine Gefahr für mich, aber seit gestern Abend ist das anders.«

»Deswegen hast du sie gestern Nacht verhaften lassen.«

Rupert gab keine Antwort. Er sah James nur ruhig an.

»Das lasse ich nicht zu«, sagte James.

»Ach ja? Was willst du denn dagegen machen, mein Freund? Ich werde dir sagen, was du tun kannst: gar nichts. Du hast es dir selbst zuzuschreiben. Erst deine Einmischung hat doch dazu geführt, dass die Sache sich zu Ungunsten des Mädchens entwickelt hat. Wenn du dich nicht eingemischt hättest, wären alle glücklich und zufrieden.«

Sie sahen einander sekundenlang in die Augen.

»Sie kommt frei«, stieß James hervor. »Du weißt, dass ich einflussreiche Freunde habe.«

Rupert drückte seine Zigarette aus. »Wollen wir hoffen, dass es nicht zu spät ist für das arme Ding.«

James sah zu Boden, um seine Beherrschung nicht zu verlieren. »Wie hast du das Mädchen dazu gebracht, zwei Morde zu begehen?«

»Herrgott, du hast es immer noch nicht begriffen.« Rupert stand auf und lief hin und her. »Alte Männer sterben von allein. Der Sensenmann dürfte ein häufiger Gast in Eaglehurst sein. Ein Altenheim ist doch nichts anderes als ein Wartezimmer auf den Tod.« Er packte James an den Schultern. »Es ist so absurd, mein Lieber. Du bildest dir ein, dein Freund wäre ermordet worden, kommst nach Eaglehurst, fängst an herumzuschnüffeln und machst mir meine beste Geldquelle kaputt. Es ist einfach nur ärgerlich. Dafür hättest du es gestern weiß Gott verdient gehabt, dass ich dir den Kopf einschlage.«

Das Telefon klingelte.

»Na endlich«, sagte Rupert, ging zum Schreitisch und nahm ab. »Ich warte schon den ganzen verdammten Morgen darauf, dass sie endlich das Scheißzeug nimmt.«

Er hatte James den Rücken zugedreht. »Wie bitte? Ja. Einen Moment.«

»Ist für dich«, sagte er und reichte James den Hörer.

»Das war knapp, aber es ist noch mal gut gegangen«, berichtete David Grenville ohne Umschweife. James hatte sich selten so gefreut wie jetzt, seine Stimme zu hören. »Wir haben das Mädchen. Du hattest recht, sie hatte Drogen genommen, die hätten sie zehnmal umgebracht. Sie ist jetzt im Krankenhaus. Die Ärzte sagen, sie wird wieder. Weißt du, von wem sie das Zeug hat? Das war der reinste Mordversuch.«

»Rupert Ruthersford«, sagte James in beiläufigem Tonfall.

Rupert sah misstrauisch auf.

»Ja, ich bin gerade bei ihm im Büro, aber es dauert nicht mehr lang.«

»Ich lasse sofort zwei Leute vor der Tür seines Büros postieren«, sagte David Grenville. »James, ich hoffe, du hast gute Beweise.«

»Selbstverständlich«, sagte James.

»Halte ihn noch zwei Minuten hin.«

»Gut«, sagte James und legte auf.

»Wer war das?«, fragte Rupert.

»Mein Zahnarzt. Ich hatte ihn um Rückruf gebeten. Ich glaube, bei deinem Angriff gestern hat sich bei mir eine Krone gelockert. Der Zahn fühlt sich seitdem an wie ein Fremdkörper. Wo waren wir stehen geblieben?«

»Wir waren fertig«, sagte Rupert. Und der Deal ist folgender: Dir und Sheila passiert nichts, wenn ihr klug seid.«

»Und Katie?«

»Früher oder später hätte sie eh eine Überdosis genommen«, gab Rupert zurück. »Jetzt tut sie wenigstens noch etwas Gutes damit.«

James erhob sich schwerfällig. Rupert begleitete ihn zur Tür und klopfte ihm auf die Schulter. »Es ist nichts Persönliches, James. Wenn du keine Schwierigkeiten mehr machst, von mir hast du nichts zu befürchten.« Er senkte seine Stimme zu einem

Flüstern. »Aber ich warne dich, unterschätz mich nicht. Ich habe Beziehungen, und wenn ich auch nur das leiseste Gefühl habe, dass du mir nachstellen lässt, ist Sheila tot.«

»Weißt du eigentlich, warum du damals die Prüfung beim SIS gerade so geschafft hast?«, fragte James, als er die Hand auf die Türklinke legte. »Weil ich mich für dich eingesetzt habe.«

»Ist ja rührend.«

»Das war der größte Fehler meines Lebens.«

»Ach je, James, jetzt tust du mir irgendwie leid.«

Es klopfte an der Tür. »Ja«, sagte James lächelnd. »Aber manchmal bekommt man im Leben eine zweite Chance.« Er öffnete die Tür. Zwei Polizisten kamen herein und legten Rutherford routiniert und ohne viel Aufhebens Handschellen an. »Was soll denn der Unfug«, herrschte Rutherford die Beamten an. »Nehmen Sie mir diese Dinger ab, aber schnell!«

James griff sich in den Mund und zog eine Krone vom linken oberen Eckzahn. »Dieses kleine Wunderding ist ein Prototyp, übrigens aus Indien. Die Nachrichtendienste in Europa und Asien sind äußerst interessiert, nur die Amerikaner basteln an eigenen Smartcrowns. Abhörfunktion, Spracherkennung inklusive Störgeräuschunterdrückung, zwei Gigabyte Speicher, Bluetooth-Übertragung. Aber das Beste ist, dass sie beim Filzen nicht gefunden werden.« Er zuckte die Schultern. »Aber wie gesagt, das Fremdkörpergefühl stört ein wenig.«

»Das wirst du bereuen!« Rutherford sah James in die Augen. »Du machst einen großen Fehler, wenn du mich unterschätzt.« James erwiderte seinen Blick. »Dito.«

»Ich verstehe überhaupt nichts mehr«, sagte Mrs White, als Rutherford abgeführt wurde. »Was ist jetzt mit meiner Tochter?«

»Ihrer Tochter geht es den Umständen entsprechend gut«, beruhigte James sie. »Wir fahren jetzt zu ihr. Kommen Sie, ich erkläre Ihnen alles auf dem Weg zum Taxistand.«

Im Taxi fing Mrs White lautlos an zu weinen. »Ich war so blind!«

Der Taxifahrer drehte sich zu ihnen um. »Wohin soll's denn gehen, Mr Gerald? Eaglehurst?«

»Oh, Sie sind es«, sagte James, »welch ein Zufall.«

»Na ja, nicht so ganz«, gab der junge Mann freimütig zu. »Ich hatte über Funk mitbekommen, dass Mrs White ein Taxi zum Krankenhaus bestellt hat und dass die Fahrt zur Polizei ging. Da habe ich mich einfach schon mal vor die Polizeiwache gestellt und gewartet.«

»Sehr zuvorkommend«, sagte James, das neugierig-erwartungsvolle Gesicht des Taxifahrers ignorierend. »Fahren Sie uns bitte zum Conquest Hospital.«

Im Krankenhaus griff Mrs White nach der Hand ihrer schlafenden Tochter. Katie wirkte ohne ihre schwarze Kleidung, im pastellrosa Krankenhaushemd unter der weißen Decke, ungewohnt kindlich und zart. Katie schlug die Augen auf.

»Mein Spätzchen«, sagte Mrs White und legte ihre Hand zärtlich an Katies Wange.

Katie lächelte. »Mama.«

Mrs White schluchzte auf. »Es tut mir so leid, mein Liebling, mir tut es leid!«

»Tja, ich gehe dann mal«, sagte James leise. Die beiden hörten ihn nicht.

Sheila lag ebenfalls mit geschlossenen Augen im hellrosa Krankenhaushemd. »Liegt sie im Koma?«, fragte James die Schwester, die ihn in das Zimmer begleitet hatte. Die Schwester schüttelte lächelnd den Kopf.

»Nein. Dafür schnarcht sie zu laut. Sie schläft sich gesund. Vor einer Stunde war sie schon kurz wach, hat über den Krach hier geschimpft und etwas Milchsuppe gegessen. Sie sind bestimmt ihr Mann, oder?«

»Nein.«

»Aber Sie heißen James?«

»Ja, warum?«

Die Schwester lächelte spitzbübisch. »Sie redet im Schlaf.«

Er beugte sich zu Sheila und strich ihr eine Haarlocke aus dem Gesicht. »Sagen Sie ihr bitte, wenn Sie aufwacht, dass ich heute Nachmittag wiederkomme.«

Kapitel 27

Als James vor die Tür des Krankenhauses trat, eilte der Taxifahrer auf ihn zu, damit ihm ja kein Kollege zuvorkam. »Was ist denn passiert in der Zwischenzeit?«, fragte er mit unverhohlener Neugier, während er James' Rollator in den Kofferraum bugsierte.

»Eigentlich ist die Fahrt nach Eaglehurst viel zu kurz, um Ihnen das alles zu erzählen«, sagte James beim Einsteigen, »aber ich werde mich kurz fassen.«

Der Taxifahrer schaltete entschlossen das Taxameter aus. »Viele Wege führen nach Rom. Dann nehmen wir eben einen kleinen Umweg. Erzählen Sie mir alles!«

»Na schön«, sagte James und schnallte sich an, »das bin ich Ihnen wohl schuldig, nicht wahr? Aber fahren Sie wenigstens eine landschaftlich schöne Strecke!«

»Wahnsinn«, murmelte der Taxifahrer, als sie schließlich vor Eaglehurst zum Halten kamen. »Sehen Sie, schon wieder einer gestorben.« Vor ihnen parkte ein Leichenwagen. Zwei Männer waren damit beschäftigt, einen mattsilbernen Sarg hineinzuschieben.

James öffnete die Tür und stieg aus, während der Taxifahrer den Rollator aus dem Kofferraum hob. Er half James die Treppe zur Empfangshalle hinauf, dann verabschiedete er sich eilig, denn die Funkzentrale hatte schon mehrmals versucht, ihn zu erreichen. »Bis heute Nachmittag dann, Mr Gerald. Ich hole Sie um vier Uhr ab und fahre Sie zum Krankenhaus!«

In der Halle kam ihm Dr. Goat entgegen.

»Mr Gerald, schön, dass Sie wieder auf den Beinen sind. Ich habe von der Sache gestern gehört. Aber ich sehe, Sie sind nicht so leicht unterzukriegen. Ein Armbruch, vermute ich?«

James nickte.

»Arnica, C 30«, empfahl Dr. Goat sachlich. »Ich schreibe Ihnen ein Rezept. Wie geht es Ihrer Bekannten?«

»Den Umständen entsprechend gut«, sagte James. »Wieso steht ein Leichenwagen vor der Tür? Gab es schon wieder einen Todesfall?«

Der Arzt nickte ernst. »Leider ja. Mrs Hideous. Ihr Herz hat plötzlich versagt.«

James starrte Dr. Goat ungläubig an. »Edith?«

»Nein, die andere Schwester. Heute Morgen beim Frühstück. Ich war gleich da, konnte aber nichts mehr für sie tun. Edith Hideous und Mr Peabody waren dabei, als sie starb. Ich habe beiden ein homöopathisches Beruhigungsmittel gegeben.«

»Wo sind Julius und Edith jetzt?«, fragte James.

»Jeder auf seinem Zimmer.« Dr. Goat sah James prüfend an. »Gehen Sie zu Edith«, sagte er dann. »Sie ist am Boden zerstört. Ich glaube, es ist gut, wenn jetzt jemand bei ihr ist.«

James nickte und schob mit seinem Rollator zum Aufzug.

»Ach, Mr Gerald?«

»Ja?« James drückte auf den Knopf, dann drehte er sich noch einmal um.

»Hat es gewirkt?«

»Was?«

»Das, was ich Ihnen gegeben hatte. Phosphorus.«

»Wollen Sie eine ehrliche Antwort?«

»Natürlich.«

»Hokuspokus.«

Die Aufzugtüren öffneten sich, und James stieg ein. Dr. Goat stand mit offenem Mund da. »Hokus…«, hörte James noch, bevor die Aufzugtüren ihm das Wort abschnitten.

In seinem Stockwerk angekommen, fiel James ein, dass er gar nicht wusste, in welchem Zimmer Edith wohnte. Also ging er zu seinem eigenen Apartment und drückte auf den Personal-Knopf. Kurze Zeit später kam Miss Hunt herein. Sie sah verweint aus.

»Haben Sie es schon gehört?«, brach es aus ihr heraus. Es ist grauenvoll. Zuerst Mr Maddison vor drei Tagen, dann der Überfall auf Sie und Mrs Humphrey gestern, dann wird Katie verhaftet, dann bricht Mrs Hideous heute Morgen beim Frühstück zusammen. Ich halte das bald nicht mehr aus. Ich denke nur noch daran, was noch alles passiert. Oh mein Gott, meine Hände sind ganz zittrig, sehen Sie? Ich glaube, ich drehe durch.«

James nahm ihre Hände in seine. »Unsinn. Ihre Nerven sind nur ein wenig angespannt. Das ist normal unter diesen Umständen. Gehen Sie gleich zu Dr. Goat. Er wird Ihnen helfen und Ihnen ein sanftes Medikament geben, das Ihre Nerven wieder beruhigt. Aconitum oder so etwas, nicht wahr. Sie werden sehen, das wird Wunder wirken.«

»Meinen Sie?«

»Da bin ich mir sicher. Aber vorher sagen Sie mir noch bitte, wo ich Mrs Hideous finde.«

Miss Hunts Augen füllten sich wieder mit Tränen. »Sie ist schon abgeholt worden. Die Leute vom Bestattungsinstitut …«

»Nein, ich meine Edith Hideous.« – James reichte ihr ein Taschentuch. Sie nahm es, tupfte sich die Tränen aus den Augenwinkeln und schniefte in jede Ecke einmal laut hinein. »Ach so, natürlich«, sagte sie dann. »Gleich hier auf diesem Flur, Apartment 224. Soll ich Sie hinführen?

»Danke, nicht nötig. Machen Sie schon, dass Sie zu Dr. Goat kommen.«

Miss Hunt nickte dankbar. James folgte ihr. Als er die Tür seines Apartments hinter sich zuzog, hatte Miss Hunt bereits das Treppenhaus erreicht. Er lächelte beim Gedanken daran, wie viel besser Miss Hunt sich nach dem Besuch bei Dr. Goat fühlen würde. Und das würde absolut nichts mit der Wirkung irgendwelcher geschüttelter Potenzen zu tun haben.

James beschloss, zuerst nach Mr Peabody zu sehen. Der Besuch bei der Schwester der Toten würde länger dauern.

Er klopfte an Peabodys Tür und war erstaunt, als eine kräftige Stimme »Herein!« rief. Er hatte angenommen, dass Mr Peabody im Bett liegen würde.

»James!«, rief Peabody erstaunt. »Kommen Sie herein.« Er saß am Fenster in seinem Lehnsessel, aus dem Kassettenradio auf seinem Schoß schepperte ein Marsch. Er drehte die Musik leiser, als James neben ihn trat.

»Setzen Sie sich«, forderte er James auf und deutete auf den zweiten Sessel. Lange Zeit schauten sie auf die Promenade und beobachteten die wenigen Menschen, die dort entlangliefen.

»Der da«, sagte Peabody und deutete auf einen jungen Mann, »der hat den Bogen raus, nicht wahr?«

James nickte. »Aber die Frau, die ihm entgegenkommt, und das Kind, die sind auch nicht übel. Und sehen Sie dort, die alte Frau, auch kein schlechter Trick, sie halbiert einfach die Geschwindigkeit.«

»Ja«, sagte Peabody. »Aber die drei alten Schachteln, die neben dem Kiosk auf der Bank sitzen, die hätten Sie erleben müssen, als sie untergehakt anmarschierten. Die sahen aus wie ein groteskes braunes Tier mit sechs Beinen und drei Köpfen.«

Als Nächstes folgte der Marsch *Step lively.* Sie schwiegen

beide. »Stört es Sie, wenn ich rauche?«, fragte James, als der nächste Marsch begann.

»Nein«, sagte Peabody, stand auf und holte eine Flasche Smirnoff aus dem Kleiderschrank. »Trinken Sie einen mit?«

»Warum nicht.«

Peabody schenkte ein, und schweigend leerten sie ihre Gläser.

»Sie haben es wahrscheinlich schon gehört«, sagte Peabody schließlich.

»Ja.«

»Wie geht es Ihnen?«, fragte Peabody und deutete auf James' Arm.

James winkte ab.

»Und Ihrer Bekannten? Ist sie noch im Krankenhaus?«

»Ja. Aber sie wird wieder.«

»Gut.« Peabody griff erneut zur Flasche und schenkte sich ein.

»Mit Ihnen alles in Ordnung?«, fragte James.

Peabody setzte sich mit seinem vollen Glas wieder neben James, starrte auf die Straße und nippte an seinem Wodka. Er drehte die Musik lauter.

»Sehen Sie, die beiden Alten da vorn, im Gleichschritt?«

»Mh.«

»Eleonora hat nie erwähnt, dass sie ein schwaches Herz hat«, sagte Peabody. »Sie wirkte so jung. Ich hatte mir vorgestellt, dass Eleonora und ich mal so werden wie die beiden da unten.« Er lachte bitter. »Ist es nicht merkwürdig, James, dass man in unserem Alter so fassungslos ist, wenn der Tod zuschlägt? Als ich jünger war, habe ich mich darüber amüsiert, wenn in der Todesanzeige eines über Siebzigjährigen stand: ›plötzlich und unerwartet …‹ Ich dachte damals, dass es ab einem bestimmten Alter kein ›plötzlich und unerwartet‹ mehr gibt. Heute weiß ich es besser.«

»Wenigstens hat Eleonora nicht leiden müssen«, sagte James. »Dr. Goat sagte, es sei schnell gegangen.«

Peabody kippte den restlichen Wodka herunter und griff wieder zur Flasche. »Lassen Sie die Trostphrasen, James, trinken Sie lieber noch einen mit.«

James winkte ab. »Ich will Edith besuchen, der Doktor meinte, es gehe ihr nicht gut.«

»Ja, gute Idee.«

Als er zur Tür ging, schaute Peabody bereits wieder zum Fenster hinaus. James wusste, dass die Flasche Wodka ihm helfen würde, über den Tag zu kommen, und dass der Kopfschmerz am nächsten Morgen den anderen Schmerz noch eine Weile überdecken würde.

Kapitel 28

Es kam keine Antwort auf sein Klopfen. Vorsichtig drückte James die Klinke herunter und öffnete die Tür einen Spalt. Edith lag im Bett und schlief. Er trat ein und setzte sich neben ihr Bett, um zu warten, bis sie aufwachte.

»Wie geht es Ihnen, James?«, fragte Edith.

»Sie schlafen nicht?«

»Nein. Kennen Sie dieses Gefühl, wenn Sie am liebsten tot wären?«

»So schlimm?«

Edith öffnete die Augen und tastete nach der Brille, die auf dem Nachttischchen lag. Dann sah sie James an. »Meine Schwester war der wichtigste Mensch auf der Welt für mich. James, ich möchte, dass Sie die Polizei rufen. Eleonora ist keines natürlichen Todes gestorben.«

James nickte. »Ja, das habe ich mir gedacht.«

»Ich habe sie getötet.« Edith sah ihn an. »So, und nun rufen Sie die Polizei.« Doch James erwiderte ihren Blick. »Sagen Sie mir, warum.«

Edith schüttelte den Kopf. »Das ist eine lange Geschichte, und ich weiß nicht, ob Sie sie verstehen würden. Wahrscheinlich würde niemand sie verstehen. Aber das ist auch egal. Ich bin bereit, dafür zu büßen.«

»Ich habe Zeit«, sagte James. »Erzählen Sie mir die Geschichte.«

Edith sah an James vorbei aus dem Fenster. »Meine Schwester war ein wunderbarer Mensch, James. Nicht nur äußerlich schön, auch im Innern. In ihrer Gesellschaft fühlte sich jeder lebendig. Sie war ein bezauberndes Kind und wirkte außergewöhnlich anziehend. Wenn sie einen Raum betrat, zog sie alle Aufmerksamkeit auf sich, wie ein Magnet. Später weckte sie in den meisten Männern sofort den Wunsch, sie besitzen zu wollen. Ich habe sie darum beneidet und verstand es nicht, wenn sie sagte, sie wäre gern wie ich. Aber ich glaube, sie hat damals schon gefühlt, wie erdrückend es ist, ein Magnet zu sein. Sie war wie ein Schmetterling: wunderschön anzusehen, solange er frei in der Luft flattert, aber leicht zu zerstören, wenn man ihn einfängt. Einerseits hat sie ihre Attraktivität genossen, andererseits war sie ein Fluch für sie. Sie ertrug es einfach nicht, gebunden zu sein. Sie war nicht einmal zwanzig, da wurde sie schwanger und musste heiraten. Sie hat sich dagegen gesträubt, aber unsere Eltern ließen nichts anderes zu. Ihr Mann war ein netter Bursche. Er betete sie geradezu an, aber er betrachtete sie als seinen Besitz und war eifersüchtig auf ihre vielen Bekannten und Freunde. Halb im Scherz sagte sie einmal zu mir, ihr Mann sei wie ein Virus, das sich in ihr ausbreite, sie von Tag zu Tag mehr schwäche und dem sie nichts entgegenzusetzen habe. Kurz nach der Geburt des Kindes wurde mein Schwager von seiner Firma nach Neuseeland versetzt. Eleonora und ich blieben in Briefkontakt. Dann starb das Kind, ein schrecklicher Unfall. Ihr Mann hatte den kleinen Andy, er war erst zweieinhalb Jahre alt, mit aufs Pferd genommen. Als das Tier scheute, verlor er die Kontrolle und ließ den Kleinen fallen. Er schlug unglücklich mit dem Kopf auf und war sofort tot.«

»Zu mir hat sie gesagt, Andrew sei Anwalt und lebe in Neuseeland«, sagte James.

Edith nickte. »Und in den Momenten, in denen sie so etwas erzählte, hat sie es selbst geglaubt. Ich denke, dass meine Schwester damals vor Verzweiflung buchstäblich verrückt geworden ist. Ich hörte mehr als zwei Jahre lang nichts mehr von ihr. Meine Briefe beantwortete sie nicht, und wenn ich anrief, war immer mein Schwager am Telefon. Dann starb er plötzlich. Er war bei einer gemeinsamen Bergwanderung auf der Südinsel in eine Gletscherspalte gestürzt. Als ich Eleonora viele Jahre später fragte, was denn damals genau passiert sei, sagte sie nur: »Es hieß: er oder ich.« Zuerst bin ich von einem tragischen Unfall ausgegangen. Ich dachte, dass sie ihren Mann nicht retten konnte, weil das auch für sie den Tod bedeutet hätte. Nach dem, was ich heute weiß, bin ich sicher, dass es kein Unfall war. Sie hat ihn in die Gletscherspalte gestoßen, weil sie das Gefühl hatte, von ihm erdrückt zu werden, wenn er weitergelebt hätte.«

»Und danach kam Ihre Schwester nach England zurück?«, fragte James.

»Ja. Sie hat diese Stelle als Wirtschafterin in Torquay angenommen. Ich glaube, sie war recht glücklich dort. Die amerikanische Familie, der das Haus gehörte, wohnte dort nur für ein paar Wochen im Sommer und über Weihnachten. Die übrige Zeit des Jahres hatte Eleonora das Haus für sich allein. Sie fing an zu malen und zu bildhauern. Sie liebte das Meer. Ich habe sie oft besucht. Sie engagierte sich in der Gemeinde, hatte einen netten Kreis von Freundinnen, aber sie ist nie wieder eine Bindung mit einem Mann eingegangen. Sie vermied es geradezu, mit Männern zusammenzutreffen.«

»Da Ihre Schwester Männer mit Viren verglich, war das aus ihrer Sicht durchaus vernünftig«, sagte James.

»Ja, bis ich auf die Idee kam, dass wir beide unseren Lebensabend gemeinsam am Meer verbringen könnten. Eleonora war Feuer und Flamme. Eaglehurst gefiel uns beiden, und es war großartig, wieder so viel Zeit gemeinsam verbringen zu können.

Unser Leben war fast so sorgenfrei wie früher, als wir beide noch Kinder waren und im Elternhaus lebten. Doch als Mr Maddison hierherzog, änderte sich alles. Er hat sich gleich für Eleonora interessiert.«

»Warum ist Ihre Schwester ihm nicht aus dem Weg gegangen?«

»So einfach war es nicht. Auch Eleonora war von Mr Maddison fasziniert. Sie haben ihn ja kurz kennengelernt, James. Er hatte eine etwas exzentrische, aber liebenswürdige Art, und er war sehr gebildet. Maddison warb um Eleonora, wollte sich mit ihr treffen. Ich schlug vor, dass wir uns zu dritt treffen. So ging das einige Wochen, in denen ich mit ansehen musste, wie Eleonora immer hilfloser und verwirrter wurde. Nicht in Gesellschaft von Maddison natürlich. Da hat ihr niemand angemerkt, dass sie nicht sie selbst war. Sie war ganz reizend und flirtete mit ihm. Dann tauchte eines Tages Mr Morat auf, ein alter Freund von Thomas Maddison. Fortan waren wir abends zu viert, tranken, dichteten Limericks. Wie gesagt, damals wusste ich nicht, was ich heute weiß. Als William Morat plötzlich starb, war ich natürlich schockiert und traurig, aber weiter habe ich mir nichts dabei gedacht. Inzwischen bin ich ziemlich sicher, dass Eleonora an diesem Tag zum ersten Mal versucht hatte, Maddison umzubringen. Ein dummer Zufall wollte es, dass Mr Morat das Gift einnahm, das eigentlich für Maddison bestimmt war. Ich weiß nicht genau, wie sie es gemacht hat. Maddison nahm zusätzlich zu seinen normalen Medikamenten auch homöopathische Mittel, die äußerlich ja alle gleich aussehen. Wahrscheinlich hat sie ihm ein Fläschchen mit vergifteten Globuli untergeschoben und musste nur abwarten, bis er sie nahm.«

James erinnerte sich, wie Dr. Goat sich über die Angewohnheit seiner Patienten aufgeregt hatte, sich gegenseitig homöopathische Medizin auszuleihen. »Und Maddison hat Morat genau dieses Fläschchen zum Ausprobieren gegeben, meinen Sie?«

»Kann sein. Allerdings ist es auch möglich, dass er eines natürlichen Todes starb.«

»Aber recht unwahrscheinlich, nicht wahr?« Plötzlich wurde James heiß. Hastig suchte er in den Taschen seines Jacketts nach seinem Phosphorus-Fläschchen und atmete auf, als er es fand.

»Was ist denn?«, fragte Edith verwirrt. »Suchen Sie etwas?«

»Schon gut«, sagte er und zeigte ihr das Medikament. »Mir fiel ein, dass Eleonora mir gestern meine homöopathischen Pillen auf mein Zimmer gebracht hat. Ich wollte nur sicher gehen, dass sie nicht inzwischen in falsche Hände geraten sind. Nur für den Fall.«

»Denken Sie, Eleonora wollte auch Sie umbringen?« Edith war blass geworden. »Ach, James, ich mache mir Vorwürfe, dass ich nicht früher gemerkt habe, was in meiner Schwester vorging. In welchen Nöten sie war. Wir hätten eine Lösung gefunden. Wir hätten gemeinsam aufs Land ziehen können. Ich hätte alles von ihr ferngehalten. Zwei Menschen mussten sterben, weil ich ahnungslos war. Wäre ich nur misstrauischer gewesen, als ich sah, wie sie kurz nach dem Tod von Morat in sein Apartment schlich. Als ich sie darauf ansprach, meinte sie, sie habe die Limericks gesucht, die sie ihm geschrieben hatte, weil sie nicht wollte, dass jemand anderes sie findet. Ich habe ihr geglaubt, aber natürlich ging es ihr darum, das Fläschchen mit dem Gift zu finden.«

»Thomas hatte es im Flügel aufbewahrt«, sagte James. »Ich habe es gefunden.«

»Jedenfalls war sie beim zweiten Versuch vorsichtiger«, fuhr Edith fort. »Ich denke, sie hat das Gift direkt in Maddisons Teetasse gegeben, als wir alle in unsere Bingo-Zettel vertieft waren.«

»Das würde erklären, warum sie half, Maddison vom Tisch zu ziehen, und dabei das Tischtuch samt Teetassen zu Boden ging«, überlegte James. »Ganz schön kaltblütig, direkt nach dem Giftmord an die Beseitigung der Spuren zu denken.«

Edith schüttelte den Kopf. »Kennen Sie diesen Punkt jenseits der Panik? Wenn man plötzlich wieder in der Lage ist, rational zu denken und zu handeln? Ich glaube, Auslöser für die Panik meiner Schwester war dieser Limerick, den Maddison ihr zugesteckt hatte. Der von der jungen Frau, die lächelnd auf dem Tiger in den Dschungel hineinreitet. Und dann kommt der Tiger lächelnd aus dem Dschungel wieder heraus und hat die Frau gefressen. Er gab ihn ihr mit den Worten, den habe William Morat kurz vor seinem Tod für sie aufgeschrieben, und jetzt wolle er ihn ihr geben, denn er passe gut zu ihr. Für meine Schwester war dieser Limerick eine existenzielle Bedrohung: Der Tiger frisst die Frau! Deshalb beschloss sie, den Tiger zu töten, bevor er sie fressen konnte. Er oder sie. In ihren Augen war das reine Notwehr, genau wie bei ihrem Mann.«

»Aber vollkommen unnötig«, sagte James. »Ein fatales Missverständnis.«

»Wie meinen Sie das?«

»Ich denke nicht, dass William Morat oder Thomas Maddison in Ihre Schwester verliebt waren«, erklärte James. »Ich glaube vielmehr, dass beide Ihre Schwester verdächtigten, eine Erpresserin zu sein. Sie glaubten, dass Ihre Schwester Mrs White erpresste, und suchten deshalb ihre Nähe. Der Limerick war wahrscheinlich der Versuch, sie in die Enge zu treiben und zu einem Geständnis zu bringen.«

»Eine Erpresserin?«, fragte Edith. »Eleonora? Nie im Leben! Und weswegen überhaupt?«

»Das ist eine komplizierte Geschichte«, sagte James. »Jedenfalls hat Ihre Schwester die Annäherung der beiden völlig falsch verstanden. Menschen, die unter einer so starken Wahrnehmungsstörung leiden wie Ihre Schwester, interpretieren das Geschehen oft so, dass es zu ihrer ganz speziellen Sicht der Dinge passt.«

»Peabody wäre der Nächste gewesen«, sagte Edith.

»Glauben Sie?«

»Ich weiß es. Gestern Abend beim Ball hat Julius ziemlich viel getrunken. Er wurde zudringlich und machte meiner Schwester pausenlos Komplimente. Meinte, sie habe Augen wie Smaragde, er sei noch nie im Leben so verliebt gewesen, er würde ihr die Sterne vom Himmel holen und so einen Quatsch. Schließlich blaffte er Mr Southeron an, als der es wagte, Eleonora zum Tanzen aufzufordern, und zerrte Eleonora auf die Tanzfläche mit den Worten, sie gehöre ihm. Ich denke, das war zu viel für sie.«

»Die Hemmschwelle sinkt von Mal zu Mal«, meinte James.

»Ja, vielleicht auch das. Als Eleonora und ich heute Morgen beim Frühstück saßen, kam Mr Peabody hinzu und fing gleich wieder an, Eleonora zu umgarnen und über Mr Southeron zu schimpfen. Es war sehr unangenehm. Ich ging zur Toilette, um Eleonora Gelegenheit zu geben, ihm die Meinung zu sagen. An der Tür zum Salon schaute ich mich noch einmal um und sah, wie Peabody sich bückte, um eine Serviette vom Boden aufzuheben. Währenddessen schüttete Eleonora schnell etwas in seinen Kaffee. Sie können sich nicht vorstellen, was in diesem Moment in mir vorging. Plötzlich wurde mir alles klar. Ich ging mechanisch weiter, wusste aber, dass mit jedem Schritt die Wahrscheinlichkeit größer wurde, dass Peabody von seinem Kaffee trank. Meine Gedanken rasten wild durcheinander, und ich geriet in Panik. Als Einziges fiel mir ein, dass ich eine Ungeschicklichkeit vortäuschen und dabei die Tasse mit dem Gift umstoßen könnte. Als ich mit diesem Plan aus der Toilette trat, kam mir Eleonora entgegen. Da war mir auf einmal alles klar. Ich hatte den Punkt jenseits der Panik erreicht und wusste jetzt, was zu tun war. Ich ging zurück an den Tisch. Zum Glück hatte Peabody seinen Kaffee noch nicht angerührt. Ich wendete denselben Trick an wie Eleonora und ließ ihn nach meinem Ring suchen, den ich unter den Tisch hatte fallen lassen. Während er suchte, vertauschte ich die Tassen von Eleonora und Peabody. Dann kam Eleonora wieder zurück.« Edith konnte nicht weitersprechen und drehte ihr Gesicht zur Wand.

»In dem Augenblick dachte ich, es sei das Beste für Eleonora. Ins Gefängnis zu müssen, der Freiheit beraubt zu sein – das wäre schlimmer für sie gewesen als der Tod. Aber ich konnte doch auch nicht zulassen, dass sie Julius umbringt. Und er wäre sicher nicht der Letzte gewesen. Sie hätte nicht aufgehört damit.« Edith bedeckte die Augen mit beiden Händen. »Sie hätten sie erleben müssen, James. Sie hat zugesehen, wie Julius seinen Kaffee trank, dabei charmant mit ihm geplaudert und sich für den Nachmittag mit ihm zu einem Spaziergang auf der Promenade verabredet.« Sie griff sich ans Herz. »Aber wissen Sie, James, was das Schrecklichste ist? Es fühlt sich nicht richtig an, was ich getan habe. Hier drin fühlt es sich falsch an. Ich wünschte, ich hätte den Kaffee selbst getrunken.«

»Damit hätten Sie weder Ihrer Schwester noch Julius geholfen«, sagte James.

»Ich habe meine Schwester ermordet.«

»Ihre Schwester hat den Kaffee vergiftet, nicht Sie. Sie waren mit der Situation überfordert. Kein Richter der Welt wird Sie wegen Mordes verurteilen.«

Sie setzte ihre dicke Brille auf, schlug die Bettdecke zurück, ging zum Frisiertisch und kämmte sich sorgfältig die Haare. Plötzlich nahm sie die Brille wieder ab und wischte sich mit der Hand über die Augen. »Aber ich«, sagte sie leise.

James ging zu ihr und reichte ihr ein Taschentuch. »Warum sind Sie so freundlich zu mir?«, fragte sie, während sie sich die Tränen abwischte. Dann zog sie geräuschvoll die Nase hoch, ging zum Kleiderschrank und begann, eine kleine Reisetasche zu packen. »Rufen Sie jetzt bitte die Polizei, James. Ich bin bereit. Außerdem sind Sie wahrscheinlich der Einzige, der mir glaubt, dass Eleonora Julius vergiften wollte. Es hat sonst niemand mitbekommen.«

»Stimmt nicht«, sagte James. »Die Überwachungskameras werden Ihre Aussage vermutlich bestätigen. So haben sie doch noch ihr Gutes.«

»Überwachungskameras?«, fragte Edith erstaunt. »Ich dachte, das wäre nur so ein Hirngespinst von Mr Maddison gewesen.«

Epilog

Lieber James,

mir ist zusätzliche Zeit geschenkt worden. Ich meine das ganz wörtlich: Jede Stunde hier im Gefängnis vergeht so langsam, dass es einem vorkommt, als seien es zwei Stunden. So hat der Tag nicht 24 Stunden, sondern 48. Nein, das stimmt nicht ganz, denn die Nächte sind noch länger. Meistens liege ich wach (Sie wissen ja, wir alten Leute schlafen kaum!), lausche den nächtlichen Geräuschen (Klospülungen, Schreie im Schlaf, Schlüsselgeklirre) und denke an Eleonora. Letzte Nacht, als ich dann doch noch irgendwann weggenickt bin, hatte ich einen Traum, in dem ich ihr Gesicht sah, ganz deutlich. Sie sagte: »Es geht mir gut.« Nichts weiter. Ich weiß natürlich, dass Träume nur Träume sind, aber trotzdem geht es mir seitdem besser.

Sie werden es nicht glauben, aber die Leute hier sind ganz reizend zu mir. Alles in allem unterscheidet sich so ein Anstaltsleben nicht wesentlich von dem in Eaglehurst. Es gibt einen geregelten Tagesablauf und viel Klatsch und Tratsch. Sicher, die Aussicht in Eaglehurst war besser, von der Innenausstattung, dem Service und dem Essen ganz zu schweigen (wie vermisse ich Mrs Simmons' Kochkünste, und wie könnte ich mich ohrfeigen, dass ich mir ihr köstliches Frühstück von Dr. Goat habe ausreden lassen!). Aber es ist nett, dass es hier so viele jüngere Frauen gibt. Ich bin hier, was mein Alter und mein Verbrechen angeht, ein seltenes Modell. Natürlich hat man mich mit meinen fast achtzig Jahren von der Arbeit befreit, und so saß ich tagsüber zunächst allein hier herum. Aus Langeweile habe ich dann angefangen, ehrenamtlich in der Bibliothek zu arbeiten – das ließ sich erstaunlich unbürokratisch arrangieren –, was mir sehr guttut.

Stellen Sie sich vor, wer mich neulich besucht hat: Julius! Ich konnte es kaum glauben. Er hatte sogar Blumen mitgebracht, und ein paar Musik-CDs. Allesamt Märsche! Was er sich dabei wohl gedacht hat? Er berichtete auch, dass Mrs White nicht mehr in Eaglehurst ist. Ihr Prozess wird erst in einem Monat sein, aber natürlich musste sie die Leitung von Eaglehurst sofort aufgeben. Als Mr Peabody ihr zum Abschied einen Blumenstrauß brachte, wollte sie nicht sagen, wohin sie mit ihrer Tochter zieht. Wichtig sei jetzt nur Katie und dass sie einen neuen Anfang machen könne, irgendwo, wo sie niemand kennt. Sie wissen wahrscheinlich, dass ich weder Mutter noch Tochter sonderlich gut leiden konnte, aber ich wünsche den beiden, dass sie es schaffen. Noch einmal vielen Dank für alles, James. Grüßen Sie Mrs Humphrey von mir.

Edith.

James faltete den Brief zusammen. Der Richter hatte eine milde Strafe verhängt, im Herbst würde Edith wieder auf freiem Fuß sein. Ob sie dann wieder nach Eaglehurst zog? Er sah auf die Uhr. Sheila würde jeden Augenblick kommen. Sie waren zu einem Spaziergang in Hampstead Heath verabredet. Er erhob sich aus seinem Sessel und ging in den Flur, der ungewohnt leer wirkte. Der Rollator stand nicht mehr dort. Am Vortag hatte er ihn auf den Dachboden gebracht. Es war nicht nötig, dass er noch länger im Weg herumstand und an Zeiten erinnerte, die zum Glück vorbei waren. Andererseits mochte er sich nicht ganz von seinem Gefährt trennen, das Sheila und ihm das Leben gerettet hatte. Er wählte einen leichten Mantel. Die Wetterstation neben der Haustür zeigte eine Außentemperatur von 19 Grad. Es war ein sonniger Tag, wie er Sheilas Überzeugung nach typisch für London war.

Als sie den Klopfer an der Tür in gewohnt ungeduldiger Manier betätigte – lang, kurz, kurz, lang –, öffnete er die Tür und ließ die warme Frühlingsluft in seine Lungen strömen. Sheila hatte die Ärmel ihrer Bluse hochgekrempelt. Die ersten Sommersprossen zeigten sich bereits auf ihrer hellen Haut. Ihre Augen leuchteten.

»Sie ist da!«, rief sie atemlos. »Die erste Rose! Ach, James, es ist einfach überwältigend, wenn das passiert. Die erste Rosenblüte des Jahres ist immer etwas Besonderes.«

James lächelte. »Wer hat das Rennen gemacht? Peppermint oder Vanilla Fudge?« Er wusste, dass Sheila den Rosensträuchern in ihrem Garten Namen gab. Anfangs hatte er sich gewundert, dass es Namen von Süßigkeiten waren, aber inzwischen hatte er sich daran gewöhnt. Genauso wie an die Wette darum, an welchem der Sträucher sich die erste Blüte entwickeln würde.

»Wir haben beide verloren, James, es ist weder Peppermint noch Vanilla Fudge. Diesmal ist es Jelly Bean.«

Sheila erzählte lebhaft weiter von ihren Rosen, während sie zum Park gingen. James konnte ihre Liebe zu diesem pflegeintensiven Stachelgestrüpp nicht ganz nachvollziehen, aber er genoss es, an ihrer Begeisterung teilzuhaben.

Plötzlich hielt Sheila inne. »James?«, fragte sie ernst.

»Mh?«

»Wie hat es eigentlich Williams Tochter aufgenommen, dass ihr Vater von einer psychisch kranken Frau ermordet wurde? Haben Sie es ihr gesagt?«

James nickte. »Ich denke, Stella war in erster Linie froh, zu erfahren, warum ihr Vater nach Eaglehurst gegangen war. Endlich konnte sie es verstehen. Er wollte einem Freund helfen.«

»Und wie kommt sie damit klar, dass er ihre Mutter damals getötet hat?«

»Das weiß sie nicht.«

Sheila sah ihn erschrocken an. »Das haben Sie ihr verschwiegen?«

James blinzelte in die Sonne. »Manchmal ist es besser, nicht alles zu wissen.«

Sie kamen an einen Kiosk. James holte zwei Becher Kaffee, mit denen sie sich auf eine Parkbank setzten. Sie tranken schweigend und beobachteten Eichhörnchen, die auf der Wiese nach Picknick-Überresten suchten.

Sheila warf ihren Becher in den Papierkorb. Sie war ungewöhnlich verlegen. »Kann ich Sie noch etwas fragen, James?«

»Natürlich.«

Sie blickte ihn forschend an, wendete sich dann aber wieder den Eichhörnchen zu. »Ach, schon gut.«

»Kommen Sie, Sheila, das ist unfair. Raus damit, was wollten Sie fragen?«

»Haben Sie … ich meine, haben Sie eventuell … etwas mit Ruthersfords Tod zu tun?«

Er lachte auf. »Also wirklich, Sheila. Ruthersford hat sich im Knast einfach mit den falschen Leuten angelegt. Als Expolizist, der versucht hat, ein Kind zu ermorden, hatte er die Sympathien nicht gerade auf seiner Seite.« Er wendete sich ihr zu und wartete, bis sie ihm in die Augen sah. »Sagen Sie, was halten Sie eigentlich von mir, Sheila? Denken Sie, ich hätte einen Auftragskiller im Gefängnis auf ihn angesetzt?«

»Nein, natürlich nicht. Na ja, Sie wirkten so – zufrieden, als Sie mir erzählten, dass er tot ist.«

James trank seinen Becher leer, zerknüllte ihn, zielte und warf ihn in flachem Bogen in den Papierkorb. »Stimmt. Sind Sie etwa traurig darüber, dass er nicht mehr lebt? Und soll ich Ihnen noch etwas verraten? Ich habe volles Verständnis für den Kerl, der ihn aufgeknüpft hat. Als ich Ruthersford der Polizei auslieferte, habe ich das getan, was richtig war. Nicht das, was ich in dem Moment am liebsten getan hätte.«

Sheila sah auf ihre Hände. »Ehrlich gesagt, vorgestellt habe ich es mir auch, wie ich ihn umbringe. Ein paarmal sogar.«

James sah sie interessiert an. »Tatsächlich?«

Sie zupfte an ihrem Rock. »Aber ich hätte ihn nicht aufgeknüpft. Abgesehen davon, dass ich nicht die Kraft dazu gehabt hätte, wäre mir das viel zu … körperlich gewesen.«

»Ach ja? Kommen Sie, Sheila. Lassen Sie sich nicht alles aus der Nase ziehen. Wie hätten Sie ihn erledigt?«

»Zigaretten. Es gab doch Ende der Sechziger diese präparierten Zigaretten. Die fand ich faszinierend. Da war das Rauchen dann wirklich unmittelbar tödlich.«

Er lachte. »Sieh an, sieh an. Feiger Giftmord. Die Handschrift von Frauen. Und nebenbei reagieren Sie auch noch Ihren Groll gegen Raucher ab.«

»Nur in Gedanken«, gab sie zurück.

Sie erhoben sich und gingen schweigend weiter.

»Wissen Sie, was ich mir wünsche?«, fragte Sheila plötzlich.

»Nein, was?«

»Dass ich die Zeit zurückdrehen könnte. Nur für einen Moment.«

»Um wie viel?«

Sie zuckte die Schultern. »Keine Ahnung. Weit. Sagen wir, bis ich siebzehn bin und Sie zwanzig.«

»Schade, da kannten wir uns noch gar nicht.«

»Herrgott, James, seien Sie doch nicht so fantasielos. Stellen wir uns einfach vor, wir kennen uns schon. Es ist Frühling, und wir gehen unbeschwert im Park spazieren. Wie die beiden da vorn.«

Sie deutete auf ein junges Pärchen, das Hand in Hand über die Wiese schlenderte. Da begriff er und nahm ihre Hand in seine. »Himmel, hoffentlich sieht uns keiner.«

»Psst, James, machen Sie's nicht kaputt.«

Er sah zur Seite. Sie hielt die Augen geschlossen. Ihre Hand fühlte sich gut an.

»Wissen Sie was, Sheila?«, fragte er nach ein paar Schritten.

»Halten Sie die Klappe, James.«

»Das ist das erste Mal für mich.«

Sie riss die Augen auf. »Was?«

»Hand in Hand gehen. Habe ich noch nie gemacht.«

»Ehrlich?«

»Ehrenwort.«

»Nicht zu fassen. Das nenne ich Spätentwickler.«

»Sie vergessen, ich bin erst zwanzig, nicht wahr.«

»Trotzdem«, sagte sie lächelnd und schloss wieder die Augen. »Und jetzt seien Sie endlich still, James.«

How it began …

In meinem Büro hängen vier gerahmte Schwarz-Weiß-Fotos. Sie zeigen Agatha Christies Meisterdetektivin Miss Marple, gespielt von Margaret Rutherford: eine Frau in den Siebzigern, klug, unerschrocken und mit trockenem Humor. Zusammen mit ihrem größten Bewunderer und Helfer, dem belesenen Mister Stringer, spekuliert sie in ihrem Fachwerk-Cottage bei einer Tasse milchigen englischen Tees über das Mordmotiv, um sich dann entschlossen ihr Cape um den stattlichen Körper zu schwingen und in die Höhle des Löwen zu marschieren.

»Sterben ist immer auch Platz machen für andere«, würde der Mörder hämisch sagen, bevor er daranginge, Miss Marple, die ihn entlarvt hat, aus dem Weg zu schaffen. So, dass es aussieht, als sei es ein natürlicher Tod. Miss Marple würde mit zittriger Stimme nach Inspektor Craddock rufen, dass er ihr zur Hilfe eile. Craddock, der Trottel, würde natürlich versagen, doch in ihrer Not, auf sich allein gestellt, würde Miss Marple es schaffen, dem Mörder die Stirn zu bieten.

Über sie wollte ich schreiben. Über die Faszination, die eine starke Persönlichkeit ausübt, über das Sterben und auch über ein Versteckspiel mit Identitäten.

»Du liebe Güte«, meinte Miss Marple kopfschüttelnd, als ich ihr begeistert von meiner Projektidee erzählte. »Alte Geschichten aufwärmen. Was versprechen Sie sich denn davon?«

Ich sah sie mit naiver Bewunderung an. »Na ja, ich finde Sie toll, und ich will Ihnen neues Leben einhauchen.«

»Wieso neues Leben? Bin ich etwa tot?«, fragte sie empört.

»Nein, natürlich nicht«, beeilte ich mich zu versichern.

Sie musterte mich eine Weile mit ihren klugen Augen, und mir wurde heiß. »Äh, vielleicht war es doch keine so gute Idee. Ich meine, ich weiß nicht, ob ich …«

Sie winkte ab. »Ach was, wenn man in seiner Jugend keine Dummheiten macht, wann dann. Wohl ist mir nicht dabei, aber machen Sie nur. Aber geben Sie sich wenigstens Mühe mit dem Drumherum.«

»Drumherum?«

»Schreiben Sie zum Beispiel bloß nicht, dass ich pausenlos Tee mit Milch trinke. Ich verrate Ihnen jetzt ein Geheimnis: Ich *verabscheue* Tee.«

»Das ist ja interessant! Genau wie James Bond!«, entfuhr es mir. Mein zwölfjähriger Sohn war gerade in einer Bond-Phase.

»Der gute James«, sinnierte Miss Marple. »Hat mir damals schwer den Rang abgelaufen. Kunststück, die haben schon in Farbe gedreht.« Sie nippte an ihrem Wodka Martini. »Sagen Sie, gibt's den eigentlich noch?«

Ich nickte heftig. »Und wie! Neulich bei Madame Tussaud's konnte man sich am Eingang neben ihm fotografieren lassen. Er wird irgendwie nie älter. Im Gegenteil, sein Körper ist wirklich …«

Miss Marples Augen blitzten zornig auf. »Wissen Sie was? Schreiben Sie doch lieber über den! Und tun Sie mir einen Gefallen: Ändern Sie das!«

»Was soll ich ändern?«

»Sie wissen schon. Das mit dem Alter.«

»Wie soll ich das denn anstellen?«

Sie nahm einen großen Schluck, stellte das Glas ab und lehnte sich zurück. »Nun werden Sie mal selbstständig, Kindchen. Aber wissen Sie was? Geben Sie mir eine kleine Rolle, dann kann ich ein Auge auf alles haben.«

Ich bedankte mich artig. Die Sache fing an, mir über den Kopf zu wachsen. An der Tür kam mir Mr Stringer entgegen.

»Jim, kommen Sie rein«, rief Miss Marple und winkte ihn zu sich, nun bestens gelaunt. »Lassen sie uns anstoßen, ich mache im neuen Bond mit.«

»Wie bitte?«, fragte Mr Stringer perplex. »Sie wollen Bond-Girl werden?«

Miss Marple griff nach der Flasche Smirnoff. »Warum nicht!«

Mister Stringer nippte an seinem Wodka und zwinkerte mir zu. »Das erste Bond-Girl, das gleich am Anfang stirbt, das böse Bond-Girl oder das für's Happy-End?«

Miss Marple schüttelte den Kopf. »Kleben Sie doch nicht so an Klischees, Jim. Weder noch.« Sie wendete sich wieder mir zu: »Und geben Sie mir einen anderen Namen. Jane, das ist ganz und gar unpassend, nicht wahr.«

»Wie wäre es mit Honey?«, fragte ich, übermütig geworden.

»Himmel noch mal, sehe ich aus wie jemand, der Honey heißt?«

»Bekomme ich auch eine Rolle?«, fragte Mister Stringer eifrig.

»Na klar«, versprach ich. »Wollen Sie der Böse sein?«

Mister Stringer neigte den Kopf zur Seite. »Ich weiß nicht.«

Miss Marple erhob sich und griff energisch nach ihrem Cape. »Kommen Sie, Kindchen, trinken Sie mit Jim und mir ein Bier im ›Eight Bells‹, da können wir alles Weitere bereden. Ich finde, Julius wäre ein passender Name für Mr. Stringer, was meinen Sie? Und was mich angeht, ich könnte mir vorstellen …«

Am nächsten Morgen wachte ich mit einem Kater auf. Und mit einem Titel: Null-Null-Siebzig.

Danke!

Bücher sind Teamprodukte. Mein erster Dank gilt dem Team von dtv, angefangen mit Konstanze Renner, die Null-Null-Siebzig entdeckte, über meine Lektorin Karoline Adler, die wertvolle Ratschläge für die inhaltliche Überarbeitung gab und das Projekt und mich mit sicherer Hand und viel Humor und Empathie bis zur Drucklegung betreute, bis hin zu Maike Kleihauer, die dem Manuskript den Feinschliff gab, und Programmleiterin Bianca Dombrowa, die sich für den Titel stark machte. Es war eine großartige Erfahrung, mit allen zusammenzuarbeiten! Dank gilt auch Dieter Brumshagen, art director bei dtv, und seinem Team für die inspirierte Umschlaggestaltung.

An Richard C. Long vielen Dank, dass wir zwei seiner Limericks verwenden durften. Wer mehr von ihm lesen möchte: www.richardlong.org.uk.

Die Buchentstehung hat der »Erstleser-Club« begleitet, dem ich sehr dankbar für erstes Feedback, Ermutigung, Lektorat und fachliche Anregung bin: Andreas Schieberle, Angela Hackenberg und Simone Menzerath.

An Olaf Kutzmutz alias Dr. Nolaf geht ein Dankeschön für einen großen Motivationsschub in den Gemäuern von Schloss Wolfenbüttel.

Ein Riesendank gilt der Familie: Meinem verstorbenen Vater Gerd, dem James seinen Nachnamen verdankt, meiner wunderbaren Mutter Gerta alias Null-Null-Achtzig, die mit ihrer Vitalität und Lebensfreude Sheila locker in den Schatten stellt, meinen Schwiegereltern Isolde und Horst, die Krimis lieben und gute Hinweise gaben, und meiner Schwester Angela, der dieses Buch gewidmet ist, weil sie eine so schöne Idee für den Schluss hatte und sowieso mein *most sympathetic reader* ist. Sehr dankbar bin ich den Kindern: Julius für viele Tipps aus der Welt der Geheimagenten und dafür, dass er mir – mitten im 4. Kapitel – bei einem Parkkonzert zeigte, wie Null-Null-Siebzig aussieht (»Guck mal unauffällig nach links, da sitzt er!«). Stella dafür, dass sie – gemeinsam mit Karoline Adler – einer Figur das Leben rettete.

Meinem Mann Jens danke ich für die Inspiration durch seinen Humor und seine Art, die Dinge zu sehen. Für den Unternehmungs- und Partnerschaftsgeist, mit dem er Sommer und Sonne gegen Hastings und Dover eintauschte. Für die Liebe, mit der er abwesende Null-Null-Siebzig-Blicke und unvollendete Sätze hinnahm, und für die Gastfreundschaft und Neugier den Figuren gegenüber, die abwechselnd mit am Tisch saßen. Für sein Lektorat inklusive des gefühlvoll verpackten Ratschlags, zwanzig Seiten voller Herzblut zu löschen (»Das muss raus!«). Für unsere Arbeitsklausurwoche in Tübingen, die den Schlussknoten löste. Und für das Mantra, das von Selbstzweifeln ablenkte: »Schreib einfach weiter!«